光降る丘

熊谷達也

目次

光降る丘

第一章　揺れる大地

1

しばらく前から山鳴りが続いていた。

あとで振り返ってみれば、あの山鳴りこそが前兆だったに違いない、と大方の意見は一致するのだが、大地が激しく揺さぶられる直前まで、誰ひとりとして不吉な前兆とは考えていなかった。

宮城・岩手・秋田の三県にまたがる標高一六二七・四メートルの栗駒山（くりこまやま）の中腹に、戦後になって拓（ひら）かれた開拓村、戸数四十戸あまりの共英（きょうえい）地区に開拓三世として暮らす大友（おおとも）智志（さとし）も、そのひとりだった。ましてや、自分がたまたまゴミの集積所にいるときに大地震に見舞われるなどとは、かけらも想像していなかった。

二〇〇八年の六月十四日、午前八時四十分を二、三分ほどすぎたあたりのことである。

栗駒山の麓（ふもと）から登ってくる観光道路のそば、地区の住民が「十字路（じゅうじろ）」と呼んでいる場所に設置されているゴミの集積所に智志が到着したとき、収集車はすでに来ており、ゴミの収集作業が始まっていた。

間一髪で間に合った。危ない危い。そう呟きながら道端に停めた車から降り、燃えないゴミが詰まったゴミ袋を荷室から引きずり出して、作業員に手渡した。

集積所には、いつものようにこの地区の行政区長の金本さんがいた。ゴミのチェックをしつつ、作業員と談笑している。共英地区では変り種で、東京生まれ東京育ちにもかかわらず、共英出身の奥さんと結婚して、三十年ほど前からここで暮らしている人だ。

その金本さんが、智志を見るなり、にこにこして近寄ってきた。

「今日は会社が休みだから、智志くんがゴミ捨て係というわけだ」

「はあ、まあ……」智志が会釈をしたときだった。

耳を聾する轟音とともにふいに身体が浮いた。

浮いたのは自分の身体だけではなかった。

傍らに停めてある智志の軽ワゴンも、カエルみたいにぴょこんと飛び跳ねた。

なにが起きたのか、一瞬わからなかった。

気づいたら地面に這いつくばるようにして、下から突き上げてくる垂直方向の揺れに必死になって耐えていた。いや、揺れ、などという生易しいものではない。地球そのものが痙攣を起こしているように大地がうねり、視野がぶれた。膝と手をついている地面が、四方八方から蹴り飛ばされているように滅茶苦茶に揺さぶられ、どこかにしがみつこうとしても、フライパンのなかの炒り豆になったように身体が弄ばれる。

もはや、縦に揺れているんだか横に揺れているんだかわからない状態に轟音が重なる。

その音は、一度に百個も雷が落ちたように思えた。まるで近くで火山が爆発したみたいに山が吼（ほ）えていた。

永遠に続くかに思われた最初の激震が収束し、山が静まったところで、地面に這いつくばっていた智志は、ようやく立ち上がることができた。

そばにいた金本さんも、ゴミの収集に来ていたふたりの作業員も、智志に続いてよろめきながら立ち上がる。

青ざめた顔を互いに見合わせたあと、

「す、凄（すご）い地震でしたね」

震えそうになる唇を動かして智志が漏らすと、うなずいた金本さんが、周囲の森に視線を這わせながら言った。

「智志くん。とりあえず家に戻って、まずは家の人の安否を確かめて」

まだ呆然（ぼうぜん）としている智志とは違い、行政区長という役職柄、緊急事態の対応について、すでに頭が回転し始めているらしかった。

「相当な揺れだったからね。無事が確認できたら、避難所へ集まったほうがいいだろう」

智志たちが暮らす共英地区の緊急時の避難場所として、「やませみハウス」が指定されていた。地区の住民の共同出資で作られたものだ。組合形式で運営しており、宿泊はできないが、お土産を売ったり昼食を出したりする観光施設になっている。住民たちは単に「やませみ」と呼んでいる。智志の母の典子は、だいぶ前から専従の職員として勤めていて、今朝も智志が起きたときには、すでに出勤していた。

金本さんの指示に、わかりました、と返事をした智志は、車に乗り込み、十字路で切り返して自宅へ戻り始めた。

アスファルトの道路は、いまの地震でところどころ傷んではいたものの、通行不可能な箇所はなかった。また、集落内には沢を横切る小さな橋が何本か架かっているのだが、これも無事で、車で通ることができた。ただし、あくまでもゴミの集積所と智志の自宅を結ぶ二キロメートルほどの経路に限ってのことなので、ほかの道路や橋がどうなっているのかはわからない。

それに、道路は無事でも、家屋もそうだとは限らない。築後ずいぶん経ち、かなりくたびれている智志の家には、祖母の克子がひとりで残っている。朝の連続ドラマを見ていた茶の間で腰を抜かしているくらいならばよいが、倒れた茶簞笥の下敷きになっていたり、家そのものが倒壊したりしていたら一大事だ。

去来する不安をなだめながら車を走らせる道すがら、地区の住人と会うことはなかった。都会とは違い、集落内のほとんどの家は、道路から少し入った場所に、畑に囲まれるようにして建っているせいだ。

自宅へと続く脇道に向けてハンドルを切りかけたときだった。

開けていた車の窓から、ゴォーッ、という不気味な音が聞こえてきて、慌ててブレーキを踏み、シフトレバーをパーキングに入れて身構えた。

強い余震が来ると思った。

が、しがみついたハンドルが大きく揺れることはなかった。それなのに、相変わらず音はし続けている。

ドアを開け、路上に立って耳を澄ませてみる。

音がどこから聞こえてくるのか、山肌に反響して定かな方角はわからない。しかし、聞こえていた地鳴りのような音は、衰えるどころかますます大きくなり、土砂降りの雨が降るようなザーザーという音も混じりだした。

地面が微(かす)かに震えているのは感じるのだが、それ以上強くは揺れださない。それがかえって不気味だ。

結局、音の正体はわからないまま運転席に戻り、屋敷林に囲まれた自宅の前で車を停めた。

祖母は無事だった。克子は母屋の前の庭の真ん中でへたり込むようにして助けが来るのを待っていた。

「祖母(ばあ)ちゃん、大丈夫か！」

車から飛び出して駆け寄ると、魂が抜けたような表情をしながらも、うんうん、と祖母はうなずいた。

克子の説明では、朝の連続ドラマを見終わり、そろそろ畑仕事を始めようかと玄関まで出た瞬間に地震が起き、揺れが小さくなってきたところで庭まで這い出した、という話だった。

そこで、祖母が裸足であるのに気づいた智志は、

「履物、取ってくるから、待ってて」

そう言い含めて庭に克子を残し、母屋を前にした。

家自体は倒壊していなかったものの、玄関から内部を覗き込んだだけで、手のつけようのないことがわかった。茶箪笥をはじめ、あらゆるものがひっくり返り、割れたガラスや瀬戸物が散乱している。

倒れた下駄箱の下から克子の履物を探し当てた智志は、自分もサンダルからスニーカーに履き替えた。身につけているのは寝巻き代わりのジャージだが、この際、仕方がない。

祖母を避難所に連れて行こうとしていたときに、庭先に軽トラックが滑り込んできた。運転席から降りてきたのは、父の耕太だった。六月も半ばになり、収穫期を迎えているイチゴの出荷について、仲間たちと相談するために、昨日の夕方からやませみハウスに行っていたのだが、いつものように飲み会となったようで、そのまま泊まり込んでいた。時刻からいって、たぶんみんなで朝食でも摂っているときに揺れたのだろう。

智志と克子を見て、

「おお、無事だったか」

安堵の表情を浮かべた耕太に典子の安否を尋ねると、やませみの厨房にいたため沸かしていたお湯を少し被ってしまったものの、ごく軽い火傷程度なので心配はない、という答えが返ってきた。

「家のなかは？」

耕太に訊かれた智志は、

「もうダメ。なにからなにまでひっくり返って滅茶苦茶。いったんやませみに避難するしかないと思う」と即答した。

「んだな」

うなずいた耕太が、ん？　という顔をして、

「祖父ちゃんは？」と訊いてきた。

ゴミを持って家を出る間際に交わした祖母との会話を思い出しながら、

「朝早く鹿の湯に行ったって祖母ちゃんが言ってる。誰か知り合いでも泊まっているんじゃないの」

ね？　と確認するように祖母に顔を向けると、いまだ心ここにあらず、という顔つきながらも、克子はこくこくとうなずいた。

「鹿の湯」というのは、先ほどまで智志がいた十字路の先、観光道路を挟んで集落の反対側のどん詰まりにある古い温泉宿だ。秘湯ということで温泉通に人気があり、栗駒山登山やハイキングの拠点としても便利なため、首都圏からの宿泊客も多い。

そうか、とうなずいた父が、少し考え込むような仕草をしてから、

「そしたら、祖母ちゃんは、俺がやませみに乗せて行って、その足で鹿の湯に回ってみっからよ。智志、お前は、繁好さんの家を確認してから、やませみに来てけろ」と言った。

「わかった。んじゃ、あとで」

「気ぃつけろよ」

父の声を背中に受けて、再び運転席に身を滑り込ませる。

父が口にした繁好さんの家は、沢筋ごとにいくつかに分かれている集落の、共英地区では最も東の外れに位置している。智志の家のお隣さんではあるのだが、数百メートルも離れており、開拓一世の老夫婦のふたり暮らしだ。若い者は一緒に住んでいない。

脇道から開拓道路の本道に出て、いくらも走らないうちに、

「げっ」声を出してブレーキを踏みつけた。

ザザッ、とタイヤを滑らせ、つんのめるようにして停まった車のフロントガラス越しに見えた光景に、智志の顎ががくんと下がった。

目の前に青い空が見えている。

智志が車を走らせていたのは、沢の尾根筋に通された道路だ。道の両側には木々が生い茂っている。緑が濃いこの季節は、頭上に被さるように枝が張り出して、トンネルのなかを走っているように薄暗い。尾根筋にいることもわからないくらいで、それが通常

の状態だった。

　ところがいまは、車を停めた十メートルばかり先から向こうは、両側とも見晴らしがよくなり、空が丸見えになっていた。

「おい、嘘だろう……」

　人が聞いているわけでもないのに、誰かに同意を求めるように呟いた智志は、エンジンを切って車から降りた。

　空が開けている場所に向かって、ゆっくりと近づいていく。

　近づくにつれ、アスファルトの道路が原形をとどめないくらい、ある場所は隆起し、あるところは陥没しているのが見えてきた。

　左右の林が途切れたところまでたどり着いた智志は、

「うわっ」

　思わず声を上げると同時に、身がすくんだ。

　道の両側とも、山肌が地滑りを起こして崩落していた。

　特に、向かって右手側、南の斜面がひどかった。ざっと目分量で推定しただけでも五十メートルは落差のある、赤茶けた地肌をあらわにした崖（がけ）が、目の前にはあった。

　しかも、ほぼ垂直に切り立った崖の真上に自分はいた。スニーカーが踏んでいるのはアスファルトなのだが、爪先（つまさき）から数十センチのところで、裁断機にかけられたみたいに、ストンと切り落とされている。

そして、その先には、野球場が十個入ってもまだ余裕のありそうな巨大な谷が新たに出現していた。それまであったはずの沢が土石で埋め尽くされており、崩落の道連れになった杉の木やブナの木が、土砂と一緒に谷底に横たわっている。

地震は、昨日までここの地形がどんなだったか、すぐには思い浮かべられないくらい変わり果てた光景を、一瞬にして作り出していた。

見ているだけで頭がくらくらする。智志は南側の崖からできるだけ離れた位置にあとずさり、詰めていた息を吐き出した。

崩落した崖から身を離し、気を取り直した智志は、ずたずたになった道路をたどって、繁好さんの家へと向かい始めた。

尾根筋にへばりつくようにしてかろうじて残っているアスファルトは、ひび割れどころではなく、あちこちが裂けていた。道幅こそ狭いがトラックが通っても平気な道路だったというのに、いとも容易くここまで破壊する地震のエネルギーには啞然とするしかない。

こりゃあ、よっぽど気をつけなくちゃまずいぞ……。

自分に言い聞かせ、より慎重に足下を注意しながら歩を進めていく。

が、いくらも進まないうちに、再びぎょっとして立ち止まった。

足下ばかり見ていたので、行く手の道路が完全に消えているのを、かなり接近するまで気づかなかったのである。

比喩でもなんでもない。智志の三メートルほど先で、目の前から道が消滅していた。ぽっかりと空いた空間は、なにかの冗談みたいだ。白いガードレールが折れ曲がり、ジェットコースターのレールみたいにストンと落ち込んでいるのはわかったが、その先がどんな具合に崩落しているのか、縁まで近づいて確認する気にはなれなかった。

しかし、繁好さんの家が望める位置までは到達できていた。向かって左手側、林道の北側の沢沿いに、繁好さんの家がある。

気をつけながら道の左端まで移動して、足場を確認してから、沢筋を覗き込んでみた。崩落の規模は南側の斜面ほどひどくはなかったものの、こちらも地震にやられていた。大量の土砂が沢を埋め、沢そのものが消えているとともに、繁好さんが所有する畑の、おそらく半分以上が土石流に流されていた。

目にした無残な光景に、智志の口からうめき声が漏れた。

繁好さんが作った畑は、共英地区のなかでもとびきり綺麗な景観を見せていた畑だった。林道から見下ろせる沢筋に耕作地を拓いたこともあり、上から眺めると、どこかおとぎの国でも見ているような、長閑でメルヘンチックな景観を誇っていた。

それがいまは、赤茶けた土石流に呑み込まれ、荒れ果てた谷へと変わっていた。流された畑から視線を移した智志は、そこで少しだけほっとした。繁好さんの家そのものは無事であるのが確認できたからだ。

気がかりなのは、戸外に繁好さん夫婦の姿が見えないことだ。ふたりとも逃げ遅れて、家具の下敷きになっている可能性がないとは言えない。

周囲を見回した智志は、崩落から免れた山肌を伝い、藪こぎをして繁好さんの家まで下りてみることにした。家に通じていた道路が消えてしまっているので、それしか方法がない。

地盤がしっかりしていそうな場所を見つけ、藪を掻き分けて谷底へ下りた智志は、母屋に向かって、

「繁好さーん、無事ですか！」と声を張り上げた。

近づいていく母屋の玄関から、繁好さんと奥さんが出てきた。

「おう、大丈夫だ」

智志を目に留めた繁好さんが、思いのほかのんびりした口調で答えた。

「ふたりとも怪我はないですか」

玄関先までたどり着いた智志が尋ねると、

「怪我はないよ」繁好さんがうなずく。

「よかった」

「んだけんど、家のなかが滅茶苦茶でなあ。婆さんと片付けを始めていたところだっしゃ」

玄関から覗き込んだ居間は、智志の家と同様、悲惨な有り様だった。

「ここはとりあえずそのままにして、やませみに避難しましょう」

智志が言うと、

「んだけど、朝飯（あさまんま）がまだだものな」と繁好さんが答え、隣にいた奥さんも、

「ちょうど飯（まんま）が炊き上がったところだったからねえ。お勝手には裏口から入れっから、爺（じい）さんと一緒に朝飯ば食ってから行ぐがら」あくまでものんびりした口調で言うものだから、思わず仰（の）け反りそうになる。

「それはわかりますけど、余震がきて裏山が崩れないとも限らないですよ。それに道路も落ちちゃってるので、藪こぎをしないと上まで上がれませんし」

智志の説得に顔を見合わせたふたりは、やれやれ、とばかりに肩をすくめ、繁好さんが、

「ほんじゃまあ、こういうときくらい、若い者の言うことを聞くべかな」と頬をゆるめた。

「じゃあ、行きましょう」

ところが奥さんは、

「ちょっと待ってでけろ。せっかく炊いた飯がもったいないから、お握りを拵（こしゃ）えで来っからっしゃ」と言うや、智志に制止する暇も与えずに、家のなかへと戻ってしまった。

年寄りは頑固なものと相場は決まっているものの、これだけ大きな地震に見舞われた直後だというのに、この融通の利かなさには、呆（あき）れるのを通り越して感心してしまう。

とはいえ、握り飯を入れた手提げを携えて上まで登った繁好さん夫妻は、崩落現場を

直接目にして、事の重大さにようやく気づいたようだった。

ふたりとも、先ほどまでの悠長さは影を潜め、絶句して崩落した崖を覗き込んでいる。

「いやいや、こんなに凄いことになっているとはなや」

「ひとつ間違えれば、家が流されていだったかもねえ」

そう口にして青ざめているふたりを自分の車の後部座席に乗せた智志は、やませみハウスを目指して走りだした。

自宅の前を通りすぎたところで、ふと思いつき、バックさせた車を道端に停めた。

「すいません、忘れ物を取って来るんで、車のなかでちょっと待っててください」

運転席から降りて玄関先へと走っていく。

智志が口にした忘れ物とは携帯電話だ。常に携帯電話を持ち歩いていないとパンツを穿き忘れたみたいで落ち着かない、ということもあったが、もしかしたら携帯は通じるかもしれない、と思ったのだ。

大きな地震の直後なので、回線が混んだりパンクしたりして、携帯電話が通じなくなることもあるはずだが、そういうときでも、インターネットのほうなら繋がりやすいと、なにかで読んだか聞いたかした記憶がある。

玄関から土足のまま家に上がり込んだ智志は、家具が散乱して瓦礫の山と化している居間を乗り越え、自分の部屋までたどり着いた。

居間と同様、本棚やタンスが倒れ、滅茶苦茶な惨状を呈していたものの、机に倒れかかっている本棚の隙間から覗き込むと、充電器に繋いだままになっている携帯電話が見つかった。

わずかな隙間に上半身を捩じ込み、思い切り手を伸ばすと、かろうじて携帯電話に指が届いた。

その瞬間、余震が来た。

息を詰め、身体を硬直させて、揺れが収まるのを待つしかなかった。

しばらくすると揺れは収まり、静けさが戻った。

かなりの揺れだったものの、倒れるものや落ちるものは、最初の地震ですべてひっくり返ったあとだったので、あらたに上から降ってくるものはなかった。

携帯電話を充電器ごと手繰り寄せ、ジャージのポケットに押し込んだところで、脱ぎっぱなしにしてあったジーンズやボタンダウンが布団のそばにあるのが目に入り、それも引きずり出した。

ジーンズとシャツを抱えて表へと出たあと、ジャージのポケットから携帯電話を取り出し、折りたたんでいたディスプレイを開いてみた。

携帯そのものは壊れていなかったものの、覗き込んだディスプレイに「圏外」の赤い文字が表示されているのを見て舌打ちする。

仕方ないと肩をすくめた智志は、バッテリーを節約するために電源を切った携帯電話を手にして、車へと戻った。

ジーンズとシャツを助手席に放り入れ、エンジンをかけたところで、後ろの席からお握りを持った手が伸びてきた。

「食うすか？」という声に振り返ると、後部座席で繁好さんの奥さんがにこにこしていた。

そういえばまだ朝飯を食っていなかったっけ、と思い出し、遠慮なくいただくことにする。

「ありがとうございます、すいません」

智志がお握りを受け取ると、奥さんが、

「冷蔵庫がひっくり返って、中さ入れるものが見っけらんなくてね。塩をまぶしただけだけど、我慢してけろな」とすまなそうに言った。

「いや、全然美味(うま)いっす」

お握りをぱくつきながら答え、車をスタートさせる。

やませみハウスに向かって車を走らせながら、智志は、場所によっては、携帯のアンテナが立つところもあるはずだと考えていた。実際、近くに中継アンテナがなくても、電波が届く場所が山の上にはあるものだ。

携帯が通じたら、真っ先に連絡を取りたいのは、仙台(せんだい)にいる瑞穂(みずほ)だった。

瑞穂の安否が気がかりでならなかった。

この地震は、三十年以内に九十九パーセントの確率でやってくると言われていた宮城県沖地震に違いない。もちろん、前の宮城県沖地震のときは、まだ智志は生まれていなかったから、どんな地震だったのか直接体験していない。だが、当時仙台で暮らしていた母からは、それがいかに大きな地震だったか聞かされていた。今回の地震は、それに匹敵する規模であるのは確かだろう。しかも、海から離れているこんな山奥でもこれだけ大きく揺れた。震源に近い仙台市内は壊滅的な被害を受けているかもしれない。

智志の脳裏に、中学生のときにニュース映像で見た阪神淡路大震災の、黒煙を上げて燃えている神戸市内の映像がまざまざと甦り、それが仙台の街に重なった。

瑞穂の顔を思い浮かべながら運転を続ける智志には、なんとか無事でいてくれ、と祈るしかできることはなかった。

2

避難所に指定されているやませみハウスには、地区の住民たちが集まり始めていた。

建物には目立った損傷もなく、屋内も一般住宅のように家具がひしめき合っているわけではないので、智志が到着したころには、だいぶ片付けが進んでいた。

沸かしていたお湯を被ってしまったと父から聞かされた母は、開拓二世の奥さんたちと一緒に、さっそく厨房内の後片付けを始めているくらい元気だったので、とりあえず一安心する。

厨房に一番近いテーブルで、行政区長の金本さんが、鉛筆を手にしてレポート用紙に向かっていた。

金本さんに繁好さん夫婦を連れてきたことを報告すると、「ご苦労さん」とうなずいた金本さんが、罫線を引いたレポート用紙に、繁好さん夫妻の氏名を書き込み、備考欄らしきところに○をつけた。どうやら、安否確認の名簿を作成しているらしい。

「親父たちはどこですか？」

やませみハウスに集まっているのは開拓一世の年寄りたちだけだったので、そう尋ねてみると、二世の人たちは手分けして各家の安否確認に行っている、という答えが返ってきた。

「麓とは連絡がつかないんですか」

尋ねた智志に、

「電話は不通だし、電気も停まっているんで、非常用の無線も使えないんだよねえ——

——」眉根を寄せた金本さんが、

「でも、簡易発電機を取りに行ってもらってるから、それを繋げば無線は使えるようになるはずだ」と付け加えた。

ここはどうだろうかと、ポケットから携帯電話を取り出して電源を入れていると、

「携帯もダメだよ」と金本さん。

金本さんが言う通り、明るくなったディスプレイには、さっきと同様、圏外の文字が浮かび上がった。

「もしかしたら携帯の電波が入る場所があるかもしれないですから、確認のためにちょっと出てきてもいいですか」

智志が訊くと、ハウスのなかを見回した金本さんが、

「いまのところ大きな怪我人も出ていないし、ここは手が足りているからいいよ」とうなずいた。

「やっぱり宮城県沖地震ですかね」

その問いかけに、

「間違いないだろうね」金本さんが答える。

「麓はひどいことになってるでしょうね」

「確かに——」顎を引いた金本さんが、

「ここでもこの状態だから、かなりの被害が出ているだろうなあ。そうなると、そっちのほうの救助活動で、なかなかこっちまでは手が回らないだろうからね。とりあえず、ここの報告と下の状況を確認するために、孝雄さんに麓まで下りてもらっている」と続けた。

孝雄さんというのは開拓二世のひとりで、八人いる二世のなかでは一番若い人だ。

その孝雄さんが、智志が金本さんのそばを離れようとしたところで、やませみハウス

に戻ってきた。

　金本さんと智志のところに近づいてくるなり、「ダメだ、ダメ」と、顔の前で手をひらひらさせる。

「ダメってなにが？」

　尋ねた金本さんに、

「下へ降りる道路、土砂崩れで全部落ちてしまってる」

「全部？　ほんとに？」

　そう、とうなずいた孝雄さんが、

「新道のほうなんか、まるでグランドキャニオンだ」と言って首を振る。

「グランドキャニオンって、アメリカの？」

　意味がよくわからず、智志が訊くと、
　再び、そう、と顎を引いた孝雄さんが、

「あれは言葉で表せるもんでねえ。山がひとつ消えているんだものな」と肩をすくめてみせた。

「ということは――」眉根を寄せて金本さんが口にすると、三たびうなずいた孝雄さんが、

「んだっちゃ。俺らの地区、完全に孤立してしまった」

　言葉を失って、智志は金本さんと顔を見合わせた。

最初のひと騒動が落ち着けば、その後は、家の後片付けに取りかかれると思っていたのだが、この地区が孤立したとなると、状況が大きく変わってくるように思う。

だからといって、智志にはなにをどうしたらよいのか、すぐには具体的な対策が思い浮かばない。

うーん、と腕組みをして胸元に顎を埋め、しばらくなにかを考え込んでいた金本さんが、

「となると、救援が来るまで、自力でなんとかしなくちゃならんなあ」そう言って顔を上げ、ひとつひとつ確認するように続けた。

「電気は仕方ないとして、ガスはプロパンだから、安全さえ確認できれば、煮炊きはできる。水も沢水を使えばいいし、そうなると、問題なのは食料だけ、ということになるか」

「全員の安否確認がすんだら、各家から食料を搔き集めるしかないだろうね」

孝雄さんが言うと、

「いや、年寄りばかりの家が多いし、しばらく余震が続くかもしれないからね。戻っているときに家が倒壊したら大変だから、それはやめておいたほうがいい」金本さんが難しい顔をする。

「そんじゃあ、爺さんや婆さん方にはここにいてもらって、みんなが戻って来たら、俺らで手分けして調達してくるよ」

孝雄さんが提案すると、片付けの手を休めて話を聞いていた智志の母が、

「食料だったら、ここの冷蔵庫に当座をしのげるくらいはあるわよ」そう口を挟んでから、「それに――」と軽く笑みを浮かべて、

「上のホテルにはいくらでもあるんじゃないの？　電気が停まっちゃった以上、そのままにしてたら、冷蔵庫に入ってるものはすぐに腐っちゃうでしょ。支配人に頼んで放出してもらいましょうよ」

典子が口にした上のホテルというのは、オートキャンプ場の向かい側にある、いまどき風のクアホテルのことだ。けっこうな規模のホテルなので、共英地区の住民が一週間くらい食い繋げる程度の食料は確保できるに違いない。

家のお袋だけあって、考えることがずうずうしいや、と智志は失笑したが、確かに妙案だ。

「なるほど。この非常事態とあっては、支配人もいやとは言わないだろうね」

孝雄さんが笑いながらうなずくと、

「じゃあ、私が支配人に会ってきます」

智志の母と一緒に話に耳を傾けていた金本さんの奥さんが名乗り出たところで、智志の父が血相を変えてやませみハウスに駆け込んできた。

「大変だ！　鹿の湯がえらいことになっている！」

「えらいことってな？」

孝雄さんに訊かれた耕太が、

「土石流に呑まれて、半分、泥に埋まっちまってる」切迫した声で答えた。

「なんだってな！」

「とにかく、一刻も早く助けなくちゃなんねえ。金本さん、ほかの二世が戻ってきたら、すぐに応援に駆けつけるように伝えてけらい」

そう言うや、身をひるがえした耕太が、再び表へと飛び出していく。

智志も、金本さんの「気をつけて！」という声を背中に聞きながら、孝雄さんと一緒にあとを追った。

軽トラックに乗り込もうとしている耕太に、

「祖父ちゃんは？」智志が訊くと、

「わかんねえ」とだけ答えた父は、運転席に飛び乗り、鹿の湯へと向かって、駐車場の砂利を派手に跳ね上げて軽トラックを発進させた。

自分の車に走った智志は、父の軽トラに続き駐車場を飛び出していく孝雄さんのワゴン車を目で追いながら、かすかに震えている手でエンジンキーをひねった。

3

ふたりの車を追って軽ワゴンを走らせていた智志は、ゴミ集積所がある十字路を曲がったとたんフロントガラス越しに見えてきた光景に息を呑んだ。

行く手の山から緑が消えていた。木々の緑に覆われていたはずの斜面が滑り落ち、黄土色の山肌が露出している。

地震に見舞われた直後、金本さんと別れてゴミの集積所から離れたときには、こうはなっていなかった。

土砂崩れを起こした山は、鹿の湯温泉の裏山だった。

呆然（ぼうぜん）としてハンドルを握り続け、十字路をあとにしてほどなく、道端に停めた車からすでに降りている父と孝雄さんの姿を認めた。

ふたりは、智志の到着を待たずに、鹿の湯に通じる道へと姿を消した。

二台の車の後ろに自分の車を停め、運転席から飛び降りようとしたとき、ジャージのポケットから携帯電話が落ちて車のフロアに転がった。

どうせ使えないし……と、拾い上げる手間は省き、携帯電話はそのままにしてふたりのあとを追う。

数十メートルほど駆け下ったところで、足を止めて鹿の湯のほうを見やっているふたりに追い着いた。

肩を並べてその方角に視線を向けた智志は、目にした光景にまたしても絶句した。地震直後から、絶句したり息を呑んだりと、そればかりだが、今回の絶句はさきほどまでのものとは少し違っていた。

いま智志たちが立っている位置からは、本当であれば建物の全景は見えないはずなのだが、鹿の湯温泉の濃いグレーのトタン屋根が、丸見えになっている。

視界を遮る樹木が消えたから見えているわけではなかった。建物自体が土石流で動き、建っている位置が変わっていたのである。

いや、建っている、というのは正しい表現ではない。鹿の湯温泉は、建っているのではなく、真っ茶色の泥の海に浮かんでいた。

目を凝らしてよく見ると、傾いた二階建ての建物の一階部分が潰れて、すっかり泥に埋まっているのがわかった。

だが、呆然として見つめている智志の目には、建物が泥の海にぷかぷかと浮いているようにしか見えない。

温泉のそばを流れていた渓流や敷地内にあった池は、痕跡すらとどめていなかった。上流から下流まで、見える範囲の谷間全体が土石流で埋め尽くされ、突如として巨大な泥の川が出現したのと同然の状態になっていた。

あたり一面が土臭いというか、そんな感じがして鼻をひくつかせた智志は、奇妙な違和感を覚えた。

硫黄の匂いがまったくしないのである。

いつもなら、これくらい鹿の湯に近づくと、温泉特有の硫黄臭さが漂ってくる。それが完全に消滅して、かわりに周囲を満たしているのは、畑の土の匂いとは違う、もっとざらついた、嫌な感じのする土の臭気だった。

鼻腔にまつわりつく臭気に智志が顔をしかめたとき、再び余震が来た。

足下が揺れるとともに、対岸の山肌がさらに崩壊し、ドドーッ、という地響きを立てつつ、すでに泥で埋め尽くされた谷に新たな土砂を被せていく。

こんなにも簡単に山が壊れること自体が信じられない。

繁好さんの家に向かう途中、道が消えた崩落現場を目の当たりにしたばかりではあったが、見ている前で山が崩れていく怖さには、違った質の恐怖があって全身が総毛立った。この場所なら大丈夫だとわかっている。なのに本能的にきびすを返して逃げ出したくなる。

その凄まじい光景に重なる轟音に包まれながら、祖母の安否を確かめるために自宅まで戻っている途中で耳にした音の正体がわかった。

あの音は、鹿の湯温泉の上流のどこかで山体が崩壊し、大量の土石流が雪崩を打って押し寄せてくるときのものだったに違いない。

余震が収まり、目の前の土砂崩れがようやく止まったところで、

「とにかく、様子を確かめねば――」

呟くように口にした耕太に、

「泊まり客は、何人ぐらいいるんだべな」と孝雄さんが言った。

「早めに宿を出て、やませみでガイドの迎えを待ってた人もいるし、そう多くはないと

思うんだが——」耕太が眉間に皺を寄せる。

鹿の湯の客室数は、確か、十二、三室だったはずだ。満室だと三十名以上の泊まり客を収容できる。しかし、まだ本格的な観光シーズンに入る前なので、父が言う通り、それほど客数は多くないはずだと智志も思う。

「うちの祖父ちゃんも、たぶんあそこに」

智志の言葉に、

「耕一っつぁんが？」と、孝雄さんが顔を曇らせた。

「よしっ、とにかく下りてみるべ」

すぐにそう言って先頭に立った孝雄さんに続き、泥の海に分け入ろうとしたものの、最短距離で建物に向かうのは不可能だった。泥の上に踏み出した足がずぶずぶと沈み、簡単に膝まで潜ってしまう。

しかも、泥は冷たかった。押し寄せてきた土石流に、雪解けの水が大量に含まれているせいだ。

「ダメだっ、真っ直ぐは行かれねえ。そっち側の斜面から迂回するしかねえぞ」

孝雄さんの言葉にうなずきあい、いったんその場から離れ、土石流に呑まれていない林に踏み入って藪こぎを始めた。

先頭を歩いていた孝雄さんが、途中で足を止めたと思うや、突然大声を上げた。

「人だっ！　人がいるぞ！」

「どこに！」

孝雄さんが指差した先、木立の隙間から、泥人形となってもがいている人影がちらちらと見えた。

弾（はじ）かれたようにそちらへと向かって走り、林の縁から出て再び泥沼に踏み入った。

ここでも足は、深く泥の底に沈んでいくが、そんなことにかまっている場合ではない。ずぶずぶと沈む足を苦労して引き抜きながら、少しずつ接近していく。

数メートル進んだあたりで、泥に足を取られて悪戦苦闘をしている孝雄さんと父を追い抜いた智志は、先頭を切って進み始めた。

泥人形と化した人が誰なのかは、まったくわからない。男か女かも判別できないほど、顔面まで全身が泥塗（どろまみ）れだ。

「もう少しだから頑張って！」

大声で励ましながら近づいていくものの、返事がない。が、それでも泥人形になった人は、懸命にこちらに向かって手足をばたつかせている。歩いているというより、泥の海を泳いでいるのと一緒だ。

泥から引き抜き、大きく踏み出した智志の右足が、吹き溜（だ）まりの雪を踏み抜いたように、いきなり埋没した。同時に、身体が腰まで沈み、その勢いで前のめりに転倒した。顔面から泥の海に突っ込み、じゃりじゃりという舌触りの泥が口のなかにまで入ってくる。それだけでなく、身体を支えようとした手がいっそう深く潜って、頭のてっぺんまで泥のなかに沈んでしまう。

このまま底なし沼に捉われて溺(おぼ)れてしまうのじゃないかと焦ったところで、闇雲に動かしていた足の下でわずかではあるが地面が硬さを取り戻し、かろうじて上半身を泥の海から引き上げることができた。

泥だらけになった顔面を拭(ぬぐ)い、食ってしまった泥を唾(つば)と一緒に吐き出した。

「智志、大丈夫か！」

背後から声を飛ばしてきた父のほうに振り向き、

「そこ、深くなってるから気をつけてっ。浅い場所に迂回したほうがいい！」

そう注意を促してから前方に向き直り、助けを求めている人のほうへとにじり寄ろうとする。

しかし、粘土みたいな泥が全身にまつわりつき、身体が重くてまともに歩けない。

着ていたジャージの上着を脱ぎ捨て、Tシャツ一枚になるとだいぶ楽になった。

一歩、また一歩とにじり寄った智志の手が、ようやく相手に届いた。

「大丈夫ですか！」

智志の問いに、うなずく仕草が返ってきた。

漆喰(しっくい)に塗り固められたみたいに泥で真っ黒になっている顔面のなかで、血走った目が見開かれている。声を出す余裕はないようだったが、意識はしっかりしているみたいなので、少しだけほっとする。ただし、人相が判別できなくて、誰なのかはまったくわからない。わかるのは、髪が短いので男の人だろうということだけだ。

智志は、助けた相手の腕を自分の肩に回して、泥の海の真っ只中から引き返し始めた。

「こっち側に回れ！　なんぼか浅い」

見ると、父と孝雄さんが、さっき智志が泥で溺れそうになった位置から十メートルばかり右手に逸れたところで手招きしていた。

助けた人の体重を支え、慎重に足下を確かめながら、そちらへと向かう。

左手側に目を向けると、まるでマグマでも噴き出ているみたいに、泥の表面がぼこぼこと泡立っている場所があった。

たぶん、と智志は思った。

さっき、危うく溺れかけたところは、池があった場所だったのかもしれない。

「よしっ、もう大丈夫だ。任せろ！」

その声に視線を戻すと、すぐ目の前まで父と孝雄さんがたどり着いていて、手を差し伸べてきた。

肩に回していた男の腕を外し、救助をバトンタッチする。

耕太と孝雄さんが、助け出した人を両側から支え、林の縁沿いを伝って道路のほうへと戻り始めた。

両膝に手を当て、しばらく息を整えたあとで歩きだす。

膝の上まであった泥が次第に膝下まで浅くなり、さらに足下も締まり始めて、まともに歩けるようになってきた。

道が残っている場所まで智志がようやくたどり着くと、先に戻っていたふたりが、道端に横たえた男の人の顔面から、素手で泥を掻き落としていた。

泥の仮面の下から現れたのは、旅館の経営者、保さんの顔だった。開拓一世と同年代の人で、年齢は八十代の半ばくらいだったはずだ。

手に負えないほどの重傷を負っていることはなさそうなのを確認した耕太が、

「あとの人は？」

そう尋ねると、

「わがんねえ、なんにもわがんねえ……」と保さんは首を振った。

「宿泊客は何人いたのっしゃ」

孝雄さんの問いには、

「ふたりだけ」という答えが返ってきた。

「今朝、宿にいた従業員は？」

泥がこびりついた顔のなかで目を瞬かせながら、

「三人だったはずだ」保さんが答える。

「そうすると……」皆で顔を見合わせたあとで、

「八人は残ってることになるな」と、孝雄さんが口にする。

鹿の湯は、保さん夫妻とふたりの息子で経営しているのだが、息子たちはいずれも独身だ。それに、従業員の三人とふたりの宿泊客を加えれば、建物に取り残されているのは八名になる。

「いや、うちの祖父ちゃんを足せば九人になります」

智志が口を挟むと、そうだった、と思い出した顔になって「んだな」とうなずいた孝雄さんは、

「とにかく、保さんをやませみさ運ぶべ」と言って、自分の背に保さんを負ぶった。

車に戻った孝雄さんが後部座席に保さんを横たえたところで、軽トラックのエンジン音が十字路の方角から聞こえてきた。

こちらに向かってやって来る車は一台だけではなかった。住民の安否確認に散らばっていた開拓二世たちが、やませみハウスに詰めている金本さんから事情を聞いて、救援のために集まり始めたようだ。

次々と車から飛び降りてきた二世の人たちは、耕太から鹿の湯の状況を聞いて一様に青ざめた。

とにかく、俺らでいまできることをやろう。

すぐに話がまとまり、孝雄さんが保さんを避難所へ運ぶために、自分のワゴン車に乗り込んだ。

「孝雄さん！」

エンジンがかかった車の運転席の窓に近寄り、

「ボートを持って来たほうがいいと思います」智志が言うと、すぐに意味を理解したらしく、孝雄さんは、

「んだな、わかった。取ってくる」と答えて車を発進させた。

ボートというのは、スキー場や雪山での怪我人を運ぶために使う、ボートの形をしたプラスチック製の橇のことだ。

鹿の湯から被災者を救出できたとしても、建物の周囲はこの通りの泥沼状態なので、背負って歩くのは無理だ。担架を使っても難しいだろう。

集まった開拓二世のひとり、幸夫さんが、泥だらけになっている智志を見て、

「智志、おめえ、やませみで休んでてもいいぞ」と言ってくれたが、いいえ、と首を振り、

「俺も手伝います」と申し出た。

このまま現場を離れることは考えられなかった。じきに救助隊が来てくれるだろうが、それまで手をこまねいて待っているなどできない。ましてや、建物のなかには祖父の耕一がいるはずで、一刻も早く助け出したかった。

4

鹿の湯の建物に近づくには、さきほど三人で迂回した林のなかのルートを選ぶしかな

かった。

集まった二世の人たちと一緒に再び藪こぎを始め、林の縁にたどり着いたところで、おーい！　と皆で大声を上げてみる。

しかし、呼びかけに応える声は一切聞こえてこない。

「なかに入ってみるしかないですよね」

隣にいた幸夫さんに、確かめるように智志が言うと、難しい顔をしたまま幸夫さんがうなずく。

建物に手が届きそうなところまで接近して眺めてみると、一階部分はへしゃげたマッチ箱みたいに押し潰され、周囲に散乱した瓦礫の山が泥から顔を覗かせている状態だった。二階部分は原形を保っているものの、泥と瓦礫にかろうじて載っているだけのようにも見える。

建物の内部に入っているあいだに、また大きな余震に見舞われたらどうなるかと思うと、足がすくみそうになる。

しかし、顔を見合わせてためらっていたのもつかの間、林から離れた耕太が、先頭を切って泥の海に踏み入った。

対抗心というのも妙な話だが、親父に遅れを取ってはなるものか、と自分を鼓舞した智志は、慌てて父を追った。

ほかの二世たちも、一列になってふたりのあとに続いて来る。

「二階の窓から入るしかないよね」

耕太の背中に声をかけると、

「それしかねえな」振り返った父が、

「釘を踏み抜かないように注意しろよ」と付け加え、泥から引き抜いた足を、散乱している瓦礫の上に乗せた。

足場を確かめつつ、瓦礫の先にある二階の窓へと移動していく耕太の背中に、

「俺、こっち側の窓から入ってみる」

左手側に方向を変えた智志は、窓枠ごと外れていて、建物内に潜り込むのが楽そうな窓を目指すことにした。

だが、これはちょっと失敗だったかもしれない。

近づいていくにつれ、またしても泥が深くなって、ようやく窓枠まで行き着いたときには、臍のあたりまで泥に埋まってしまった。

腕を伸ばしてみると、なんとか窓枠に手をかけることができた。割れたガラス片が残っていないか確かめたあと、渾身の力を振り絞って身体を引き上げ始める。

ちっくしょう……。

奥歯を噛み締めながら罵る。

泥の罠に捕らわれたみたいになって、身体がなかなか上がらない。というより、河童にでも足をつかまれて沼底に引きずり込まれているような錯覚を覚える。

それでもなんとか、泥から引き抜いた右足を窓枠にかけることができた。深呼吸して体勢を整え、一気に力を込めると、泥のなかに残していた左足が唐突にすぽんと抜けて、その勢いのままに建物のなかへと転がった。

智志が転がり落ちたのは、二階の客室のひとつだったが、床が抜けていて、あやうくそのまま一階部分へ転落しそうになる。

窓枠にしがみつきながら足場を求めると、靴底が梁を探り当て、身体を安定させることができた。

下を覗き込む。一階の天井近くまで泥が侵入していて、建物の内部も泥や土砂だらけになっているのがわかった。

その様子に暗澹たる気分となる。

土石流に呑み込まれた瞬間、二階にいたのならまだしも、一階にいたとしたら、とてもじゃないが助からないのではないかと、想像したくもないことが頭をよぎる。

「誰かいませんかっ。いたら返事をしてください！」

足場を確保しながら建物の奥へと移動をしつつ、智志は声を張り上げた。

智志と同様、建物に入り込んだ二世の人たちの、安否を確かめる声があちこちで錯綜し始める。

「祖父ちゃん！　どこだ！　いたら返事をして！」

必死になって呼びかける智志の脳裏には、いつも物静かで無口ではあるが、朗らかで優しい祖父の顔が浮かんでいた。

第二章　引　揚

1

智志の祖父、大友耕一が家族と共に開拓移民団の一員として満州に渡ったのは、昭和十九年の三月だった。耕一が十七歳のときで、一緒に渡った家族は、父母と五つ歳下の弟がひとり。満州の開拓地に入植して間もなく、歳の離れた妹が生まれた。

耕一の家族が満州への移民に応募した事情には、取り立てて特別なものはない。農家の三男坊だった父には、猫の額ほどの畑以外、自前の耕作地がなかったからだ。

同じ宮城県内でも、土地が余るほどある広大な平野部の稲作農家であれば、少しは事情も違っていたであろう。分家の際に、そこそこの田畑を分け与えてもらえる場合も多い。

だが、耕一の家族が暮らしていた伊具郡共野村は、比較的温暖で気候のよい県南部に位置してはいるものの、九十九折りの山道をしばらく登らなければならない山間部にあり、耕作地そのものが不足していた。

本家で所有している田畑も、平地の農家と比べれば細々としたものだ。たとえば、一反の田圃といっても、一枚の田を指すのではなく、何枚かの小さな田圃を合わせて一反、と数えるのもざらである。本家にしてそうなのだから、ほかの分家した家の例に漏れず、耕一の家でも、かつかつの生活がやっとだった。

おりしも共野村では、絶対的に耕作地が不足している村の将来を案じた村長が、満州への分村計画を進めており、すでに数年前から幾度かにわたって開拓団が送られていた時期だった。

耕一の父も、開拓団を見送るたびに、このまま内地に留まっているよりは暮らし向きがよくなるはずだと、次第に考えが傾いていったようだ。二男である兄がひと足先に開拓団として出向いていたのも、父の背中を押した。そしてついに、腰が重いくらい慎重な性格の父が、数世帯の同郷の仲間と共に満州へ渡る決断をしたのだった。

耕一としては、親父の決めたことに異を唱えられる立場ではなかったし、実際、それほど深くは考えていなかった。物心ついたときから食うや食わずの生活で、いつも腹を空かせていた。だから、向こうへ行けばいまよりも腹が満たされるのだろう、それならば満州も悪くはないと、単純に考えていただけだった。

新潟から船に乗って朝鮮の羅津の港に上陸した耕一の家族は、南満州鉄道に乗り換えて北へと向かい、勃利という駅で降りたあと、迎えの馬車に揺られて、すでに入植していた開拓団と合流した。

入植先は、東満州東安省勃利県長興（現・中国 黒竜江省勃利県）にある村だった。

北京から北東におよそ千五百キロ。現在のハルビン市の真東に位置しており、ちょうど樺太の南端と同じくらいの緯度に当たる。現在の勃利県は、行政区としては七台河市の管轄下にあり、中国有数の炭鉱都市になっているが、それはあくまでも戦後の話である。当時は、どこまでも原野が連なる荒れた土地だった。

海を渡る前は、西の地平線にお日様が沈むのが望める、とてもよい所だと聞かされていた。

だが、迎えに来た馬車に揺られてほどなく、それは嘘だったのじゃないかと、耕一の胸に疑念が湧き始めた。

寒が明けてそれほど経っていない時季であったが、この年、大陸を流れる河川から氷は消えていた。どんなに寒い土地だろうと心配していただけに、覚悟していたほどの寒さではないことにほっとした。

しかし、安堵したのもつかの間、川が凍結していないかわりに、泥の轍がうねるぐちゃぐちゃになった道が耕一たちを迎えた。場所によっては泥水が川みたいに流れていて、馬車の車輪が踏んでいるのが本当に道なのかどうか怪しいほどであった。

そして、耕一の家族が落ち着くことになった土地は、確かに、地平線に沈む太陽が見える広大な大地ではあったが、見渡す限りの原野であった。先遣隊や先に入植した開拓団によって拓かれた田畑はあったものの、周囲の原野と比べれば心細くなるほどささやかなもので、遠目には耕作地があるようには見えなかった。

これまで耕一が見たことのある平たい土地といえば、田圃が連なる長閑(のどか)な田園地帯が普通だった。なのに、目の前には荒涼たる原野が広がるばかりで、緑が芽吹く前の季節であるのも相まって、身震いすらした。その光景にようやく慣れることができたのは、春の陽射しを感じる季節になってのことである。

ともあれ、そうして新たな土地に落ち着くことになった耕一とその家族だが、住む場所は空き家をあてがわれたものの、最初、土地を分け与えてはもらえなかった。正確には、開墾済みの耕作地は、すべて先発で開拓に入っていた家の所有となっており、新参者に回せる余裕がなかった。

周囲にはこんなにたくさん土地が余っているのに、と首をひねった耕一であるが、その辺の事情は、しばらくしてから知ることになった。どうやら、原野からの開墾そのものは満州人を使って行っているらしく、ある程度開墾が進んでから土地をもらい受けて田畑を作ればよい、ということだった。

結局、耕一の家族が土地を得るまでには、翌春まで待たなければならず、最初の一年間は伯父(おじ)の家の手伝いをしてすごした。

年が明けた昭和二十年の春、ようやく土地を手に入れた耕一の家族は、まずは、トウモロコシと大豆を植えて最初の収穫を待つことにした。

開拓村には水田もあるにはあったが、面積は狭く、しかも、個人の所有になるものではなくて、集落ごとに共同で管理しているものだった。実際、まったくの原野から水田を作るには、畑を耕すよりもはるかに労力と手間隙がかかる。最初から稲作が主役になれないのは、どの開拓地でも同様だった。

　とはいえ、汗を流して働けば、少しずつでも田畑は増え、やがては日本国内に留まっていては叶わなかったはずの豊かな暮らしができるようになる、という夢を持てた。もちろん、日々の生活は内地にいたころと五十歩百歩で苦しいものだったが、広大な大陸が未来を保証していた。それに、同じ土地に入植した多くの家は同郷の絆で結ばれており、それが心強くもあった。

　だが、耕一たちの夢と希望は、最初の収穫を見ずして木っ端微塵に打ち砕かれることになる。いうまでもなく、昭和二十年八月十五日の敗戦のことである。

　開拓団に応募したときから、連合国を相手にした戦況がかんばしくないのはわかっていた。しかし、大日本帝国が敗戦への道をまっしぐらに突き進んでいるとまでは考えていなかった。

　したがって、突然の敗戦は、耕一たちにとっては、文字通り青天の霹靂であった。いや、いったいどういうことなのか、最初は事情が理解できなかった、としたほうが正しい。外の世界がどうなっているのか、その情報が得られなかったのだ。

　開拓団の本部には電話線が引かれていたものの、電話は一台きりだった。本部にいる幹部は、ある程度状況を把握していたのだとは思う。しかし、末端の各家にまで、そうした情報が逐一もたらされることはなかった。

至急本部に集まれ、との指令が届いたのは、敗戦の数日前だったが、なにが起こりつつあるのか、そのときには正確なところはわからなかった。人伝(ひとづて)の噂で唯一わかったのは、中立条約を結んでいたはずのソ連が日本を裏切り、突然攻撃に転じたらしい、ということだけだった。

ともあれ、ソ連とは陸で国境を接している満州国にとっては一大事である。上からの指令通り、各家に一丁ずつ与えられていた旧式の軍用銃を手にして、耕一も家族と一緒に本部へと駆けつけた。

だが、やはりその時点でも、敗戦が間近だとは考えていなかったし、本部からも詳しい説明はなかった。もしかしたら、開拓団の幹部たちも正確な情報はつかんでいなかったのかもしれない。

本部に集められたその日、耕一のような若い者は、支給された弾薬を込めた銃を持たされ、ひと晩、本部の周囲の警備をしてすごした。

といっても、敵の影はどこにもなく、大砲の音や銃声は聞こえなかったし、敵の偵察機が飛んでくることもなかった。

次の日、入植者たちは、自分たちの村から駅のある勃利へと移動させられた。勃利には開拓団の出先になっている建物があって、そこに集められたのだが、ここで耕一は家族と別れることになる。

三日ほど前、耕一はちょうど十九歳の誕生日を迎えていた。そのため、勃利に到着して人員点呼を受けたあと、自動的に国民兵として召集されたのである。

家族との別れを惜しむ間もなかった。なにがなんだかわからないまま、同様に召集された仲間と共にまずは警察庁へ集められ、すぐに勃利の南に位置する牡丹江へと連れて行かれた。

あとで振り返ってみると、この日こそが耕一の運命を決定付ける岐路になったのだが、むろんこのときの耕一には、どんな未来が自分を待ち受けているか、かけらも想像できなかった。

牡丹江で二晩ばかりすごしたあとで、行軍が始まった。相変わらずなにが起こりつつあるのか見当がつかなかったものの、自分たちが牡丹江に集められたのは、軍事基地の防衛が目的だったに違いない、ということだけはわかった。というのも、目的地もわからないまま行軍を始めてほどなく、あとにしてきたばかりの牡丹江の上空をソ連軍の爆撃機と戦闘機が飛び交い、基地とおぼしきあたりに爆撃や銃撃を加えるのを目にしたからだ。

結局、行軍というのは撤退だったわけだが、そのおかげで命拾いをしたのは確かだった。兵隊とは名ばかりで、その実態は、一度も撃ったことのない旧式の銃を持った、野良着姿の百姓たちである。実際の戦闘に巻き込まれたら、なにひとつ抵抗できないうちに全滅していたに違いない。

その後、耕一たちは命じられるままにソ連と国境を接する綏芬河市まで行軍し、そこで日本の敗戦を知らされるとともに、ソ連軍によって武装解除された。

そこから国境を越えて再び歩かされ、最初の町に着いたところで軍用トラックに乗せられた。

最終的に耕一たちが行き着いた先は、強制収容所であった。

そして、ここから、三年間に及ぶ強制労働と抑留生活が始まることになる。

その後耕一は、三年間のうちに、三ヵ所の収容所を転々とすることになったのだが、これもあとで振り返ってみて運がよかったと思うのは、いずれも沿海州のウラジオストックやハバロフスク近辺の収容所で、バイカル湖周辺のような酷寒の地に送られずにすんだことである。

といっても、日本よりもはるかに寒さが厳しい土地であるのに変わりはない。乏しい食事と重労働に耐え、三度にわたる凍てつく真冬を、命を落とさずに越せたのは、ひとえに若さのおかげだったと言うしかない。

耕一たちに与えられた労働は、樹木の伐採だった。

まずは、宿舎を自分たちで建てる作業から始まった。伐り出した丸太を組んで、丸太小屋を作らされた。収容所の周囲に張り巡らされる鉄条網をこしらえたのも、自分たちだ。

一ヵ所の収容所に収容される捕虜は、平均して五、六百名ほどで、それが五十人くらいの分隊に分けられ、分隊単位で寝起きし、労働をした。

樹を伐る道具は、ふたりで挽く大型の鋸である。両端の柄をそれぞれ持って交互に押し引きするもので、日本の鋸とは勝手が違う。

その上、伐り倒す相手は、大人の腕が回らないような針葉樹の巨木で、要領がつかめないうちは、ひどく苦労した。しかも、鋸の歯が少しでも丸まるとすぐに切れなくなる。かといって、銃を持って監視しているソ連兵が鋸を研いでくれるわけではないので、自分たちで目立てをしなければならない。

しかし、こうした労働そのものは、重労働には違いないのだが、抑留生活の辛さのなかで筆頭のものではなかった。

未経験だった伐採仕事にも次第に慣れて、最初のころほど悪戦苦闘せずにすむようになってくるし、捕虜には手先が器用な者もいて、鋸の目立てにも困らなくなってくる。

冬の寒さも、苦にならないといえば嘘になるが、手の甲や指が皹になったり、ひび割れしたり、あるいは足の指先が軽い凍傷になるのも当たり前だと思うようになる。身体が順応していくというよりは、感覚が麻痺していくとしたほうが正確なのだろうが、こうしたものには、なんとか耐えることができた。

耐えるに耐えられないのは、空腹だった。

収容所での食事は、悲惨などというものではなかった。ここでの食い物と比べれば、いつも腹を空かせていたはずの共野や満州での食事、たとえば、雑穀のほうが多い飯ですら、夢にまで出てくるようなご馳走と言える。

朝と晩は、とうもろこしか燕麦の粥だけである。粥といっても、もとの形が判別できないくらいどろどろにしたものだ。そこに塩鮭の切り身を入れて塩味をつけているのだが、鮭の身がどこにあるのかなどわからない。

昼は黒パンが一個だけ。粥よりは食える代物なのだが、なにせ量が少なすぎる。

しかも、である。昼飯の時刻がやってくると、当番がソ連兵に黒パンをもらいに行くのだが、運んでくる途中でパンの中身をこっそりくり貫いて食ってしまうというずるが横行したものだから、運が悪いと皮だけになった黒パンを齧らなければならない。

そんな粗末な食事で重労働に携わらなければならないのだから、耕一たちは見る間に痩せこけ、たちまち骨と皮だけになった。

唯一救いだったのは、春から夏にかけて、ツンドラの平原に野草が生えてくることだった。伐採現場から収容所に戻る前に、目についた野草をせっせと摘んで、晩飯の粥に入れて嵩を増やして飢えをしのいだ。

最後の三ヵ所目の収容所では、日本人捕虜を働かせるパン工場ができたので、それまでよりはだいぶましになったが、それでも空腹に苛まれ続けた。一年目くらいまでは食い物の夢をしょっちゅう見ていたのだが、やがてそれも見なくなった。たぶん、食い物の夢から醒めたとたん、現実に引き戻されてがっくりくる繰り返しに、身体そのものが悲鳴を上げ、拒絶しだしたのだろう。

そんな過酷な環境にあっても、同じ分隊の仲間で命を落とした者はひとりだけだった。

いや、実際には、あっちでもこっちでもバタバタ人が死んでいた。捕虜のなかには何人か坊さんがいたのだが、毎晩のようにどこからか読経の声が聞こえてきた。

とりわけ、耕一たちが「三中隊」と呼んでいた宿舎では、しょっちゅう誰かが死んでいた。内地にいたころの野良仕事や、満州に渡ってからの開墾で、重労働をさんざん経験していた耕一たちとは違い、町場でしか暮らした経験のない連中だった。最後のほうでは、三中隊の訃報を耳にするたびに、「またも死んだか三中隊」などと揶揄の笑いを仲間内で漏らし、だらしない奴らだと優越感に浸っていた。

あとで振り返ってみると、あのときはなんと非道な笑いを漏らしていたのだろうと自分を責めたくなるのだが、死に対してそこまで鈍感にならなければ、心が壊れ、気力が失せ、死へと向かうしかないことを、無意識が知っていたのかもしれない。

三年目に入ったころからだった。どこそこの収容所に抑留されていた捕虜が日本に帰された、という噂を頻繁に耳にするようになった。しかし、なかなか耕一たちの番は回ってこなかった。

もしかしたら帰れるのだろうか、と思い始めたのは、同じ作業場にソ連人の労働者が入ってくるようになってからだった。寝起きをする宿舎は当然違っていたが、どうやら彼らは、囚人たちらしかった。

それからほどなく、ソ連兵から直接ではないものの、捕虜のなかで上の地位を与えられていた日本人から、俺たちもようやく帰れるぞ、と知らされた。

だが、耕一も一緒にいた仲間たちも、素直に万歳、とはならなかった。

これまで二度も収容所を移されていたので、果たして本当に帰国できるのか、少々疑っていたのである。

それから数日後、ナホトカの港に送られ、岸壁に接岸した船に乗っても、半信半疑だった。というのも、桟橋から船に移る際に名簿ではねられ、乗船できない者が何人もいたからだ。なにが理由で乗せてもらえないのかさっぱりわからないので、耕一たちの不安は増した。

やがて出港して、船が海上を滑りだしても疑念は拭えなかった。

もしかしたら、帰国するのではなく、別の収容所に送られるのかもしれないと、ほとんどの者が考えていた。それならまだしも、どこかへ連れて行かれて殺されるのではないかと、もっと悪い不安が胸中で渦巻きだした。

それには理由があった。収容所では、娯楽という名目で、たまに映画を見せられることがあった。ところが、その映画というのは、ナチスドイツの兵が捕虜を虐殺している場面を撮影したものばかりだったのだ。自分たちにも同じ運命が待っているのではないかと心配になるのも当然である。

しかし船に乗せられてしまった以上、どうにもならない。

疑心暗鬼のまま、耕一たちは、畳一畳に三人が雑魚寝をするという窮屈な状態で、まともな身じろぎもできず船倉に身を横たえるしかなかったのだが、その船倉の狭さも、よけい不安にさせた。

　捕虜生活から解放されたのだとしたら、ちょっとはましな寝床を与えられてもよさそうなものだった。それがこれでは、やっぱり違う収容所に移送されている途中なのか、あるいは処刑場に送られようとしているのか、どちらかに違いないと考えるしかなかった。

　自分たちが抑留を解かれ、日本へ向かう船に乗せられたのだと確信できたのは、「やった、着いたぞ！」の声に飛び起き、甲板に出て、行く手の景色を目にしたときだった。誰かが、舞鶴港だと教えてくれた。

　間違いなく日本だった。

　日本の港だった。

　しずしずと船が入っていく湾の両側には松林が連なっており、その緑が目に鮮やかだった。

　日本の海岸には当たり前に植えられている松林を目にして、これほどの感動を覚えたのは、生まれて初めてだった。

　これで本当に、ようやく日本に帰って来られたんだ、と実感すると同時に、耕一の目から涙が溢れ出した。

　周りの誰もが泣いていた。

　熱くなったまぶたの裏側に、満州で別れたきりになっていた父と母、そして弟と妹の面影が鮮明に浮かんできた。

ここしばらくは思い描くことさえなくなっていた家族の顔が、いまはくっきりと甦り、それがいっそう耕一の目から涙を溢れさせた。

もうすぐ、先に日本に帰ったはずの家族に再会できる。

喜びと安堵の涙に暮れながら、ゆっくりと近づいてくる舞鶴港の光景を、耕一は懸命に凝視していた。

昭和二十三年十二月三日のことである。

2

舞鶴港に接岸した引揚船から喜び勇んで下船した耕一だったが、すぐには共野へ向かって出発できなかった。もちろん、一刻も早く家族のもとへ帰りたかった。ところが、祖国の地を踏んだとたん、耕一の身に災難が降りかかった。

下船後、まずは、頭からアメリカ兵にＤＤＴをかけられたあとで薬臭い風呂に入れられ、その足で舞鶴引揚援護局というところに連れて行かれた。

そこで、主要食糧特別購入券がついた引揚証明書を発行してもらえるまで、丸一日かかった。

そこまではよかった。命じられるままに動き続けた三年以上の抑留生活で、物事が自分の都合で動かないのには慣れきっていた。待て、と言われれば、はいわかりました、と答えて素直に待つだけである。だが、夜になってから気分が悪くなり始め、ひどい下痢に見舞われて熱も出た。

腹を下したのは、婦人会で用意してくれた飯をむやみやたらに胃袋に詰め込んだせいだ。そこへもってきて、気がゆるんだせいか、弱っていた身体が風邪にやられたに違いなかった。

情けないことこの上なかったが、翌日の昼ごろにはなんとか熱も下がり、夕方には下痢も治まってきた。しかし、その後さらに三晩も引揚援護局に留め置かれたのは、コレラの感染を疑われたからである。

コレラだったらもっと激しい下痢が続くはずだし、熱は出ないと聞いていたのだが、少しでも疑わしい者は同様の処置を受けるらしかった。

結局、コレラには感染しておらず、帰郷してよし、との許可をもらえたのは日本に着いて四日目の晩だった。一緒に上陸した同郷の仲間たちは、すでにひと足先に出発したあとで、耕一は、やむなく単身で故郷へ向かうことになった。

そして翌朝、ようやく帰郷の途へとつくことが叶ったものの、列車を乗り継いで共野へとたどり着くのに三日もかかった。

この間の旅程を、耕一はかなり克明に記録している。というのも、再び日本の地を踏めたといっても、生まれてこの方、西日本には一度も足を運んだ経験のなかった耕一は、どの列車に乗ればよいのかいちいち駅員に尋ね、発着時刻を紙片に書き付けて最後まで持っていたからである。

　これは必要に迫られて、というのが一番の理由ではあったものの、誰にも監視されずにどこへでも自由に行ける嬉(うれ)しさが、一人旅の心細さに勝っていた。つまり、自分が乗るべき列車を鉛筆で紙に書き付けているだけで、自由の身になったことを深く実感できたのである。

　その記録をざっと概観してみると、まずは、

昭和二十三年十二月七日（火）
東舞鶴発　〇八：五三（舞鶴線）
綾部(あやべ)着　一〇：一三

という記載から始まっている。その後の旅程は、

綾部発　一〇：三九（山陰本線）
京都着　一三：二八
京都発　一五：一〇（奈良線）
木津(きづ)着　一六：四七
木津発　一八：二二（関西本線）
柘植(つげ)着　一九：五七（駅舎ニテ仮眠）
十二月八日（水）

柘植発　〇五：四四（関西本線）
亀山着　〇六：二七
亀山発　〇六：三九（関西本線）
名古屋着　〇八：三八
名古屋発　〇九：三六（東海道本線）
沼津着　一七：〇〇
沼津発　一七：五〇（東海道本線）
東京着　二一：〇〇（山手線ニ乗換）
上野発　二一：五〇（東北本線・車中泊）
十二月九日（木）
白石着　〇七：〇九

となっている。

初日の夜は柘植駅の駅舎で寝起きをし、二日目は東北本線の車中泊という強行軍であったが、旅慣れていない人間の一人旅としては、乗り継ぎを含めてかなり順調なものだったと言えよう。

これはひとえに、耕一に質問されたどの駅員も、シベリア抑留の引揚者に対して親切だったのに加え、この年の七月一日にダイヤの大改正があり、国内の鉄道がかなり正確に発着するようになったからである。

もっとも、そうした事情は耕一の知るところではなかったが、終戦直後の混乱期であれば、さらに一日か二日、余計に時間がかかっただろう。

ともあれ、こうして東北本線の白石駅に降り立った耕一は、十キロメートルほどの距離を、徒歩で共野村の役場へと向かった。

真っ先に家族の元へ向かわなかったのは、舞鶴の引揚援護局で、故郷に着いたらまずは役場を訪ね、引揚証明書を提出して必要な手続きをするように、と言われていたからである。

それに、満州へ渡る際、渡航費用を捻出するために、家と畑は人手に渡していた。だから元の家に戻っても家族はいないはずで、役場で用を足したあと、本家を訪ねるつもりでいた。おそらく、自分の家族は本家に身を寄せているだろうし、そうでなくても、伯父に訊けば所在がわかるに違いなかった。

二時間以上かけて田舎道を歩き、最後に九十九折りの山道を登り切ったところで、行く手に懐かしい役場の建物が見えてきた。

四年と九ヵ月ぶりに目にする古里だった。

満州に渡った時点で十七歳だった耕一は、いまは二十二歳になっていた。しかし、久しぶりに目にする故郷の村は、以前となにも変わっていないように感じられた。

東京をはじめとした日本各地の多くの都市が、米軍の空襲を受けて焼け野原になったのは知っていた。古里に近い仙台も、終戦のひと月ほど前に大きな空襲に遭ったと聞いていたし、それればかりか、広島や長崎には原子爆弾が落とされ、壊滅状態になったことも知っていた。

だが、舞鶴から共野へ帰ってくるまでのあいだ、耕一は直接空襲の傷跡を見ることはなかった。

乗り継ぎに二時間ばかり待ち時間のあった京都は、大空襲と呼べる規模の爆撃には遭わなかったという話だったし、名古屋では駅舎の外に出なかった。また、東京駅に到着したあとで上野駅に向かっていたときには、すっかり夜になっていて、街の様子がどうなっているかはわからなかった。

だが、到着したのが日中で時間があったとしても、街の様子を見に駅舎の外へ繰り出さなかったと思う。実際には終戦から三年以上が経ち、かなり復興が進んでいた時期ではあるのだが、いまさら、痛めつけられた祖国の姿を見る気にはなれなかった。

そして、最後に降りた白石駅も、仙台の手前だったため、空襲の傷跡を一度も目にせず古里に帰り着いた耕一だったが、それにしても共野は、昔となにひとつ変わっていない長閑(のどか)な山村だった。

すでに師走(しわす)に入っていたものの、積雪量はさほどでもなく、日陰に雪がある程度で、葉を落とした広葉樹に抱かれた小さな村が、耕一を迎えてくれた。

あらためて村の景色を見やったあと、木造平屋建ての役場の玄関をくぐった耕一は、村民課と表示が出ている窓口を前にした。

黒い腕貫を着けて事務仕事をしていた中年の男性職員が、耕一を認めると、黒縁眼鏡に指を添えて顔を上げた。

「あのー、大友耕一という者ですが、たったいま帰還しました」

帰還というのも妙かな、と思いつつも、ほかに適当な言葉が見つからなかったのでそう申し出て、懐から取り出した引揚証明書を手渡した。

すると、証明書を一瞥した職員は、

「あー、なるほど。シベリアの収容所から三日前に戻ってきた、佐々木さんたちのお仲間ですな」と確認するように訊いてきた。

「んでがす、んでがす」

うなずいた耕一が、

「身体の調子ば崩して、舞鶴に四日ばかり留めらっておったもので、帰りが遅くなりました」

帰郷が遅れた理由を説明すると、

「いやあ、ご苦労さまでした。まんずまんず、それは大変だったすなあ。お疲れのところ悪いけんど、ちょっと待っててけさい」と返事をした職員は、引揚証明書を手にして席から立ち上がり、壁際の戸棚のほうへと移動すると、紐で綴じてある書類の束をめくり始めた。

目当ての書類が見つかったらしく、証明書に書かれた内容と照合していた職員の表情が、なぜか曇ったように、耕一には見えた。

　ちらりとこちらを見やった職員が、耕一には声をかけずに、奥の机に座っていた年配の男性職員に近づき、内緒話でもするように、腰を屈(かが)めてひそひそ声でやりとりを始めた。

　持参した書類に不備でもあったのだろうか、と思いながらその様子を見ていると、軽く横に首を振った年配のほうの職員が腰を上げ、ゆっくりと窓口に近づいてきた。机の上に課長と墨書きされた四角錐(すい)が載っているのが見えるので、村民課の課長のようだ。

「あんのう、なにか書類に問題が……」

　なにがまずかったのだろう、と不安を覚えながら耕一が言うと、以前耕一たちが暮らしていた住所を口にした課長が、

「そこに住んでおった、大友三男(みつお)さんの長男の耕一さんで間違いないんだっちゃね」と確認してきた。

「はあ、そうですが……」

　最初に応対した職員のほうをちらりと見やった課長が、ゆっくりと耕一に向き直った。

「誠にお気の毒ですが、あんだのご家族は誰も戻って来ておらんです」

「え？」

　意味がわからず耕一は首をかしげた。

　沈痛な表情になった課長が、

「誰も満州から帰って来ておらんのですよ」と気の毒そうに言う。

「でも、俺は勃利で召集されてしまったですけども、親父とおふくろに弟、それから、向こうで生まれた妹は、先に引き揚げているはずなんだけんど」

「いや、つまり、どこかでお亡くなりになったらしくて、ご家族はひとりも戻っておられませんでな」

「どこかでって、どこっしゃ」

「三男さんたちがどこでどうなったか、消息がひとつもわからんのですよ。引き揚げてきた開拓団の誰に訊いてもダメでしてな。抑留されたわけでもなさそうなのに、この時期になっても帰国していないとなると、言いにくいことですが、やっぱす絶望的かと……」

「そんな……」震える声で言ったきり、それ以上、なにも言葉が出て来ない。

「あんだが帰国したことは三日前に戻った人らから聞いて、本家のほうさは私から直接伝えてあっからっしゃ。とりあえず、伯父(おん)つぁんの家さ身を寄せられるはずだから、そっちを訪ねでみらいん」

課長の言葉に、

「なしてっしゃ」と耕一は首を振った。

「なしてっしゃって、まずは、それすか他に——」

言いかけた課長をさえぎった耕一の口から悲痛な声が漏れる。

「なして兵隊さ取られた俺が生きて帰って、親父やおふくろが死なねばなんねえのっしゃ。そいな馬鹿なことって、ねえべっちゃな」

耕一に詰め寄られ課長が、諭すように言う。

「あんだの気持ちは痛ましいほどわかるっちゃね。しかし、帰って来ていないのは、三男さんらだけでねえのっしゃ。いまだに何家族もが消息不明のままでな。そうそう、三男さんの兄さまの家族も誰も戻っておらんでね。これはもう、どうしようもねえのだす」

周囲にいた役場の職員は、誰もが口を閉ざし、同情を込めた面持ちでふたりのやり取りに耳を傾けていた。

静まり返った屋内で、薪ストーブに載せられたヤカンが沸騰するちりちりという音だけが、やけに大きく響く。

「そすたら馬鹿なことって……」

膝から力が抜け、耕一はその場にくずおれた。正座した膝に載せた拳を硬く握り締め、必死になって慟哭をこらえようとしたが無理だった。

むせび泣きの声が喉の奥から漏れると同時に、まぶたから涙が溢れだした。

頬を伝い落ちる熱い涙は、一週間前に舞鶴港を目にしたときのものとはまったく違っていた。

なにも考えられないまま、ひんやりとした床に正座した耕一は、しばらくのあいだ肩を震わせ続けるしかなかった。

3

耕一が共野に戻ってから一週間が経っていた。役場の村民課長から言われたように、とりあえず、伯父の家でやっかいになっている。

伯父をはじめ、本家の家族は、甥っ子の生還を喜んでくれた。その気持ちに偽りはないと思う。

しかし、本音の部分は違うところにあるのを、耕一は感じていた。

折りしも、年が暮れようとしている季節である。これが田植え前後の農繁期であったなら少しは状況も違っていただろうが、縄綯いか草鞋作りしか仕事がないような農閑期とあっては、無駄な食い扶持がひとり増えたようなものだ。伯父もその女房も、あからさまに嫌な顔はしなかったが、できるだけ早く家を出て欲しいと考えているのは明らかだった。

その日の午後、だいぶ日が傾いてきたころ、伯父に呼ばれた耕一が、寝床にあてがわれていた納戸から囲炉裏のある居間に入っていくと、開口一番、伯父が言った。

「耕一、おめえ、婿さなる気はねえすか」

いきなりの話に虚を衝かれたようになった耕一は、うろたえながら、囲炉裏端で針仕事をしているこの家の嫁、真佐子（まさこ）を見やった。

　今年で二十四になった真佐子は、後家であった。家督の忠一郎（ちゅういちろう）は、耕一の家族が満州に渡るのと前後して召集令状が来て陸軍第二師団に入隊し、ビルマ戦線で戦死していた。

　子沢山の時代には珍しく、忠一郎の兄弟はすでに嫁いだ姉がひとりいるだけで、真佐子とのあいだに子どもはなかった。当時はあちこちであったことだが、出征間際に慌てて祝言を挙げ、赤ん坊ができる前に戦地に赴いたためだ。つまり、いまの伯父の家は、跡取りを失った状態にある。

「あんのう、ほんとに俺を——」

　真佐子をちらちら盗み見ながら耕一が言うと、

「違う、違う」と苦笑した伯父が、

「真佐子のことではねえ。真佐子には別に婿を取る話が、この前、決まったばかりだっちゃね」と説明したあとで、

「実はな。丸森（まるもり）の知り合いに、俺家（おらえ）ど同じで、家督ば戦死させだ家があってな。そこでも女子（おなご）しかいねえのっしゃ。先だって、丸森の役場でたまたま会った際に、向こうの親父（おやん）つぁんに、何処（どご）がさいい婿がいねえべがねって訊がれでな。探してはいるんだが、なかなかいい婿が見っけらんねえって、こぼしておったのっしゃ。したら耕一、おめえがちょうど按配（あんべぇ）良がんべって思った訳だっちゃ」

「あ、なるほど」

耕一が自分の勘違いに頭を掻いていると、

「俺は悪い話ではねえど思うど。田圃も二町歩ばがり持ってっぺし、嫁ごの器量も良がすからな」と口許をゆるめた伯父が、

「如何だ、この話」と訊いてきた。

「なんぼになるんだべ、その嫁ご」

「二十六だっつう話だすな」

もし結婚すれば、四つ上の姉さん女房になる。

耕一が考えていることを察したのだろう。伯父は、嫁が淹れたお茶をひと口啜ったあとで、

「なんも、年上だちゅうても、四つしか違わねえでな。婿さ入る場合は、むしろ姉さん女房のほうが円満に行ぐもんだっちゃ。どうだや、来週あだり、見合いばしてみねえすか」と説得にかかってきた。

「いや、あの、あんます急な話なんで……」

実際、急すぎる。長かったシベリア抑留から帰ってきたとたん家族の訃報を知らされ、まだなにをする気にもなれない、というのが正直なところだ。

しかし……と、耕一は考えた。

いつまでも伯父の家に居候しているわけにはいかない。真佐子の再婚相手が決まったとなると、できるだけ早くこの家を出たほうがいいのは確かだ。たぶん、それもあって、

伯父はこの縁談を持ち出して来たのだろう。

　ただし、家を出るといっても、いまの自分にはなにも当てがない。それどころか、実質的に天涯孤独の身となってしまった。

　ならば、早いところどこかの農家の婿養子にでも入れば、勝手知ったる農業で暮らしを立てられる。それに、伯父が口にした丸森は共野の隣町のようなものだが、ここと違って平野部に土地が開けているため、大きな農家が多い。確かに、伯父が言うように悪い話ではないのかもしれない……。

　考え込んでいる耕一の様子を見ていた伯父が、

「あー、ただし、どうせ分がるこったがら、いまのうちに教ぇでおくけんど――」と前置きをしてから続けた。

「そごの家、俺家ど同じだって先程(さきた)は語(かだ)ったけんど、ひとつだけ違っておることがあってな。その家の嫁ごは、男童子(おどごわらす)と女童子(おなごわらす)ばひとりずつ産んでおってな。上の男童子のほうは、来年小学校さ上がるちゅう話だ。まあ、それさえ目ぇつぶれば、悪い話ではねえ」

　なんだ、そういうことかよ、と耕一は、内心で顔をしかめた。

　婿養子を欲しがっているその家にとって、戦死した息子の血を引いている跡取りは、来年小学校に上がる孫になる。

　つまり、婿養子とは言っても、本当の家督はその孫なのであって耕一ではない。喉から手が出るほど欲しい男の働き手を確保するための縁談であって、いざ婿養子に入ったとしても、下働きの下男のような扱いをされるのは目に見えている。これでは、いい婿が見つからないというのも当たり前である。

「すいませんが、その話、やっぱり無理でがす」

耕一がきっぱりと辞退すると、

「そうすか……」と残念そうにため息をついた伯父が、

「まあ、無理くりどうのって話ではねがすからな――」そこで一度言葉を切り、

「ただ、俺家でも年明け早々、小正月が終わったころには、真佐子さ祝言ば挙げさせてえとは考えでおってな」と付け加えた。

「わかっています。俺、できるだけ早く、自分の食い扶持を見つけますんで」

そう答えて、耕一は腰を上げた。

納戸に戻ってせんべい布団の上に仰向けに横たわり、今後の身の振り方を考え始める。

あれこれ考えているうちに、もっといい縁談があったとしても、どこかの婿に入るというのは嫌だな、というほうに気持ちが傾いていく。

もともと、独立独歩の夢を見て渡った満州だった。もちろん耕一自身が描いたものではなく、親父の夢ではあったのだが、死んだ親父の夢を引き継ぎ、自分の力で未来を切り拓いていくのが、たったひとり残された自分の務めなのではないかと思えてきた。

やっぱり、金輪際、婿養子の話はお断りだ。

そう決意すると、いくぶん気分がすっきりした。

かといって具体的にはなにも浮かんで来るものはなく、ぼんやりと天井を見上げながら、再び悶々(もんもん)とし始める耕一だった。

4

年が明けた昭和二十四年の一月、七草粥(ななくさがゆ)が食卓に載るのを待たずして共野村をあとにした耕一は、東北本線の下り列車に乗っていた。

目的地は、栗駒山の中腹にある鹿の湯温泉。といっても、農閑期の湯治に行くわけではなく、内地での新たな生活を切り拓くための、片道切符の乗車であった。

居候させてもらっている伯父の家をできるだけ早く出なくては、と焦りだした耕一は、働き口を探すため、昨年の暮れに一度だけ、仙台に足を運んでみた。

農家の婿養子に入りたくないとなれば選択肢は限られる。ひとつは農家の手間仕事をもらいながら暮らしていくことであるが、それはあくまでも急場しのぎにすぎない。いつまでも続けられるものではないし、それでは、戦前の小作農に戻るのと一緒か、それ以下である。となると、街場で稼ぎ口を見つけるしかないだろう、と考えた。

しかし、これは期待外れだった。というより、耕一のような田舎者が暮らせるようなところではなかった。

米軍による空襲で焼け野原になった仙台は、終戦から三年以上が経ち、さすがに復興の兆しが見え始めていたものの、庶民の暮らしぶりはまだまだ悲惨なもので、配給に頼りながらの、食うや食わずの生活が続いていた。貧しい農家の多い共野村であっても、街場の生活と比べれば、少なくとも食生活に限っては、はるかに豊かであるのが、耕一の目で見てもすぐにわかった。

ちょうど昼ごろに仙台駅に着く列車から降り、駅舎を出て駅前広場を前にしたとたん、まず目についたのは、どうしたって小学生にしか見えない少年たちが、路上に店を出している靴磨き屋だった。

痩せこけ、目ばかりぎょろぎょろしている少年たちが、師走の寒空の下で洟を吸りながらうずくまっていた。食うためとはいえ、こんな年端の行かぬ子どもたちまでが働かなくてはならないのでは、一般市民の暮らしぶりは推して知るべし、である。

満州に渡った当時の弟とさして年が違わない少年たちに、不憫の思いを抱きながら広場を離れた耕一は、駅の周辺で最も賑わっているように見える青空市場に足を運んでみた。

確かに人出は多かった。市にはずらりと戸板が並び、ものを売り買いする声が飛び交っていて活気があった。

だが、買い物客にそれとなく尋ねてみると、ほとんどが無許可で闇の商売をしている連中らしいのがわかった。実際、耕一が足を踏み入れて十分としないうちに、市場の一角で騒動が起きた。闇米を扱っていたと思しき男が警察に摘発され、連行されていくのを目撃したのである。

その後、足を向けてみた東一番丁の商店街も似たようなものだった。さすがに無秩序の見本のような闇市よりも整然としていたものの、店先に並ぶ商品の数は少なく、食料品となると、目の玉が飛び出るような値札が付いているものも多かった。

共野の村役場で読んだ新聞に、このところの極端なインフレが国民の生活を圧迫している、という記事が載っていたが、それにしても、田舎にいればとりあえずはただで口にできる白米が、十キログラムで二百円以上するのには驚いた。これでは、闇米の担ぎ屋が減らないのも当然だろう。

ここで要領がいいというか、強かな人間であれば、田舎にいれば調達が可能な米を担いで、ここは一丁、自分も闇米で荒稼ぎをしてみようか、などと目論むところであろうが、さすがにそれは意識から打ち消した。青空市場で見かけた男のように、摘発を受けて警察に捕まってしまったのでは、死んだ親父やおふくろに申し訳が立たない。

なにより耕一を怖気づかせたのは、街のあちこちで見かける、派手な洋服を身にまとい、肩で風を切って歩いている若者たちであった。

こいつらが、噂で聞く愚連隊という奴らか、とすぐにピンと来た。なにをやって食っているのかはさっぱり想像がつかなかったが、きっとろくでもないことばかりしているに違いない。

それに輪をかけて、耕一の気分を萎えさせた光景が、仙台にはあった。

仙台市内の様子をあちこち見て回った耕一が、帰りの列車に乗るために仙台駅に戻ったころには、すでに日が暮れ、すっかり暗くなっていた。

上り列車の発車時刻までしばらく間があったので、駅舎の反対側、つまり東側はどうなっているのだろうと、興味本位で足を運んでみた。日が暮れた駅の周辺において、そちらの方角がなんとなく賑々しいように思えたからだ。

だが、そこで見た光景に唖然とした、というか、毒気を抜かれたようになってしまった。

駅前の闇市も相当に怪しげな雰囲気を漂わせていたのだが、線路を跨ぐ「X橋」と呼ばれている高架橋に差し掛かったところで、比喩ではなくて本当に足がすくんだ。

近くに進駐軍が使っている大きな建物があるせいだろう。カーキ色の軍服を着た米兵の姿が多かった。ただし、シベリア抑留で大柄なロシア人をさんざん見慣れていたので、米兵の姿そのものに恐怖を覚えることはなかった。

耕一の腰を引けさせたのは、米兵ではなく、日本人だった。X橋の界隈には、パンパンとかパン助、あるいは闇の女などと呼ばれている若い女たち、つまり街娼が、芋を洗うように鈴なりになって、しきりに米兵の袖を引いていた。

よく見ると、濃い化粧にもかかわらず、ほとんどが、あどけなさを残した未成年の少女たちである。

彼女らは、一様に丈の長いスカートを穿き、パーマネントで膨らませた頭を、水玉や花柄のネッカチーフでまとめ、この寒空だというのに、外套のボタンを外して胸元も露わなブラウスを見せつけ、米兵の気を引こうとやっきになっていた。そして、たいていの者がチューインガムをくちゃくちゃ噛んでいるし、赤く塗った爪のあいだにアメリカ製と思しき煙草を挟み、小粋に煙をたなびかせている者も多い。

彼女らはまったくもって大和撫子とは程遠く、同じ日本人の子女とは思えない醜態を平気でさらしていた。

彼女たちにしても、食うに必死であるのは、わからないでもない。なにも持たない若い女が手っ取り早く金を稼げる方法といったら、これしかないだろうこともわかる。

しかし、理屈ではわかっても、実際に目の当たりにすると、暗澹たる気分に陥るしかなかった。X橋界隈の光景は、焼け跡に並ぶバラックの群れや闇市以上に、日本が敗戦国であることを如実に物語っていた。

途中で回れ右をして、X橋を渡ることなく駅舎に戻った耕一は、上り列車が入ってくるホームに佇みながら、この街で俺は暮らせそうもない、とあきらめた。

耕一とて、いつ命を落としても不思議でないような、シベリアでの過酷な抑留生活を生き延びた身である。少々のことではへこたれたり音を上げたりしない自信はあった。

だが、この日目にした、混沌とした街場の生活は、あまりに勝手が違いすぎる。そもそも、そう簡単に仕事が見つかりはしないだろうが、たとえ自分を雇ってくれる場所があったとしても、街場の生活には馴染めそうにないのを思い知らされた。

結局、俺は骨の髄まで田舎者であるのだなあ、と落胆して共野の伯父の家に帰った耕一は、再び悶々としながらの居候生活に戻ったのだが、年明け早々、さんざん考えあぐねた末に、戦時中に満州の開拓団が組織された際の前の村長、八重樫さんの家を訪ねることにした。

婿入りの口を断ったあと、それだったら、八重樫さんの家を訪ねて身の振り方を相談してみてはどうか、と伯父に勧められていた。満州開拓団の立役者でもあった元村長は、帰郷した引き揚げ者が生計を立てられるよう、あれこれ面倒を見ているらしかった。伯父の話では、八重樫さんの私有地を開放してもらい、そこに入植して生活している引き揚げ家族もいるという。

そう勧められていたにもかかわらず、すぐに出向いてみなかったのは、耕一のなかに割り切れない思いがあったからだ。

そもそも開拓団に応募さえしなければ、家族を失わずにすんだ。突き詰めて考えてみれば、元村長は、自分から家族を奪った張本人と言えなくもない。

だが……と、そこで耕一は考え直した。

強制労働をさせられた抑留所と違って、満州開拓団への応募は、あくまでも自由意思によるものだ。親父が自ら選んだ道だった。なにも元村長から強要されたわけではない。八重樫さんを恨むのはお門違いというものだろう。実際、村民を満州に送ったことへの後悔があるからこそ、八重樫さんは、親身になって引き揚げ者を援助しているに違いなかった。

まだ十七、八の子どもであれば、恨みつらみの思いを抱くのも無理からぬことだろうが、俺はもう立派な成人だ。いまさら恨み言を口にしても始まらないし、第一、いまは背に腹をかえられない状況じゃないか……。

そう自分に言い聞かせ、年始の挨拶を口実に訪ねてきた耕一に、開口一番、八重樫さんが勧めたのが、新たな開拓村への入植だった。

もともと、耕作地の不足を解消するための満州への分村計画だったのだから、共野の土地には引き揚げ者が食っていくだけの余裕がない。所有していた自分の土地を解放してやったとはいえ、そこで食っていける人数は限られる。

そこで元村長は、移民団を編成する際に世話になった、当時の県の経済課主事補、菅野氏の父親に相談を持ちかけた。栗駒山の中腹あたりに、共野の引き揚げ者を受け入れる開拓村を拓けないだろうか、という相談である。

なぜそういう話になったのか、このあたりの経緯は少々複雑だ。

満州への分村計画を通して、八重樫さんは菅野氏と意気投合し、親友とも呼べる間柄になった。その菅野氏も、その後県庁を退職し、出身地である宮城県北部の栗原郡文字村から団員を募って、昭和十七年に第二次開拓団の団長として自ら満州へ渡り、共野からの入植者たちと一緒に汗を流した。しかし、菅野氏自身は、引き揚げの途中で耕一の家族と同様に消息不明となってしまう。

親友の訃報を知った元村長は、その冥福を祈るため、菅野氏の実家へと焼香に行ったのだが、菅野氏の父親が鹿の湯を経営しているのは以前より承知していた。そこで、鹿の湯の周辺に入植に適した土地はないだろうか、と相談を持ちかけたのである。

相談された菅野氏の父親は、死んだ息子の供養にもなると考えたのだろう、八重樫さんの申し出に快く同意し、鹿の湯周辺の国有林を営林署から開放してもらえれば十分に受け入れは可能だと、協力を約束してくれた。ある程度開墾が進んで入植者の住居ができるまでのあいだ、二棟ある旅館の建物の一棟を、宿泊施設として貸してもらえることになったのである。

それに意を強くした八重樫さんは、さっそく新たな入植地の実現に向けて奔走し始めた。

そして、耕一が帰国する前年、昭和二十二年に、古里から一字を取って共英地区と名付けた開拓地へ、先遣隊として二十八名を送り込んだ。

といっても、その時点ではまだ正式な入植許可は下りていなかった。そのため、先遣隊の人たちにできるのは、鹿の湯温泉で寝起きをしつつ、鹿の湯の土地を借りて自家消費用の大根を作ることくらいであった。

そうした状況がしばらく続いたのだが、昨年になってようやく入植許可が下り、まずは十ヘクタールの国有林を払い下げてもらえた。したがって、いよいよこれから本当の開墾と開拓が始まる、との話だった。

その説明を聞いた耕一は、一も二もなくうなずいた。

新たな土地の開墾がどれだけ困難を伴うかは、自身の経験から十分すぎるほどわかっていた。しかし、どんなに苦しくても、三年間のシベリア抑留生活よりはましなはずだと思った。なにより、切り拓いた土地はすべて自分のものになるのだ。それに勝る魅力はなかったし、実際、それ以外に、身の振り方として思いつくものはなかった。

それが三日前の話で、耕一はいま、八重樫さんから餞別としてもらったせんべい布団ひと組と一緒に、鈍行列車に揺られている。

ガタンゴトンと揺られる客車は、朝一番の列車のせいもあってか、雑多な人々でごった返していた。

一見して会社や役所勤めとわかる小奇麗な身なりをした者もいるが、行商にでも出かけるのだろう、大きな風呂敷包みを抱えたり通路に置いたりしている婆さんたちもけっこういる。年寄りでもないのに、婆さんたちに負けず劣らずの大きな荷物を大事そうに抱え、落ち着かなげに周囲に目を走らせている男は、もしかしたら、闇米の担ぎ屋かもしれない。

そのなかにあって、わずかな衣類が入った頭陀袋はまだよいとして、網棚の上に丸めた布団をひと組載せている自分は、周りの者にどう映っているのだろう……。

なにとはなしにそんなことを考えていた耕一は、同じ車輛にいる人々は、ほぼ全員が、夕方になれば今度は逆方向の列車に乗って家へと帰るのだな、と気づいた。

それに対して、自分にはもう、帰る家がない。

耕一の上着のポケットに入っている乗車券は、文字通りの片道切符であった。

5

共野村から鹿の湯までは、舞鶴から帰郷するまでの旅程と比べれば、ちょっとそこへ用足しに行くようなものだ。とはいえ、新幹線も高速道路もない時代のことであるから、実際にはけっこうな長旅である。

まだ日が出ないうちに伯父の家族に見送られて山を下りた耕一は、白石駅発七時九分の下り列車に乗車した。仙台駅で別の列車に乗り換え、東北本線の石越駅に到着したときには、お昼近くになっていた。

そこから先は、東北本線に接続している栗原電鉄を使わなければならないのだが、接続が悪くて小一時間ほど待たされ、鉱山町になっている終着の細倉駅のひとつ手前、岩ケ崎駅で下車したときには、午後の二時を回っていた。

肩からたすきに頭陀袋を下げ、布団を背負って改札を出た耕一は、あたりをきょろきょろ見回してみた。

迎えの人が来ているはずだった。

だが、いくら待ってもそれらしき者は現れない。

仕方がないので駅舎に戻って駅員に訊いてみると、栗駒山の上り口に玉山という集落があって、そこに共英地区の開拓農協の連絡所が置かれているはずだ、と教えてくれた。

「そごまで歩いだら、なんぼくらい時間がかがっぺね」という問いには、

「なんぼしたかて、二時間以上はかがっぺし」という答えが返ってきた。

ありゃあ、と耕一が顔をしかめると、三十分くらい待てば玉山まで行く乗合バスが出るので、それに乗っていけばいいと、駅員は教えてくれた。

やれやれ助かった、と駅前の停留所でバスの到着を待ち始めたのだが、実際に登場したのは、バスとは名ばかりの、梯子を使って荷台に乗り降りするトラックであった。

真冬の空の下、吹きさらしの荷台でしばらく揺られなければならないわけだが、それでも歩くよりはずっといい。

荷物とともに荷台に這い上がり、数人の乗客と一緒にでこぼこ道を揺られた三十分ほどの道のりは、案外、快適であった。いや、実際には快適なわけではないのだが、酷寒のシベリアで伐採現場と収容所との往復の際に乗せられていた軍用トラックでの、あの凍えるような寒さと比べれば、散歩にでも行くようなものである。

やがてバスもどきのトラックが終点の玉山に到着し、荷台から降りた耕一は、一緒に乗っていた年配の婦人に教えられた連絡所の建物を前にした。

連絡所は、見事なまでのバラックであった。

なにかの物置かと思ったものの、ほかにそれらしき建物がなかったので、しぶい引き戸を開けて、声をかけてみた。

「ごめんください」

薄暗い建物のなかから返事は聞こえてこない。

「誰かいませんかぁ」

声をかけながら土間に上がってみたが、無人である。

本当にここでいいんかいな、と首をひねりながら、薄暗さに慣れてきた目で屋内を見回してみる。

火が入っていない薪ストーブが土間の中央に置かれ、手前の窓際、戸口から入って左手側に事務用の机があった。

火屋の煤けた石油ランプが机にひとつ載っていて、もう一個、同じ型のランプが梁から吊るされているところを見ると、電気は引かれていないらしい。

右手側には流しがあって、そのなかに茶碗や皿が無造作に放り込まれている。

奥のほうは小上がりのようになっていて、畳が三枚ばかり敷かれ、畳んだ布団が二組、壁際に寄せられていた。

柱のあいだに渡された針金には手拭いが二、三枚と、褌が一枚干されている。

いまは無人だが、誰かが寝泊まりしているのは確かなようだ。

やれやれ、とため息をついた耕一は、背負っていた布団を畳に下ろしてから、事務机のほうへと戻り、椅子を引き出して腰を落ち着けた。

　誰かが現れるまでここで待つ以外に、できることはなにもない。

　いったいなんで誰も迎えに来なかったのだろう、と首をひねりながら待つこと三十分あまり。窓の外が若干薄暗くなったところで、ふいに引き戸がきしみ、若い男がひとり、戸口に現れた。

　慌てて椅子から腰を上げ、

「すいません、誰もおらんので、ここで待たせてもらっていました」とお辞儀をすると、

「共野から来た大友さんだすな？」と男が確認してきた。

「んです。このたび、八重樫さんの紹介で、こちらでお世話になることになりました大友耕一と申します。どんぞよろしくお願いします」

　あらためてもう一度頭を下げると、

「いやいや、待たせてすんませんでした。私は鹿の湯の菅野保ちゅう者です――」と自己紹介してから、

「いやあ、段取りが悪くて申す訳ない。本当は違う人間が駅までお迎えに上がるはずだったんですけど、手違いつうか、ひと騒動あったもんで、私がかわりに大友さんを迎えに来ました。とにかく、ようこそおいでなした」迎えに行けなかった事情を説明したあとで、あらためて歓迎の言葉を口にした。

「あ、んだったら、鹿の湯のご主人でありますか……」

自分よりはいくつか年上なのは確かなようだが、旅館の主人にしてはずいぶん若いものだ、というか、八重樫さんから聞いた話と辻褄が合わないように思えて耕一が言いよどむと、

「宿の主は私の親父です」と保は笑いながら首を振って見せた。

「あ、なるほど」

納得がいってうなずいた耕一に、

「とりあえず、今夜はここで一泊なさってけさい。これから登ったんでは、途中で真っ暗になるさげ、明日の朝一番で、鹿の湯までご案内します」と保が告げた。

「はあ、それはいがすけんど、だいぶかがるんですか、鹿の湯までは」

「けっこう険しい山道だども、今年は雪が少ないすからな。まあ、三時間もあればなんとか」

「あんのう——」と、気になっていたことをもうひとつ尋ねてみる。

「先程、手違いがあったとか、ひと騒動あったとかって語ってましたけんど……」

「ああ、そのことすか——」苦笑を浮かべた保が、

「いやなに、ここの連絡所ば任せでおった人が、一昨日になって突然離農してしまいましてね」と答えた。

「リノウ？」

「勝手に麓さ下りでしまったんですわ。まあ、悪ぐ言えば、逃げ出したんだすな。ほん

で、今日の昼になって、大友さんがおいでになる予定だったのを組合長が思い出してね。あいや、これは大変だっつうことになって、用足しのついでに私が麓さ下りで米たんですけど、いやいやいや、駅まで迎えに行く時間がなくて、ほんとにご迷惑ばおかけしました」

その説明に、少し複雑な顔をしていたのかもしれない。

「はあ……」と漏らした耕一に、保が説明を付け加えた。

「いや、どうせ分がってしまうこってすから、いまのうちに語っておきますど、去年までの二年間で、入植した人らの半分くらいが離農してしまったんですよ。まあ、んでも、住めば都と言うじゃないですか。しばらくはうちの宿での共同生活になりますけど、残ってる人らはみないい人だちばかりだっけ、楽しくやってけらいん」

にこやかな笑みを湛え、ぽんぽんと肩を叩いてきた保に追従笑いを返しながら、おやおや、これは思っていたより大変なところに来てしまったのかもしれんぞ、と耕一は考えていた。

第三章　入植

1

十日間ほど山を下り、昨日はあちら、今日はこちらと、麓の農家の田植えの手伝いを住み込みで行い、わずかな手間賃を手にして耕一と数名の仲間が鹿の湯に戻ってきたときには、山の緑がかなり濃くなっていた。

やれやれとばかりに温泉に浸(つ)かり、溜(た)まった疲れを取ったあとで、開拓農協の連絡所がある玉山の商店で買ってきた酒、ドブロクではなく、久しぶりに口にする本物の清酒を、仲間と一緒に酌み交わし始めた。

節約や倹約が大切なのは重々承知しているのだが、どうしても誘惑には勝てず、ひとりが商品棚の酒瓶に手を伸ばすと、我も我もと、結局各自が、一本ないし二本の一升瓶を背負って山道を登っていた、という次第である。

座敷に並べた五本の一升瓶を五人で半分近く空け、ほろ酔い、いや、酩酊(めいてい)しかけていたところに、開拓農協の組合長がやってきた。

「手間仕事、ご苦労さんでがした」真っ昼間からの酒盛り現場を咎(とが)めることもなく笑み

を浮かべた組合長が、

「やっと製材機のエンジンが調達できたでな。疲ってるところ悪ぃけんど、明日の朝一番で連絡所さ下りて、皆して担いで来てけねすか」と言った。

組合長が口にした製材機は、伐り倒したブナを材料にして家を建てるためには、どうしても必要なものだった。

それを聞き、去年の春に耕一よりも一年早く入植した正男が、

「つうことは、払い下げの許可が下りだのだすな」期待の色を目に浮かべた。

「いんや、そいづはまだだ」組合長が首を横に振る。

「なんだべ。したら、エンジンば運んできたかて、どうしようもねがすぺ」

組合長と同様、先遣隊として最も早く入植した古株のひとり、清治が、酒が回って充血した目をやぶ睨みにして顔をしかめる。

「いや、なんとかして仮引渡しをしてもらえるように交渉中ださげ、近いうちに払い下げしてもらえそうな按配ではあるっちゃね」

「近いうちって何時？」

耕一が尋ねると、

「来週、営林署から担当者が下見に来るっつうから、来月には間違えねぐ伐採さ入れるべ」組合長が胸をそらした。

そのとたん、車座になって酒を呷っていた面々の顔が、一気に明るくなった、という

か、喜色満面になった。正確には、乱れ始めた。

「いよっ、さすが組合長！　いやいや、待ってました。このときば、首っ玉、長～ぐして待っておりましたっ」

「いやあ、良がった、良がった。ほんとに良がった」

「おう、んだら、前祝いで酒盛りすべ」

「馬鹿この、もうすでに酒盛りしてっぺな」

「んだすな、あははは」

「おーしっ。エンジンでもなんでも、ちゃっちゃど運んでやるでな、俺さ任せれ！」

「おっ、やけに威勢っこいいっちゃな。ぬっしゃあ、ひとりで担ぐってか？」

「やってみせようじゃあ、あーりませんか」

「無理だ、無理」

「無理なもんかい。俺ぁ、フィリピンでよ、ボンネットまで泥さ嵌まったジープば、ひとりで引ぎずり出したんだどぉ。エンジンのひとつやふたつ、どうってことねえっつうの」

「嘘吐げ。酔っ払ったがらって、なんだりかんだり語んでねえ」

「とにかく前祝いだ。宴会すっぺし」

「んだがら、すでに宴会すてっぺな」

「したかて、つまみがねえべ。祝いの席には、おつまみというものが必要だ」

「よしっ、保さんさ頼んで、沢庵でももらって来っぺし」

「沢庵すか？　せっかくの前祝いだちゅうに、侘びしいすな」

「他になにが、気の利いたつまみがあっかや」

「俺ぁ、食い物よりも酌婦が居ったほうがいいすな」

「かず子さんば呼んで来っか？」

「馬鹿たれ、人妻だべな。人の女房さ酌婦させるってか」

かず子さんというのは、数少ない妻帯者の女房のひとりで、入植時、二歳になる長男を負ぶって共英にやってきたという話だ。

「んだかて、少っこは色気があったほうがいがんべよ」

「んだんだ、なにせ前祝いの宴会だすからな」

「んだがらあ、すでに宴会はおっ始まって――」

「煩せ、このっ。つべこべ語んねえで、かず子さんば呼ばって来ぉ！」

「なして俺が」

「あー、とごろで、なんの前祝いなのっしゃ？」

「はあ？　ぬっしゃあ、いままでの話ば、あっぺとっぺ聞いでおったな」

「はいっ、あっぺとっぺに聞いでおりました、あはははは……」

「なぬが可笑すいっけな、うはは、うひゃひゃひゃ……」

という具合に、なにがなんだかわからない酒盛りに突入したのであるが、すでにだいぶ酔いが回っていたとはいえ、耕一たちがここまで浮かれるのには理由があった。組合長がもたらした報せは、共英の入植者たちが、待ちに待った朗報だったのである。

耕一が共英地区の開拓地に入植してから半年近くがすぎ、五月も終わろうとする季節になっている。

本来であれば、雪に閉ざされた長い冬が幕を下ろしてしばらく経ち、新緑が眩く萌える清々しい日々になっているはずだった。

しかし、共英は暗かった。

耕一の気分が暗いわけではない。入植者たちが暗い顔をしているわけでもない。

森そのものが暗いのである。

山腹を覆うブナの原生林が葉を落とす冬の時季は、青空さえ望めれば、栗駒山の森は明るかった。陽光を反射させる雪の白さが眩しいくらいだった。

冬が明け、山の緑が芽吹き始めた当初も、大げさかもしれないが、一日、また一日と命の再生を目の当たりにしているようで気分が浮き立った。淡い緑の幼い葉をつけるブナの枝の隙間から、まだら模様に林床へと降り注ぐ木漏れ日の暖かさに、自然に口許がほころび、目を細めた。

だがしかし……。

頑固に居座っていた根雪も消え、そろそろ初夏を迎える季節になってきたかと思うや、森は暗くなりだした。ブナの森が鬱蒼とし始めると同時に、林床まで陽射しが届かなくなってきた。

　これでもまだ、春の終わりの季節である。やがてやってくる梅雨が明け、本格的な夏が訪れたらいったいどうなってしまうのだろう、と思わせるほどの自然の猛威、いや、ブナの森の生命力である。

　耕一とて、生まれは山間僻地の共野村。満州に渡るまでは山のなかで育った身だ。だが、共野の集落では、人が暮らしている場所は明るかった。ご先祖様が切り拓き、曲りなりにも田圃や畑を拵えた土地であるから、好んで森に入ろうとしない限り、いつもお天道様は頭上にあった。

　ところが、ここ共英の開拓地ときたら、鹿の湯の周辺以外は、稜線にでも登らない限り、お天道様どころか空そのものが頭上に見えない。

　ジャングルのように密生するブナの木を一本ずつ伐り倒し、これからこの土地を一から、いや、ゼロから開拓していかなくてはならないかと思うと、果たしてそんなことができるんかいな、と首をひねるばかりである。ここと比べれば、とりあえずは満州人を使って開墾させた土地を耕作地として分け与えられた、満州での開拓のほうが、はるかに楽かもしれない。

　しかし、愚痴っていても始まらない。自分の意思で共英地区へ入植した以上、一刻も早く土地を手に入れて住む家を建て、できれば早いところ嫁をもらって一人前の生活をしたいと願い、夢見るのは、すべての入植者たちに共通することだった。

だが、開拓どころか、開墾そのものが遅々として進んでいなかった。

理由は単純で、開墾地の営林署からの払い下げには、かなりの手間隙がかかるのだ。お役所仕事だから仕方ないとはいえ、入植の許可と伐採の許可は別物で、入植したからといって国有林を勝手に伐っては違法行為になる。

まずは営林署の職員に来てもらって立木の払い下げ調査をしてもらい、それをもとに林班図への記入、数量計算、単価決定等々、すべての書類が整ってようやく払い下げに漕ぎつけることになる。ところが、共英地区を管轄している古川の営林署の署長が堅物というか石頭で、さっぱり融通が利かなくて閉口していると、組合長がこぼしていた。

この春には、鹿の湯での共同生活から個人経営への移行を見越して地区を主要な沢沿いに三分割し、耕一も割り当てを受けていた。将来、自分のものになる土地である。しかし、鹿の湯付近の五戸分以外の払い下げ許可はまだ下りておらず、なにも手をつけられない状態でいた。

この事態は、困ったことだなあ、などと悠長にしていられない大問題、いや、死活問題である。

たぶんどこの開拓地でも一緒なのだろうが、開拓に入って最初の現金収入の手段は、伐採した木での炭焼きから始まる。それなのに払い下げの許可が出ないのでは、炭焼きそのものが不可能で、米すら買えない。

結果、耕一たちは相変わらず鹿の湯での共同生活を続けている。

鹿の湯の一棟を借りた共同生活そのものは、それほど苦痛ではなかった。シベリアの収容所での抑留生活と比べれば、いつでも好きなときに温泉に浸かることのできる生活は、極楽のようなものだ。しかも一緒に暮らしている仲間たちは、耕一と同様、二十代はじめから半ばの同世代の者が大半で、気の合う連中ばかりだった。

だから、そこに苦痛を感じることはなかったのだが、最も困るのは食い物だった。なにせ、耕作地そのものがないのだから、鹿の湯から借りているわずかな面積の畑で、自家消費用の大根を栽培するのがせいぜいだ。とてもではないが、腹の足しになるには程遠い。

結局、住宅建設用に支給された貴重な補助金が、日々の食料の購入費用に消えていくありさまである。一応、補助金は組合で一括して管理しているのだが、入植者たちが日々を食っていくためには、それを取り崩して生活費に充てるしかなかった。役所が知ったら、大目玉を食うのは必至の不正支出であるやもしれない。

さらに不運というか、困ったことに、耕一と同様に昭和二十四年に入植した者は、最初に入植して早々に離農してしまった者の補充入植者とみなされたため、住宅補助金の対象外とされて、新たな補助金が得られないでいた。

これではいかんと、ときおり山を下りては、麓の農家の力仕事を手伝って手間賃を稼いではいるのだが、焼け石に水、と言ってよかった。

そうしたところへ、ようやく立木の払い下げが許可される見通しが立ったのであるから、浮かれるなと言っても無理があろう。ようやくこれから本格的な開墾、そして開拓が始まると思うと、これが呑まずにいられますか、というわけである。

2

翌朝、耕一を含めた十名ほどの入植者は、まだ日の出前に共英地区をあとにした。九十九折りの山道、というよりは、獣道に毛が生えた程度の登山道を使って麓まで下りたあと、製材機の動力として使うエンジンが到着するのを、玉山の連絡所の前で待っていた。

待つこと小一時間あまり、組合の職員として連絡所に駐在している貞夫が運転する、借り物のトラックが到着した。

荷台に載せられているエンジンを見たとたん、昨日、ひとりで運んでやると息巻いていた繁好の顔が青ざめた。

運転席から降りてきた貞夫に、

「このエンジン、なんぼくらい目方があるっけや」繁好が尋ねると、

「三百キロ近くあるんでねえか」と貞夫が返事した。

「おう、繁ちゃん！　よろしく頼んだぞ！」

昨日の会話を覚えていたらしく、にやにや笑いをしながら、正男が繁好をからかう。

「馬鹿この、なんぼなんでも無理だべ――」顔をしかめた繁好が、

「製材機さ使うのに、こげな大げさなエンジンがやって来るとは思わねえべ。まったぐ、啓次郎(けいじろう)の野郎、なにを考えでんだが……」と、組合長の名前を口にして文句を垂れた。

連絡所に到着したのは、おそらく、バスかトラックに使われていただろう、巨大なエンジン、しかも木炭エンジンであった。つまり、エンジン本体以外に、付属品、と言ったら語弊があるような、これまた重たそうな機器類が、トラックの荷台にいくつも載せられていた。

貞夫の説明によれば、そのなかで最も大きな筒状のものが、木炭を燃やしてガスを発生させる――正確には、木炭を不完全燃焼させて一酸化炭素を発生させる――肝心要(かなめ)のガス発生炉。これだけで五十キロはあるのじゃないかと思わせるくらいの代物である。

それよりは小ぶりではあるが、やはり筒状をしたガス冷却器とガス濾過器(ろかき)がそれぞれ一個ずつ。さらに、もう少し小さなガス貯留槽と、クランクハンドルが付いたガス空気混合調整器、という部品構成である。

木炭バスや木炭トラックは見慣れているものの、車体から外すと、これほどかさばる代物であるとは、耕一も思っていなかった。

「人数、足りっぺがな？」

不安そうな面持ちで、清治が一同を見回した。きちんと数えてみると、今朝山を下りてきたのはちょうど十名。付属機器を背負うのに四人は必要であるから、六人でエンジ

ン本体を担ぐとして、ひとりの肩にかかる重量はおよそ五十キログラムの計算になる。

平地ならばまだしも、あの急坂の登りを思い描くと目眩がした。

あの急坂、というのは、鹿の湯に通ずる道程のなかで一番の難所の「孕み坂」のことである。人がすれ違うのがやっとの道幅しかない、文字通りの九十九折りが延々と続く急坂で、あまりの急坂に、登っている途中の妊婦が産気づいてしまったからその名が付いたとか、下りてくるときに振り返ると、後続の者の腹しか見えないからそう呼ばれ始めたとか、定かな命名理由は誰にもわからないのだが、ともかく曰くつきの急坂である。手ぶらであれば、急げば三十分ほどで登りきれるのだが、果たしてこの荷物を担いで上までたどり着けるものやら……。

考えていても仕方がないのでとりあえずトラックの荷台から降ろそうということになり、全員でエンジンに取り付いて地面に降ろしたあと、用意しておいた丸太を使って六人がかりで吊り上げてみた。

みしみしと丸太が軋んだが、とりあえずバランスを保ってエンジンは地面から浮いてくれた。

「後っしょ、大丈夫だが？」

先頭の清治が声を張り上げる。

「なんとか、大丈夫だ！」

最後尾で丸太を肩に当てていた耕一が答えると、

「んだら、いったん降ろすぞ。せーのっ」の合図とともに腰を屈め、やがて肩から重さが消えた。

「なんとかなりそうだすな」

皆でうなずきあったところで、正男が顔を曇らせた。

「沢、どうすっけよ」

「あ……」

一同が顔を見合わせた。

途中、沢を渡らなければならない箇所があるのをすっかり忘れていた。沢には丸太の一本橋が架かっていて、それを伝って行き来しているのだが、この大荷物を担いで一本橋を渡るのは、絶対に無理である。

「なんだあ、段取りの悪い奴らだっちゃな。こげな場合は、事前に、なんだっけ？ そうそう、ルートちゅうものを、きちんと確保しておくのが当然だべさ。ぬっしゃら、そいな基本的なことにも気づがなかったのけ？」

貞夫が、呆れた、という口調で首を振った。

「一本か二本、木ば伐り倒して、橋を架け直すしかねえべな」

腕組みをした清治が襟元に顎を埋めて言う。

「したら、連絡所に鋸と斧があっけから、使って良がすぞ」

そう言った貞夫に、

「ぬっしゃも来っ」と繁好。

「は？」

「一緒に来て助けろって語ってんの」

「なして俺が」

「ひとりでも多いほうがいいべ。どうせ此処さ居だって暇たれだべよ」

「ダメだあ、俺はこれがらトラックを返しに行がねばなんねすからな」

いやいやをした貞夫に、

「そんなの、明日でいがんべよ」

繁好だけでなく皆で詰め寄ると、

「まったぐもう……」と、肩をすくめた貞夫は、あきらめ顔で連絡所に鋸と斧を取りに行った。

満足そうにうなずいた繁好が、あらたまった口調で言う。

「どれ、んだら、まずは分担を決めっぺし」

「如何して」

「ジャンケンに決まってっぺ」

「まんず、しゃあねえな」

一同はうなずき、鬼ごっこでもしようとしている子どものように、真剣勝負のジャンケンを始めた。

結果、耕一は、さきほどと同じように、エンジン本体の最後尾を受け持つことになった。どう考えても一番苦労しそうな配置だ。子どものころからそうであったが、どうもジャンケン勝負は苦手である。

ともあれ、そうして準備が整い、せーのっ、の掛け声でエンジンを担ぎ上げ、耕一たちの難行苦行が始まった。

鹿の湯にたどり着くまで、最も無駄に時間を食ったのは、沢に橋を架け直す作業であったが、なによりも難儀したのは、やはり孕み坂の登りであった。十歩歩いては立ち止まって休憩し、また十歩進んではエンジンを降ろしてひと息つき、の繰り返しが延々と続き、ようやく孕み坂を登りきったときには、丸太を担いでいた肩が腫れ上がり、膝ががくがくするありさまだった。

傾斜が緩くなったとはいえ、鹿の湯まではそこからさらに三キロ以上も歩かなければならず、疲労困憊の耕一たちが鹿の湯に到着したときには、あたりは真っ暗になっていた。まったくもって、やれやれである。

そして翌々日の昼下がり、組みあがったエンジンが置かれた鹿の湯の裏庭に、入植者たちがほぼ全員集まって、固唾を呑んで見守っていた。言うまでもなく、運んできたエンジンの試運転をしてみようという話になったのである。

本人の弁だけなので本当かどうかはわからないが、フィリピン戦線で整備隊の伍長を務めていたと吹聴する繁好が、名誉ある初始動の運転士となった。燃料は、共英で最初に作った炭窯から出た木炭だ。木炭にする木だけは腐るほどある開拓村であるから、燃料に困ることはない。

ガス発生炉の具合を確かめていた繁好が、「よし、そろそろいがんべ」と言って、エンジンのほうに回り込み、唾を手にしてクランクハンドルを握り締めた。

「よーしっ、エンジン、スタート！」の声とともに両手で持ったクランクを繁好が回し始める。

が、しばらく回し続けても、いっかなエンジンは沈黙したままである。

「おーい、大丈夫がや」

「なにしてっけな、そしたら事では、日が暮れちまうどー」

見守っている面々から冷やかしの声が上がる。

「煩せえっ、黙って見でろっつの」

首をひねりながらガス空気混合調整器をいじった繁好が、今度こそっ、と鉢巻を締め直してクランクを回し始めると、バスンっ、と音を上げて排気管から黒煙を吐き出したエンジンが、しゃっくりするような音を発して、苦しげに動きだした。

ぎくしゃくする音と振動に、エンジンはそのまま止まってしまうのかと思いきや、もう一度ズドンっ、と黒い煙を吐いたあとで、なかなか快調な音を立てて回り始めた。

集まっていた一同から「おーっ」というどよめきが上がり、自然に拍手喝采が湧き起こる。

初夏の栗駒山の空気を震わす木炭エンジンの音は、耕一たち入植者に勇気と希望を与えるものだった。

3

梅雨が明け、からりと晴れ渡った青空の下、栗駒山の山懐に、ギーコ、ギーコ、と鋸を挽く音が響き渡っている。

原木伐採用の大振りの鋸を、額に汗して一心不乱に挽いているのは耕一である。

先週、ようやく営林署から立木の払い下げの許可が下りた。いま耕一が取り付いているのは、自分に割り当てられた土地に立つブナの木のうち、最も手ごわそうな一本だった。伐採の許可が下りたら真っ先に伐り倒そうと、前々から目星をつけていた巨木だ。

斑模様が浮いている灰白色の木肌の幹周りは、大人がふたりがかりで手を回してようやく指先が触れ合うほどの太さである。どのくらいの樹齢なのか、耕一にも定かなことはわからないのだが、この木を見た鹿の湯の保さんは、少なくとも二百歳くらいになっているんではないかいな、と言っていた。

本当であれば、周囲に林立する若干小ぶりのブナ――といっても、どれも立派なものばかりなのだが――を先に伐採しておいたほうが、伐り倒したあとの作業が楽なのはわかっている。しかし、記念すべき一本目は絶対にこいつにしよう、と前々から決めていた。これから始まる開墾の取っ掛かりとして、この木以上に相応(ふさわ)しい相手はないと、縁起を担ぐわけではないのだが、そう考えたのである。

ただし、実際に伐採に入るまで、一週間ほどかかった。笹藪(ささやぶ)をはじめ、林床に群生する下生えをひとりで刈り取って綺麗(きれい)にするのに、それだけ日数がかかってしまった。林床がすっきりしたブナの林は、若干明るくなったように思えるものの、昔実家があった共野村の周辺にあった雑木林と比べると、真昼であっても夕暮れ時のように暗い。この違いは、人の手が入っている林なのか、そうではない原生林なのかの差だ。子どものころ、耕一が何気なく遊んでいた里山は、村の人々が常に手入れをしていたからこそ、明るい森になっていた。

ともあれ、ようやくこうして段取りが整い、今朝早くからこのブナの巨木を相手にしているのだが、もうじきお日様が頭の真上に来る時刻になっているにもかかわらず、いまだに伐り倒せないでいる。

ブナ自体の太さもさることながら、一番の理由は、いま手にしている鋸に慣れていない、ということだ。

シベリア抑留の際の強制労働で、樹木の伐採そのものは嫌になるくらいやってきた。だが、向こうで使っていたのは、両端に柄が付いた鋸で、ふたりがひと組になって挽くものだった。が、ここで使っている鋸は、ひとり用のものなので、かなり勝手が違う。そのため、最初はうまくコツがつかめず、思うように押し引きできなかったせいで、だいぶ時間を食った。調子よく挽くことができるようになったのは、つい三十分ほど前のことで、それまで、ずいぶん余計な労力を使ってしまった。

それでも、このぶんだともう少しで伐り倒せそうだ、というところまで鋸の歯が食い込んだところで、耕一は一度手を休めた。

鋸を若干ずらして手元に引き寄せてみると、さほど大きな抵抗もなく鋸の歯が滑る。

仕事の手順が間違ってはいないとうなずいたものの、念には念を入れて、と自分に言い聞かせてブナの木から離れ、後ずさりして全体を眺めてみる。

さきほどの鋸の感触で、倒すべき方向に切り進んでいることはわかったが、気づかぬうちに見当違いをしていたら大変だ。

耕一がこのブナを倒そうとしている先は、気をつけてみれば確かに傾斜になっているのがわかる、ゆるい斜面の下のほうに位置する、二本のブナの木のあいだである。幅が二間ほどの、その隙間を狙ってこいつを倒してやらなければならない。

それが伐採仕事の難しいところで、倒せればどうでもよいというものではない。方向がずれて、地面に倒れずに隣の木に寄りかかってしまったのでは、そのあとが面倒、というより、引き倒すのに人手がかけられない状況では、要らぬ危険を招いてしまうことになる。それだけならまだしも、予想に反して自分のほうに倒れてきたら、なにせこの巨木のこと、冗談ではすまされない。

そういえば三日ばかり前、自分の土地の伐採をしていた繁好が、仕事を終えて鹿の湯に戻ってくるなり、すんでのところで下敷きになるところだったと、青い顔をしていた。

まずは、森林の伐採からすべてが始まる開拓地である。ところが、仕方がないとはいえ、ここ共英では、実家が田圃農家だった者ばかりなので、入植者で山仕事の経験のある者は皆無というお粗末さであった。

そこへいくと耕一は、伐採仕事には手馴れたものだ。自分の土地に密生するブナの森を目にして、口では「こいづは容易でねえすな」と言いつつも、内心では、ほかの者ほど腰が引けていなかった。死と背中合わせだったシベリアでの経験が、いまになって役立とうとしているのだから、運命の巡り合わせというのは不思議なものだ。

その一方、このところ少々困っているのは、毎日のように鋸の目立てを頼まれることだった。収容所にいたとき、自分らで道具の手入れをするしかなかったので、否応なく鋸の目立てもしていた。一緒に収容されていた捕虜のなかには、耕一よりも器用に目立てをこなす仲間もいたのだが、共英においては、たぶん耕一が一番上手い。

ある日、「俺の鋸、なんぼしたかて、さっぱり切れねくて難儀してんのっしゃ」とこぼしていた正男を見かねて、どれ、と言って受け取り、目立てをしてやったのが運の尽きだった。

耕一に目立てをしてもらうと、タモの木だって豆腐みたいにすいすい切れる、と正男が皆に触れ回ったものだから、次から次へと鋸の面倒を見る羽目になってしまった。

まあしかし、それを愚痴っていてもしょうがない。適材適所というか、人間にはそれぞれ得手不得手があるもので、互いに助け合い、補い合うのが、運命共同体の開拓精神というものだ。

たとえば、田圃農家の二、三男対策の一環で、この春、共野ではなく栗原郡の尾松村から入植した忠雄は、縄綯いの名人で、嫌な顔ひとつせず、入植者たちの草鞋をせっせと編んでいる。事実、いま耕一が履いている草鞋も忠雄の手になるもので、履き心地はもちろん、自分で編んだものより倍以上も長持ちするので重宝している。

さて、問題なのは、いま目の前に立っているブナの巨木である。

最初に斧で刻んだ受け口と、鋸が食い込んでいる追い口との位置関係、さらに倒れるはずの場所を、あらためて確認した耕一は、

「よっしゃ」

手に唾をして鋸の柄を握った。

このまま伐り進めていけば、この手ごわいブナは、間違いなく狙った位置に倒れるはずだ。

ギーコ、ギーコ、と再び森に鋸の音が響き始めて三十分ほど経ったころだった。鋸の柄から伝わる感触が変化し、みしっ、という、かすかな音が手元からした。

そっとブナの背後に回り、幹の肌を手のひらで押してみる。

ブナの木が耐えようと呻いているような、みしっ、という音がまた聞こえた。

少し考えた耕一は、元の位置に戻って、さらに鋸を動かし始めた。力一杯押してやれ

ば、そのままブナは倒れそうだったが、まだ十分ではないと判断したのだ。倒せば倒せるとは思うのだが、焦りすぎると幹が縦に裂けてしまって、住宅の建材として使う予定の用材に無駄が出てしまうし、倒れる方向がずれる恐れもある。

それからほどなく、ブナの幹に走る音がふいに変わった。みしみし、という囁くようなものではなく、ピキっ、という切羽詰まった音が鼓膜に届いた。

その刹那、最後のひと挽きを加えた耕一はブナの背後に回り、頭上を見上げた。

手で押してやる必要はなかった。

自重を支えきれなくなったブナの巨木が、ゆっくりと傾き始めた。

それもつかの間で、ぎぃーっ、という幹が軋む音と、梢が発する驟雨が降り出したような音をあたりに撒き散らしながら、それまで大地にしっかりと根を張っていたブナの巨木が速度を上げて倒れていき、最後に、ドーンっ、という地響きを立てて森に横たわった。

耕一が狙った位置のど真ん中に、ブナは倒れてくれた。

それから数秒後、気づくと、静けさを取り戻した森に、一条の光が射し込んでいた。

ふうっ、と息を吐きながら耕一が振り仰いだ頭上に、まるで井戸の底から見上げているように、ぽっかりと青空が見えた。

なにかに繋がる空のように、耕一には見えていた。

なにに繋がる青空なのだろうと、鋸を手にして佇みながら、しばしのあいだ思いをめぐらせる。

これは、これからの共英での暮らしを祝福している光と青空に違いない。

そう自分に言い聞かせ、倒したばかりのブナの幹に腰を下ろした耕一は、携えてきた握り飯の包みを手にした。

包んでいた笹の葉を広げて塩をまぶしただけの握り飯をわしづかみにして、口に持っていく。

いまだ続いている鹿の湯での共同生活の食事は、相変わらず貧しいものだった。米を購入してしまうと、味噌が買えないこともしばしばで、たとえば、口に入れる汁物の八割方は、味噌汁ではなく味気のない塩汁である。青菜類も大根の菜っ葉以外は、ほとんどが山で採れた山菜で代用しなければならず、最初のころは美味く感じたものの、さすがに飽きてきている。その山菜も、これから真夏の時季を迎えると、めっきり採れなくなってくるはずだ。

しかし、この日、頭上から射し込む陽光を浴びながら耕一が頬張る塩結びは、この上ないご馳走であった。

4

懸命に働いていると、時が経つのが早く感じられるものである。耕一が自分の土地の伐採に入ってから早くも三ヵ月が経過し、朝晩の空気にかすかに秋の気配が混じり始めていた。

　このところ、共英地区のあちこちに、太陽の陽射しが降り注ぐ開墾地が出現し始めていた。

　といっても、開けた土地というには程遠いささやかなもので、たぶん、上空から見下ろすと、山のところどころに十円禿げができているように見えるに違いない。それでも、入植者たちにとっては、ほどなく自分の家を建てることができる、かけがえのない土地であった。

　そして、共英地区を三つに分けた集落のうち、最も南に位置する万坊集落の東の外れに耕一の土地はあり、伐採したあとで枝をすべて払ったブナの木が、二ヵ所に分けて三十本あまり積まれていた。その片方が、住宅の建材に使われる予定だった。

　乾燥の過程で狂いが生じやすいブナの木は、住宅用の建材としては適していない。というか、耕一のみならず、ブナの木が建材として向いていないのを知ったのは、いち早く建築が始まった住宅を建てるために麓から呼んだ大工に聞かされた者が大半、という無知ぶりであったのだが、代替できる木材がほかにないのだから仕方がない。自分たちの手で伐り倒したブナを製材して、建材に充てるしかなかった。

　その製材にしてもひと苦労であった。

物置小屋を建てるくらいならまだしも、人が暮らす住宅を建築するとなると、さすがに素人の手に余る。算盤を弾いてみると、貴重な補助金の殆どが大工への賃金に消えてしまうのがわかったため、製材の段階までは自分たちで行わなければならなかった。ということで、この春、死ぬほど苦労して、製材機用の木炭エンジンを鹿の湯まで運び上げたわけである。

しかし、三つの集落に分割した共英地区は、麓の町場と違って、呆れるくらいに広い。事実、耕一の土地から鹿の湯までは、下生えを刈り払った獣道のような道しかなく、のんびり歩いていると一時間近くかかってしまうほど離れている。

で、結局、まずは集落ごとに拠点となる家を四、五軒ほど建ててから徐々に増やしていこう、ということに相成ったわけであるのだが、製材に取り掛かる集落が変わるたびに、あの糞重い木炭エンジンを筆頭に、製材に必要なすべての器具を、足場に苦労しながら、えっちらおっちら皆で担いで現地まで移動する、という按配である。

この春、麓から集落に通じる一本目の開拓道路の工事がようやく始まっていたが、集落間を繋ぐ道路の着工は、まだまだ先の話だった。

それでも、耕一にとって運がよかったのは、組合で話し合った結果、最初に建った鹿の湯付近の住宅の次は、一番遠い万坊にしようと決まったことだった。

実際、この三ヵ月のあいだに、耕一の土地から少し離れた場所に二軒の住宅が完成していた。そこで、今後万坊に住むことになる入植者たちは、共同生活という点では同じだったが、鹿の湯からこちらに移り、二軒の家で雑魚寝をしながら暮らしている。

ただし、耕一の家自体は、完成が来年の予定で、ブナの木を製材するのも来春になる。それに対して文句はなかった。誰かがわがままを言い出せば収拾がつかなくなり、進むはずの計画も進まなくなると、皆が了解しているからだ。

で、宅地周辺の伐採を終えた耕一の目下の仕事はというと、炭焼きである。

通常の山仕事では、炭焼きは農閑期の冬場にするものだ。それに、燃料として炭が大量に消費される冬場のほうが高く売れる。しかし、いまの共英には、農閑期自体がそもそも存在しない。安く買い叩かれようとも、いまのところ、年中通して炭焼きをするのが、唯一の現金収入の手段となる。

さて、耕一の目下の仕事が炭焼きとはいえ、正確に言うと、まだ仕事としては成立していない。いま耕一の目の前にある、一週間ばかり前に火を入れた炭窯からは、最初の炭が出ていないからだ。つまり、耕一にとっては生まれて初めての炭焼きで、これからいよいよ最初の炭にご対面という、まさにその日であった。

小枝を骨組みに、練った赤土を盛って拵える炭窯は、先に入植していた清治から作り方を教えてもらった。ただし、炭窯作りの先輩といっても、清治自身、もともとは素人である。ようするに、山仕事に手馴れた炭焼きの名人を開拓農協で招いて講習会なるものを開き、手取り足取り一から教えてもらったもので、それを又聞きの形で教えられたのであるから、本当にちゃんとした炭窯になっているのか否か、若干の不安がある。

その清治が、耕一の隣で言った。

「うん、もう良がんべな。開げでみれ」

清治は自信たっぷりに言うものの、本当にこいつを信用していいものだろうか、と心配だ。

炭を焼く、と言っても、実際に炭焼き窯のなかで行われているのは、蒸し焼きである。

具体的には、窯のなかに原木を並べておき、そこに柴を詰め込んで火を入れるのだが、そのまま放っておけば、当然ながら、炭になるはずの原木までもすっかり燃えてしまう。

そこで、ころあいを見計らって覗き穴も煙突も塞いで窯を密閉して空気を遮断し、蒸し焼きにしてやるわけなのだが、そのころあいがいつか、の判断が難しい。

塞ぐのが遅すぎると窯から出る炭の歩留まりが悪くなり、最悪の場合、すっかり焼けて灰になってしまう。

逆に密閉が早すぎると生焼けの炭ができて、火を点けると煙を出す炭になってしまう。

というか、景気よく煙を上げる炭は、炭とは言えない。

一応、清治からは、火入れ直後に煙突からもくもくと出てくる白い煙が青い色に変わり、さらに透明に近くなって喉がイガイガするような匂いがしたところで窯を密閉すればよい、と教えられたし、最初だけは、と頼み込んで、その場に立ち会ってもらった。

だからたぶん大丈夫だとは思うのだが、三日前、耕一と同様に清治から「炭焼きの秘伝」なるものを伝授してもらった繁好が、窯を開けてみたらば窯のなかには灰しかなかった、という事件が発生したばかりだった。

いやいや、それだけではない。これはさらに十日ばかり前にさかのぼるのだが、やっぱり清治から炭焼きを教わった泰三(たいぞう)が窯を開けたとたん、なにかの按配で炭になり損ねて燻(くすぶ)っていた原木に火が点き、一気にぼうぼう燃えだして炭窯が火事になったという、洒落(しゃれ)にならない事件も発生している。

「本当にちゃんと焼きあがってるべかな」

不安の声をにじませて耕一が言うと、

「大丈夫だあ。俺を信用しろっつってんの。どっちにしたかて、いまさらどうしようもねえべや。男は度胸。ちゃっちゃど開げでみれ」

最近のふたつの事件などすっかり忘れたように、自信たっぷりに言った清治が、熱を持っている炭窯に向かって顎(あご)をしゃくる。

相変わらず信用できなかったものの、確かにいまさら迷っていても仕方ない、と覚悟を決めた耕一は、炭窯の入り口を塞いでいるレンガを崩し始めた。

とたんに開いた穴から熱気が噴き出てきて、顔面が熱くなる。

よもや泰三の窯みたいに火事になるのじゃあるまいな、と思わず後ずさりしたものの、入り口から火が噴き出してくる気配はなさそうなので、とりあえず安堵(あんど)する。

作業を再開し、なんとか人が潜れるくらいに穴が広がったところで、腹ばいになった耕一は、上半身だけ窯のなかに突っ込んで、なかの様子を窺(うかが)ってみた。

まずは、窯にぎっしり詰め込んでいたはずの柴類が灰になり、嘘みたいにかさを減らしていたのがわかった。

急に外の空気が入ったせいだろう。炭がはじける音が炭窯の壁に反響した。しかも、火鉢の炭が立てるようなパチパチという可愛いものではなく、バリバリっ、ビリビリっ、と恐ろしげな音が飛び交っている。

いったん炭窯から這い出た耕一に、

「如何だった？」と清治が訊いてきた。

その顔つきからして、さっきの言葉とは裏腹に、内心ではかなり心配だったようだ。

うーん、と難しい顔を耕一がすると、

「ダメだったすか？」と、清治が眉根を寄せた。

しばらくその顔つきを楽しませてもらったあとで、にっと笑ってみせる。

「出来てだ。ちゃんと炭が出来ておった」

すると、電灯が点いたみたいに清治の顔が明るくなり、

「やったすな、やったすな。いやあ、良がった良がった！」手加減もせずに耕一の背中をどやしつけてきた。

「痛だだっ、痛えっつの。そんなに叩ぐなってば」

そう言いながらも、耕一の頬も自然にゆるんでしまう。

「よっしゃ、俺も助けっから、早えどごろ炭出しすべえ」

勢い込んでうながした清治と一緒に、汗だくになって炭出し作業に取り掛かる。午前

中のうちに炭出しを終えたら、窯が冷める前に再び原木を詰めて、夕方前には二度目の火入れをしなければならない。

初めて焼いた炭のことゆえ、品質は悪いかもしれないが、この一本一本が現金になると思うと、炭窯の熱さや舞い上がる埃もたいして苦にならなかった。

こうして最初の炭焼きを首尾よく成功させたはずの耕一だったのだが、世のなか、そんなに甘いものじゃあなかった。

炭焼き窯の近くに作った炭小屋に運び込んでおいた炭が、気がついたら燃え出していて、結局すべてが文字通りの灰と化してしまったのである。

それを見て、

「こりゃあ、出した炭さ火が残っておったんであるな」と、物知り顔でうんちくを垂れた清治に、危うく拳骨を食らわしてやりそうになった耕一であるが、思い留まるだけの分別は持っていた。

失敗を他人のせいにするようでは、とてもじゃないがやっていけないのが開拓地というものである。

5

一度目は大失敗だった炭焼きも、三度目くらいになると、耕一の炭窯からも順調に炭が出てくるようになった。

　といっても、まったくの素人が焼いた炭であるので、品質は誉められたものではなく、普通では売り物にならないような炭が大半である。見た目はまあまあでも、実際に火をつけてみると、やたらと火の粉が弾けたり、煙が出たり、あるいはすぐに燃え尽きてしまったりと、思っていた以上に炭焼きは難しい。

　これは耕一に限ったことでなく、炭焼き名人を自称する清治にしても然りで、たとえば、料理屋に卸せるような、火持ちがよくて安定した燃焼をするうえに形もよい炭など、とうてい焼けるものではない。

　しかしそれでも、売り物にはなった。それはひとえに、共英の炭窯から出た炭を一括して買ってくれる麓の商店、勝又商店の主人の厚意があってのことにほかならない。最初の炭を買ってもらってからほぼ半年、耕一が飢え死にせずにこの冬を越せたのも勝又商店のおかげで、勝又の親父には足を向けては寝られない、というのが偽りのないところである。

　ただし、相変わらず開拓道路は未完成のままなので、耕一に限らず、最も難儀するのは焼いた炭の運搬である。一俵あたり十五キロほどもある炭俵を三つか四つ、あるいは五つも背負って、あの孕み坂を下りなければならない。帰りは帰りで、米をはじめとした食料品や日用品を背負って、うんうん唸りながら急坂を登ることになる。

　それでも冬場は、少しは楽ができるときもあった。もちろん、雪に埋もれる栗駒山中の話なので、楽と言うには程遠いものであるのだが、手製の橇を使って炭を下ろすことができた。ただし、少しは、とか、ときもあった、などと断りが入るのには、それ相応の理由がある。

まずは、橇が深い雪に埋もれないように、搬出経路に沿って雪踏みをして雪面を平らに均す必要があった。これはかなりの大仕事で、ひとりではとうてい無理。確か、「橇を使ったら如何だべや？」と誰かが言ったのをきっかけに、「んだすな、試してみっぺし」とうなずきあって最初の雪踏みをしてみたのだが、二十人がかりで丸一日もかかった。

なんとか搬出路と呼べるものができあがり、不細工な手製の橇を使って炭を下ろしてみたところ、なかなか具合がよかった。急坂でうっかり足を滑らせて橇と一緒に谷底まで滑落した奴がいたものの、背中に背負って運ぶよりはずっと楽である。

だが、ここで問題なのは、新たに雪が降ると、せっかくつけた搬出路がふかふかの雪で埋もれて、元の木阿弥となってしまうことである。なにせ、ひと晩で一メートルも新雪が積もるのも稀ではない豪雪地帯だ。

結局、ひと冬のあいだに二、三度、雪踏みの道普請をしてはみたものの、二月の中ごろに空が壊れたのじゃないかと思うほどの大雪があったのを最後に、橇を使っての運搬は自然消滅していた。

かような雪深い共英地区であるので、荷運びはもちろんだが、集落内を行き来するのも大変だ。

生まれたときからの山育ちであれば、自前のカンジキを足につけてひょいひょい歩いているだろう。しかし、耕一たちの古里である共野村ではここまでの雪は降らなかったので、カンジキが冬場の必需品とまではなっていなかった。

よって、見よう見まね、というよりは、こんなものでどうだろう、とほとんど自己流でカンジキを拵えてはみたものの、けったいなくらい歩きにくいものやら、一日使うと壊れてしまうものやら、さっぱり使い物にならない代物が、山ほどできてしまった、という按配である。

しかし、これに関しては「栗駒カンジキ」とでもいうべき素晴らしいものを開発中で、次の冬には入植者全員に行き渡りそうだ。

開発に当たっているのは、縄綯いと草鞋作りの名人と誰もが認める忠雄である。

といっても、忠雄が自分で発明したわけではなく、狩りをするために秋田のほうから遠征してきて、鹿の湯にしばらく滞在していた鉄砲撃ちに教えられ、栗駒の雪にあわせて改良したものだ。

ともあれ、こうして少しずつ栗駒山中の冬の厳しさに慣れていくよりないわけで、いつかはやってくるだろう住めば都の日々を一縷の希望に辛抱を続けるしかないのが、開拓村の入植者たちに与えられた試練と運命である。

そして、気づいてみると、耕一が入植してから早くも一年と半年近くがすぎて、耕一にとって二度目の新緑の季節を迎えて、気分は浮き立っていた。

耕一の気分が浮き立つのは、清々しい季節であるのもさることながら、来週からついに自分の家の建築が始まることが決まったからだ。夢にまで見た自分の家、しかも新築の住宅である。

入植者用の住宅には規格があって、決して立派なものではない。台所と風呂場以外は八畳敷きの部屋がふたつか三つの小さな平屋だ。

しかし、麓に留まっていたのでは、この若さで自分の家を持つことはあり得ない。まったくもって夢のような話である。それがついに実現しようとしているのだから、浮き浮きするなといっても無理な話で、炭を引き取ってもらった勝又商店の軒先で、

「やっと俺家も建づ事になりましてね」と、主人相手に相好を崩すのも自然であろう。

「いやあ、それは良がったですなあ。これでいよいよ耕一っつぁんも一国一城の主だすな」

そう言って目を細めた勝又の親父に、

「なんも。家って言ったかて、ささやかなもんです」

照れ笑いを浮かべた耕一に、

「いやいや、そげな事はねがす」

首を振った勝又の親父が、

「となると、次は嫁ごだすな。早ぇどごろ器量のいい嫁さんば見っけで所帯ば固めるこ

ったす。なんなら、俺も心当だりを当だってみっぺがね。耕一っつぁんなら、なんぼでも選り取り見取りだっちゃね」真面目な顔になって付け加えた。

「いやいやいや、そんな嫁ごだなんて……」

顔が熱くなり、勝手に手が動いて頭をぼりぼり掻いたものの、まんざらでもないどころか、一刻も早く所帯を持ちたい気分になる。

頰の火照りがさっぱり冷めないのに閉口した耕一は、

「すんません、厠ば貸してけさいん」と断って軒下の長椅子から腰を上げた。

「どんぞどんぞ、遠慮なく」と手振りをした勝又の親父に軽く頭を下げ、店の陳列棚のあいだを縫って、そそくさと便所へと向かった。

小便をしたあと、水道の水で顔を洗って、「やれやれ」と苦笑する。

苦笑というよりはにやにや笑いとしたほうが当たっているのだが、それにしても勝又の親父はいい人だなあ、と自然に口許がほころんでくる。出来の悪い炭を文句も言わずに買ってくれるだけでなく、まあ、社交辞令ではあるのだろうが、嫁の世話をしようかだなんて、ありがたいやら嬉しいやら……。

鹿の湯の保さんといい、勝又の主人といい、そういった善意の人々に共英は支えられているのだと、あらためて感謝の念を抱きながら便所を出た耕一は、店に通じる戸の前で立ち止まった。

誰か客が来たらしく、主人となにやら話をしている声が、薄い戸を隔てて聞こえてきた。

「表さある炭俵、また共英の連中が持ってきたのすか」

そこそこ年配のように思える男の声に、

「んだす。如何だい？　一俵買って行がねすか。安ぐしておぐど」と主人が答える。

「なんも、要らねでやあ、あしたら不細工な炭」

その声に、戸を開けかけていた耕一の手が止まる。

「見た目よりは悪ぐねがすど」

「嘘、語れ。この前買ってみだ炭どきたれば、爆ぜで爆ぜで、持て余したでな」

「んだすか」

「本当だあ。もう二度と御免だ。しかし、親父っさんよ。あんだも奇特な人だっちゃなや。よくもまあ、あげな炭ば嫌な顔ひとつしねえで引き取ってやってるもんだ」

「仕方ねえべ。俺が買ってやらねえで、その結果、奴らに飢え死にでもされだら、寝覚めが悪くてかなわねえ」

「まあなあ」

「んでもまあ、そう何年も保だねえべ。あと一、二年がいいところでねえすか」

「んだすな。たぶん、そのうち皆して逃げ出すべや。そもそも、あんな山奥さ人が住めるわけがねえのっしゃ」

「それまでの我慢だすからな。たとえ誰であろうと、人から恨まれるような商売をしては、商店ちゅうもんはやって行げねえものな。あんだが語ったように、奇特な人だと思われるくらいがちょうどいいのっしゃ」

「ははあ、なるほど。それにしても、いい気な連中だっちゃなあ。麓から大工ば呼んで家を建でるにしても、建築費用はてろっと全部、補助金なんだすぺ」

「そうみてえだすな」

「誰がその金ば出してるっつうの。元々は俺らが納めでる税金が出所だべ？　何故俺らが汗水たらして稼いだ銭こを奴らさけでやらねばなんねえのっしゃ。日本の行政は間違っているすな。俺が県知事だったら、誰が考えだかて失敗するのが最初からわがってるような、あげな場所の開拓なんか、絶対許可しねえど」

「まあまあ、お役所仕事はそんなもんだべ」

否応なく耳に入ってくる会話から逃げるようにして後ずさりした耕一は、便所の手前の裏口からそっと表へ出ると、首をすくめてそのまま山道へと向かい始めた。

少し歩いたところで、勝又商店の軒先に、炭の代金のかわりに物々交換でもらうことになっていた米袋を置き去りにしたままだったのを思い出す。しかし、あんな会話を聞いたあとでは、とてもではないが店に戻る気にはなれなかった。

6

浮かない顔をして共英地区に戻った耕一を、これまた浮かない顔で待っている者たちがあった。耕一と同じく、万坊集落に最初に建つ五軒の住人となる、繁好、清治、友喜、康和の四人である。五軒のうち、繁好と清治の家の二軒しか住宅が完成していないので、耕一は繁好の家で寝起きをしているのであるが、そこに皆で集まり、浮かない顔でなにやら話し合っていた。

このうち、友喜と康和は共野村の出身ではなく、宮城県の東部に位置する登米郡からの入植者だ。

今年、昭和二十五年の春になって、共英は一段と賑やかになった。

昨年で共野村からの最初の入植は一段落したのであるが、百戸計画で始まった開拓だったため、まだまだ人数が不足していた。しかも、入植した者の半数くらいがすでに離農し、数を減らしていた。

それを解消するために昨年の暮れから入植者の公募を始めてみたところ、思いのほか応募者が多く、共英では新たに二十名ほどの入植者を迎えることになり、その多くが登米郡の田圃農家の出身者で、いずれも農家の二男坊や三男坊だった。共英に限らず、開拓村というものは、もともとが農家の二、三男対策として始まったものであるから、入植者に家督がいないのは当然である。

たとえば康和の場合、男が三人、女が五人の八人兄弟の二男とのことだが、陸軍に召集されて南方戦線へ行った長兄は、消息不明のまま戻ってこなかった。となると、当然ながら、家督に繰り上がった康和が家を継ぐことになる。ということで、田圃と畑仕事にせっせと励んでいたのであるが、終戦から二年ばかり経ったところで、死んだとばかり思っていた兄貴がひょっこり帰ってきた。結果、自分の居場所がなくなった。どこかの農家の婿養子にはなりたくなかったので独立することを考え、そのころから募集が始まっていたあちこちの開拓村を回ってみたのだが、共英地区に空きがありそうだと知り、この春、ここに入植してきた、という次第である。

「みんなすて如何したのっしゃ」

草鞋を脱いで居間に上がり込んだ耕一が尋ねると、

「明日か、遅くても明後日には、県の検査官が来るっつう話なのっしゃ」

難しい顔をして繁好が言う。

「そいづが如何したっての」

耕一が首を傾げると、

「まずいべっちゃ」と繁好。

「何が」

「家が建ってねえべ」と、今度は清治。

ない。
「はあ？」
どうもこのふたりには話をはしょる癖があって、なにを言いたいのかさっぱりわから
三人のやりとりを見ていた友喜が、苦笑しながら、
「つまり、こういうことっしゃ――」と前置きをして説明を始めた。
去年の暮れまでに、この万坊集落には五軒の家が建っていなければならなかったので
あるが、いまだに二軒しか完成していない。建築が遅れている理由は単純で、耕一が住
むことになる家もそうなのだが、建材用の木材の伐採が済んでいても、大工に払う手間
賃が確保できていなかったからである。いや、正確に言うと、一戸当たり五万円内外の
住宅補助金はすでに支給されていたのだが、食費に化けたり、あるいは、補助金や融資
金を受け取るだけ受け取って家を建てずに早々と離農した者があったりと、完全に資金
不足に陥っているのが、共英のいまの現状であった。
その一方、役所の書面上では、この万坊集落にもすでに五軒の家が完成、と記載され
ているはずで、それを確認しに検査官がやってくるのだ。
で、実際に完成しているのが二軒だけだとなると、当然、その理由を問い質される。
その際、建築費用が捻出できないものでして、などと説明すれば、いったいどこに補助
金が消えたのだ、とさらに詰問されるのは必至である。まさか、米に化けました、だと
か、さっさと離農した連中に持ち逃げされました、などと説明するわけにもいかず、万

―それが知れたら、最悪の場合、今後の補助金が減額されたり支給停止になったりする可能性もある、という話だった。

説明を聞き終えた耕一は、

「なるほど、さすが友喜だ。こいづらと違って——」繁好と清治を指差してから、

「よーぐ話は分がりすた。さすがだっちゃなや」と、深くうなずいた。

「馬鹿(ばが)この、感心してる場合でねえど」

繁好と清治がそろって口をへの字にする。

だが、実際、友喜の説明は要領がよかった。いわゆるインテリというのだろうか、友喜は物知りな上に頭の回転がすこぶるよい。

そういえば、いつだったか友喜が言っていたのだが、共英地区への入植の前、巡査にでもなろうかと思って試験を受けたことがあるそうだ。その際、試験官の質問によどみなくすらすら答えたところ、「おまえはあまりに知りすぎている。そこまで詳しいとは、おまえ、もしかしてアカなのだな」と疑われて不合格になった、という妙な経歴の持ち主である。

当の友喜は、自分は手先が不器用だし、実家にいたときには畑仕事も上手(うま)くできなかったと謙遜(けんそん)しているのだが、今年になって入植した新顔にもかかわらず、周りから頼りにされていて、信頼も厚い。

その端的な例が、つい先日開かれたばかりの開拓農協の組合総会での出来事だった。

型通りの収支報告と監査報告が終わったあとで、友喜が挙手をして発言した。発言の内容は、これまで共野村を一度経由してから受け取っていた県からの補助金や奨励金を直接開拓農協が受領して管理と運営にあたったほうが、会計処理も楽になるし、金の流れも明瞭になるのではないか、という提案だった。

考えてみれば当然の話なのだが、耕一を含めた共野村出身者は、これまでの流れもあって、誰も疑問を挟まなかった問題であった。

その発言に対し、「なにを新参者が生意気な」というような雰囲気は皆無だった。すぐに、そうしよう、ということで組合員の意見がまとまり、ついでに、友喜に対して、組合の理事になって仕事をしてくれないだろうか、という要望まで出たくらいである。実際、総会の直後から友喜は組合の仕事を手伝い始めており、来年度には正式に理事のひとりとなるのが決まっていて、現組合長の啓次郎も、次期組合長は友喜に、と胸算用をしているようだ。

単に力自慢だけでは開拓村の運営というものはままならない。こういうところでも適材適所が必要なわけで、面倒な机仕事は友喜のような人間に任せたほうがよいに決まっている。

その友喜は、頭がよいだけでなく人柄も温厚で、自分と同様、シベリアでの抑留生活を経験しているということもあって、最初に会ったときから、耕一も親近感を持っていた。

ともあれ、友喜の説明で、いまなにが問題になっているのか、途中から話に加わった耕一にもよくわかったものの、確かに困った事態である。

「如何したらいがんべね……」

康和が、う～ん、と唸って腕組みをすると、

「よくもこげな山奥までおいでくださいましたと、みんなで検査官さまの歓迎会ば開いでよ。しこたまドブログば呑ませてやってだな。訳が分がんなくなるくれえ酔っ払わせで、はいご苦労さんでした、って帰してやっぺが」真面目な顔をして繁好が言う。

「ぬっしゃ、本気で語ってんのが？」

呆れ声を出した清治が、

「それよりか、なんとかして銭こば掻ぎ集めで、検査官さ握らせでやったらいいんでねえか」こちらも真顔になって言う。

「馬鹿たれ、それごそ大問題だべ。はっきり語って、そいづは賄賂だど」

言い返した繁好に、

「地獄の沙汰も金次第って語っぺよ。人間、誰だかて現金には弱ぇもんだ」清治が訳知り顔で言う。

「したら、歓迎会で酔わせだ上に銭んこば包むがや？」

「おっ、そいづは名案だ。そうすっぺし」

手を叩いて喜んでいる繁好と清治を見ながら、このふたりはまったく……と、ほとほ

と呆れてしまう。隣の康和も、すっかりげんなりした顔になっている。

かといって、耕一にもそれに代わる妙案は思いつかず、こうなったら、検査官に洗いざらい正直に事実を説明して、なんとかして見逃してもらうしかないだろうな、と考えていると、それまでしばらく襟元に顎を埋めて考え込んでいた友喜が、

「いいこと、思いついたど」と言って腕組みを解いた。

その声に、賄賂作戦で盛り上がっていた繁好と清治はぴたりと会話をやめ、耕一や康和と一緒に友喜の顔を覗き込んだ。

一同をゆっくりと見回した友喜が、にやっ、と笑って、思いついた案の説明を始めた。

真剣に耳を傾けていた耕一たちは、友喜の説明が一段落したところで、互いに顔を見合わせ、深くうなずきあった。

確かにそれは、友喜でなければ考えつかないような、簡単ではあるが成功間違いなしの妙案だった。

7

「ほ、ほんとうに、この先に人が住んでいるというのかね」

はあはあぜいぜいと、息絶え絶えになりながら孕み坂の急坂を登っているのは、県の農政局の検査官である。

「いんや、まんず、ご苦労をおかけしまして申す訳ねえです。この坂を登り切ればなんぼか楽になりますよって、もう少し辛抱してけさいん」

すまなそうに耕一は言ったものの、内心では、
何語ってっけな。入植の許可ば出したのはぬっしゃらだべ。それなのに、人が住んでいるかはねえべっちゃな……と、悪態をついていた。

共英地区の住宅建設が予定通り進んでいるかどうかの検査にやってきた検査官を、麓の連絡所まで迎えに行き、村へと案内している途中だった。

耕一に伴われ、共英を目指して歩きだしたあたりまでは、「お迎えご苦労。いやあ、気持ちのいい天気ですなあ」などと余裕の表情で、物腰も鷹揚な検査官であったが、孕み坂に差し掛かって五分としないうちに形相が変わり始めた。

寸前までの鷹揚さなどどこかへと吹っ飛び、「噂には聞いていたが、本当に酷い道だ」だとか、「きみ、これしか道はないのかね」だとか、「これはもはや獣道だ」あるいは「いつになったらこの坂は終わるんだ」などといった具合に愚痴を並べ立て始め、挙句の果ては「人が住んでいるのか」などと、実に失礼なことを言う。ばかりか、こっちは案内に麓に下りたついでにと、仲間から頼まれた日用品で膨れ上がったリュックサックを背負っているというのに、検査官の手荷物まで持ってやっている。

おそらくこの検査官は、農政局に勤めているくせに、共英どころか栗駒山中に一度も足を踏み入れたことのない青瓢箪に違いなく、机の前にばかり齧り付いている典型的な

お役人なのだろう。

んだども、このぶんなら、友喜の目論見通り、俺らの計画が上手く行ぐのは間違えねえな……。

耕一は、検査官に悟られないように、胸中だけでほくそ笑んだ。

耕一たちの計画の唯一の心配は、やってくる検査官が、山歩きが達者で栗駒山にも詳しい人間だったらどうしよう、というものだったのだが、この検査官の様子を見る限り、その心配は無用のようだ。

まるで子どもをあやすようにして検査官を宥めすかして登り続けること四時間あまり。通常ならば三時間まではかからずに鹿の湯温泉に到着するところ、ようやく宿にたどり着いてひと息ついてもらったころには、お昼近くになっていた。

しかし、地区の外れに位置する万坊集落までは、さらに一時間近く獣道のような枝道を歩かなければならない。

宿で用意してもらった昼食を食べている検査官に、鹿の湯まで迎えに出向いて来た友喜が、

「あんのう、今日、検査してもらう場所まで、ここから往復に二時間ほどかかりますが、どうしますかの」と尋ねた。

往復二時間と聞いて顔をしかめた検査官が、

「どうするって、どういうことですかな」と首をかしげる。

「とりあえず完成した家の写真は撮ってありますんで、それを持ち帰っていただいてもよいかと思いまして」

村一番のインテリで、新し物好きな友喜の趣味は写真で、入植の際に親戚や友人からもらった餞別で買ったという、ライカのカメラを持参して入植してきた。友喜のライカは、共英地区で最も高価な個人資産であるのは間違いない。

友喜の提案に、もう少しでうなずきそうになった検査官が、

「いや、いくらなんでもそれではまずいですからな。頑張って歩きます」と言って、横に首を振った。

検査官がそれで満足すればと考えての一計であったのだが、さすがにそれほど甘くはなかった。というか、鹿の湯にたどり着いたときは、「もうこれ以上、一歩も歩けませんぞ」と、疲労困憊の検査官だったものの、昼飯を食べたことで、自分の職務は全うしなければならない、というお役人としての使命感が戻ってきたようだ。

というわけで、昼食もそこそこに、鹿の湯からは友喜とふたりで検査官を万坊まで案内した。

現地に到着して最初に検分してもらったのは、建築資材が積まれたままになっている、耕一の住宅予定地である。

それを見た検査官が、

「全然進んどらんじゃないですか」と眉根を寄せる。

「申し訳ありませんです。いや、なにせ去年は、雪が降るのが思った以上に早かったものので。製材まではなんとか間に合ったんですが、建築に入る前に、すっかり雪に埋もれてしまいましてね。やむなくそのままにして年を越したんです。雪のせいで湿った木材も、このところのお天気でようやく乾燥が終わりました。ですから、来週にも着工できる予定です。いやいや、自然の気候には逆らえませんからねえ。私どもとしても、どうしようもなかったわけです。ということで、なんとか、この一軒だけお目こぼし願えないでしょうか」

その気になれば立派な標準語をしゃべることのできる友喜が流暢に説明する。着工が遅れたのは雪のせいではなく、補助金が食料に化けたせいなのだが、もちろんそんなことなどおくびにも出さない。

「ほかの四軒は完成しとるのかね」

検査官の質問に、

「大丈夫です。予定通り、去年の秋までに完成していますんで、これからご案内いたします。私どもとしましては、ここはなんとか検査官さまの温情にすがるしかありませんで、なにとぞご勘弁を」友喜が、平身低頭へりくだって懇願する。

う～む、と考え込んでいた検査官が、しばらくしてからうなずいた。

「わかりました。確かに去年は、麓でも雪が降るのは早かったですからな。この一軒だけが未完成というのであれば、目をつぶりましょう」

その言葉に、胸のなかで小さく歓声を上げつつ、さすが友喜だと感心する。

友喜が言うには、人を上手く騙す際には、嘘八百を並べ立ててはダメで、ちょっとだけ真実を混ぜておくのが一番よいとのことだったが、まったくその通りであった。しかも、「検査官さまの温情にすがるしかありませんで」などと、お役人の心をくすぐるようなことを臆面もなく述べるとは、なかなかたいした役者ぶりである。

助かります、と深々と頭を下げた友喜が、

「では、次の家に参りましょう。次は私の家でございまして」まだ存在していないはずの家に向かって歩き始める。実際には、去年のうちに完成していた繁好の家なのだが、到着した家の玄関には、「佐々木友喜」と表札が出ている。

ふむ、と満足そうにうなずいた検査官が、携えていた書類をめくって丸印を書き込んだあと、「では、次の家に」とうながして、清治の家に向かう。

こちらは嘘偽りなく清治の家で、本人の名前が入った表札がかけてある。

耕一が玄関先で呼びかけると、部屋の奥から清治が出てきて、検査官に向かって頭を下げ、

「ちょうど、お昼ば食いに戻っておったところです。何もありませんけんど、良がったらお茶っこでもいかがだすか」と検査官に申し出た。

腕時計を覗き込んだ検査官が、

「いや、まだ全部を見て回っていませんでね。ご好意だけでけっこうです」と首を振っ

たあとで、先ほどと同様、手元の書類に丸印をつけた。

「では、お次は、沼倉繁好の家です」検査官が手にしていた書類に指を伸ばして示した友喜が、先頭に立ってすたすた歩きだした。

その背中に、

「きみきみ、道はこっちに続いているようだが」と検査官が声をかける。

それも無理はなく、友喜が歩き始めたのは、獣道と見分けがつかないような、鬱蒼とした枝道だった。

振り返った友喜が、あくまでもにこにこしながら、

「そっちから行きますと三百メートルも歩かなければなりませんが、こちらからですと百メートルばかり歩けば着きますんで」と説明する。

なるほど、と納得した様子の検査官を伴い、ほとんど藪漕ぎ状態で林のなかを進み、ほどなく繁好の家の裏手に到着した。

さきほど、表玄関に「佐々木友喜」と表札を出しておいた家と同じなのだが、ぐるりとブナ林の真っ只中を迂回して、しかも裏手側に出たものだから、検査官は違う家だとすっかり信じ込んだみたいで、つい先ほど表側から見た家と同じだとは、露ほども疑っていない様子である。もちろん、表玄関の表札は、耕一と友喜が検査官を伴って藪漕ぎしているあいだに、繁好が「沼倉繁好」と入れ替えをすませてある。

「さあ、では最後の四軒目を見ていただきましょうか。今度はちょっと遠いですが、勘

弁してください」

　友喜が言って、家の表側に回り込み、繁好が付け替えておいた表札の前をさりげなく通りすぎて、今度は、さっき検査官が、「道はこっちに続いているようだが」と言った道を逆向きにたどり始める。しかし検査官は明らかに違う道だと思い込んでいるらしく、

「やっぱり裏道よりも歩きやすいですな」などと、とんちんかんな感想を述べている。

　やがて到着した家、すでに検査官が一度見ている清治の家の前には、事前の打ち合わせ通り康和がいて、薪割りに精を出していた。もちろん、演技であるし、表札もつけ替えられている。

　実際、どの家も同じ規格で建てられているので、山に不慣れな検査官でなくても違う家だと信じ込んでしまうだろう。

「いやまんず、ご苦労さんでがす」

　薪割りの手を休めた康和が、首にかけた手拭いで汗を拭い、

「なかでお茶っこでも一服していがねえすか」まるで本当の我が家に招き入れようとしているかのように玄関を開けて、笑顔になる。

「いやいや、けっこう。ゆっくりしていたら、今日中に帰れなくなりますからな」と辞退した検査官が、書類のなかに四つ目の丸印を書き入れた。

　書類を手提げ鞄にしまった検査官が、

「まあ、あの一軒だけが未完成なのはよしとしましょう。上のほうには、私がその旨を

報告しておきますのでご安心なさい。そのかわり、できるだけ早く完成に漕ぎつけてくださいよ」いかにも自分が太っ腹だと見せつけるように、恩着せがましく言った。

「いや、本当に助かります。わざわざこんな山奥までお運びいただき、ありがとうございました」

友喜とそろって深々と頭を下げた。

こうして、住宅の検査は滞りなく終了し、まんまと騙された検査官は、山で採れた山菜を手土産に、本人だけは正しいと信じ込んでいる虚偽記載の報告書と一緒に、仙台へと帰っていったのであった。

まあ、あの検査官がほんとうにころっと騙されたのかどうかはわからない。もしかしたら、同じ家であることに薄々気づいていて、それでも騙されたふりをしてくれただけなのかもしれない。

どちらが真実なのかは永遠の謎であるが、ともあれ、これくらい強か（したた）に立ち回らなければ、山奥の開拓という困難な事業に立ち向かえないのもまた事実なのである。

8

友喜の妙案が功を奏したことで新たな補助金が滞るのを回避でき、その後の共英地区の開拓は順調に進みだした。そして、本格的な夏を迎えるころには、万坊集落の五軒の家も完成して、耕一も晴れて自前の家での独り暮らしが始まった。

結局、耕一が入植して二年目となるこの年、昭和二十五年のうちに、万坊の五軒を含めて新たな住宅が二十一戸も立ち並んだ。

いや、実際には立ち並んでいるわけではなく、あちこちに点在しているとしたほうが正確なのだが、それでも地区内に、つましくはあるが新築の住宅があるのはよいことだった。地区内を行き来する際に、人を寄せ付けないようなブナの原生林だけでなく、確かに人間が暮らしていると実感させる家屋の姿を目にできるのは、入植者たちにとって大きな励みになった。

あるいは、ときには誰かの家に集まり、人目をはばからずに自家製のドブロクを酌み交わすこともできる。酔っ払って言い合いになったり、それがこうじて喧嘩になったり、ということもないではなかったが、ひと晩経てばケロッとして——というより、前夜の記憶がほとんどない、と言ったほうが正しいかもしれない——山仕事に戻る日々である。

そんななかで、この年の最も大きな出来事というか、大きな事業となったのは、小学校の建設がスタートしたことだった。

入植者のなかには、何組か夫婦で入植した者もいた。赤ん坊を負ぶって共英地区へやってきた夫婦もあった。あるいは、麓の農家から嫁を貰う者もぼちぼち出てきた。

そして当然ながら、独身者よりも所帯持ちの住宅建築が優先される。耕一たちの万坊集落の場合、開拓の拠点となる鹿の湯から最も遠いということでいち早く自分の家を持つことができたが、鹿の湯により近いほかのふたつの集落には、新婚夫婦が暮らす家から、まずは建ち始めた。

一日の仕事を終えてふたりで暮らす我が家へと帰るころには、あたりはすっかり暗くなっているのが常だ。とりあえずランプを灯して夜の団欒をすごすわけだが、電気のある街場の生活とは違って、共英の入植者たちの就寝時刻はおしなべて早い。だいいち、いつまでも明かりをつけていたら、ランプの油がもったいない。となれば、暗くなった部屋のなかでやることはひとつしかないわけで、やがては女房の腹が膨らんでくる。

よって、少々気が早いようだが、やがて子どもたちが通うことになる小学校を建設することが急務となった。

といっても、住宅とは違って小学校の校舎を建てるとなると、紛れもない一大事業である。そこにうまい具合に予算がついた。開拓農協の組合長と友喜があちこち奔走した甲斐あって、なぜそのような話に進展したのか、政治的なことには疎い耕一には理解しかねるのだが、農林省からの予算で分校の建設が可能となったのである。

あわせて地元負担金は寄付によって賄える目処が立ち、それを受けて校舎の建築が始まった。建設予定地は、どの集落からも通学できるように共英地区のほぼ中央に決められ、そのなかでも一等地といえるような、見晴らしのよい場所が選ばれた。

ただし、予算がついたといっても、十分なものではなかったので、敷地の整備をはじめとした土木作業は、義務労働として自分たちで行うことにした。自分の土地の伐採や開墾、そして炭焼きをしながらの作業であるから、並大抵のことではなかった。しかし、きついきつい、と口では愚痴を漏らしつつも、耕一たちは喜んで作業に参加した。すべての入植者に課せられた義務労働なので、ある意味、耕一が経験したシベリアでの強制労働と一緒ではあったが、まったく苦にならなかった。どれほど大変でも、やがて共英地区に子どもたちの声が響くようになると思うと、それだけで力が湧き出てきた。

かくして、建設が始まってからわずか数ヵ月の十一月、栗駒山の空に初雪が舞う前に落成に漕ぎつけることができ、真新しい校舎が共英地区に出現した。

こんな具合に、日に日に開拓が進んでいる共英地区であったが、耕一はしだいに物足りなさを感じるようになってきた。

せっかく自分の家を持てたというのに、まだ女房がいない。いち早く持てた自分の家だが、がらんとした部屋で、ひとりですごす夜はかなり侘びしい。もっともそれは耕一に限ったことではなく、共英では独身者が圧倒的に多いのだが、最近になって、あちこちから縁談話が聞こえてくるようになった。

その点については、ほかの入植者たちが少々うらやましい。耳に入ってくる縁談のほとんどが、実家に行った際に親から話が出た、だとか、世話好きの親戚が見合い話を持ち込んできた、だとか、そういった経緯でのことだったからである。

自分には、そういった縁談話を持ちかけてくる近しい親戚も、家族もいない。そう思うと、日々の忙しさを押し退けて、寂しさが頭をもたげてくる。

耕一が寂しさを実感するのは、それだけではなかった。単身で開拓地に入ったといっても、ほとんど全員が県内に実家があるわけで、どうしても生活に困ってくると、麓に下りて金銭の工面をしてもらったり、実家から米や味噌を調達したりして、山へと戻ってくる。

家族とともに共野村の実家そのものを失った耕一には、残念ながらそれができない。入植前に身を寄せていた本家はあるものの、持ちかけられた縁談を断って出てきた手前、困ったからと言って泣きつくことだけはしたくなかった。

そんなある日、そろそろやってきそうな冬に備えて、家の周りに雪囲いをしていた耕一を、まだ鹿の湯で共同生活をしている武治が訪ねてきた。

武治は、友喜や康和と同じ登米郡の中田町から新たに入植してきたひとりである。なかなか気のいい奴で、友喜や康和と同様、かなり親しい付き合いをしている仲間だ。

「おや、どうしたんね」

作業の手を休めて耕一が訊くと、

「少っこ、いがすか」と武治。

「いがすけど、なにっしゃ」

すると武治は、

「実はよ——」と前置きをしてから、

「この前、実家さ戻った際に、隣の伯父つぁんがら、見合いの話ば持って来られでな」

と頭を掻いた。

「そいづは良がったすな」

「いや、良ぐねえんだでば」

「なして？」と首をかしげた耕一に、

「実は、俺には、実家の隣村さ好ぎな女子がおってよ。来年、こごさ家が建ったら、その女子ど一緒になるつもりなのっしゃ」武治が照れくさそうにする。

「はあ……」としか、答えられない。というか、ほかに好きな相手がいるというなら、その縁談話を断るしかないだろう。

しばらく耕一の顔をじっと見ていた武治が、

「そこで提案つうか、頼みつうか――」そう口にしたあとで、

「俺の伯父つぁんが持ってきた見合い話、おめえが受げでみねすか」と、訊いてきた。

「はあ？」

思わず裏返った声になる。しばし武治の顔を見返したあとで、

「おいおい、いぎなり何語ってっけな。おめえ、自分さ持って来られだ見合い話、俺さ押し付けようってのがえ？」

半ば呆れて耕一が言うと、

「いや、そんなこってねえ」慌てたように首を振った武治が、

「その見合いの相手、俺の従姉妹でよ。自分さ好ぎな女子がいねがったら、迷わず嫁ご

さ貰ってるくれえに器量も性格もいいのっしゃ。ほんでな、結婚相手ば探しておって、共英さ嫁に来てもいいって語ってるとなれば、どうせだったら、おめえに貰ってもらえればと思ってな」

「な、なして俺が？」

「おめえだったら、仕事は真面目だし、女癖も悪ぐなさそうだし、俺も安心だすからな」

「はあ……」

三度目の「はあ」であったが、どういう「はあ」なのか、自分でもよくわからない。

それを肯定の返事と受け取ったらしい武治が、

「とにかく見合い写真ば持ってきたさげ、見でみねえすか」と言って、携えていた封筒を掲げてみせた。

第四章　奮闘の被災者たち

1

ダメだな、これじゃあ……。

苦労しながらも二階の窓から鹿の湯温泉の建物内へと侵入を果たした智志だったが、せっかく潜り込めた客室からほかの部屋へと移動するのは不可能だった。

無事そうに見えた二階部分も、土石流になぶられて歪みがきているらしく、廊下へと通じるドアがどうしても開かない。

ドアを蹴破ればなんとかなるかもと考え、それも試してみた。かろうじて二十センチほど開いた隙間の向こうは、壊れた柱や梁、あるいは壁が瓦礫の山を成し、まるでバリケードを作ったみたいに行く手をさえぎっていて、這っていくのも無理な状況だった。

いったん表に出るしかないか、と入ってきた窓のところに戻りかけたときだ。

外からバリバリという音が聞こえてきて、反射的に身をすくめた。

一瞬、強烈な余震が起きて建物が崩れようとしているのだと思った。

が、音自体はいっそう大きくなってくるのだが、足下は揺れていない。

あれ？

首をかしげた智志は、ほどなく音の正体に気づいた。

空気を揺るがす轟音は、ヘリコプターのローターが発する音だった。

急いで窓枠に取り付き、建物に覆いかぶさっている木の枝の隙間から上空を仰ぎ見た。

視線の先に、鹿の湯の上空を旋回している小型ヘリの機影があった。

しかし、葉を繁らせた枝が邪魔をして、ヘリコプターのコックピットから自分の姿は見えないように思われる。

もっと見えやすい位置に移動しなくちゃと、外に出るために窓枠に足をかけた。そこで、智志が身を乗り出している窓からふたつ離れた窓枠に両足をかけ、全身を外に出して盛んに手を振っている人影に気づいた。

建物内の捜索に入った開拓二世の誰かだと最初は思ったのだが、よく見ると違っていた。ヘリに向かって懸命に手を振っているのは、先ほど助け出した旅館の経営者、保さんの二男の章さんだった。

同じ窓にはほかに人影がないので、自力で這い出してきたに違いなかった。

「章さん！」

大声で呼びかけると、智志に気づいたらしく、こちらを見やった章さんが口を動かしたものの、ヘリコプターの音が煩くて、なにを言っているのかさっぱり聞き取れない。

ともかく、いち早く救助隊に駆けつけてもらえてよかったと胸を撫で下ろし、上空でホバリングを始めたヘリに視線を戻した。

すぐにもヘリのドアが開き、ロープで吊るされたレスキュー隊員が降下してくるものだと期待したのだが、なぜかいっこうにその気配がない。

どうしてだろう、と眉根を寄せているうちに、突如機体を反転させたヘリは、空に向かって上昇を始めた。

おーい、なんでだよ！

智志の呼びかけを無視して、姿勢を立て直したヘリはぐんぐん高度を上げていく。それとともにローター音が小さくなり、やがて、山の向こうへと飛び去ってしまった。

見捨てられてがっくりくるというよりは、腹立ちを感じた。だが、いなくなってしまったものは仕方がない。

気を取り直した智志は、章さんがいる場所へ向かうため、窓枠を乗り越えて庇の上に足を乗せてみた。

足場は人の体重程度なら支えられそうだった。

壁伝いに慎重に移動を始める。

章さんのいる位置に近づくにつれ、泥の上に散乱する瓦礫が多くなってくる。見たところ、泥に浮かんでいるのではなく、一階部分の壊れた建材が入り乱れ、泥の下から突き出しているようだ。

その瓦礫を伝って、智志とは反対側から近づいてくる親父たちの姿が見えた。

窓の外の瓦礫の上に降りていた章さんのところへ、ほぼ同時にたどり着く。

章さんはひどく疲弊した様子だったものの、あちこちの擦り傷以外に大きな怪我はなさそうで、衣服の汚れもさほどではなかった。どちらかと言えば、智志のほうが泥人形に近い状態だ。

章さんに訊いてみると、地震があったときは一階にいたという。周囲はぐしゃぐしゃになったものの、土石流や泥水はすぐには入ってこなかったので、素手で瓦礫を掻き分けながらなんとか自力で二階へと這い上がってきた、という話だった。

自身の状況の説明を終えた章さんに、智志の父が、

「さっき、保さんは助けだしたぞ」と教えると、

「そうですか、よかった」とうなずいた章さんが、

「ほかの人は？」と尋ね返してきた。

「いまのところは、まだ」

耕太と一緒に章さんを助けに来た幸夫さんが顔を曇らせて首を振ると、

「さっきのヘリが来る前に、俺の呼びかけに応える声が一階のほうからしてました——」と言った章さんが、「——たぶん、兄貴の声だと思うんですけど」と付け加えた。

「わがった。ここは俺らに任せて、章ちゃんはやませみに避難してけろ。とりあえず、やませみが避難所になってっから」

わかりました、と力なくうなずいた章さんと一緒に待つこと十分あまり。保さんを乗

せて一度やませみに行っていた孝雄さんが、救助用のボートとロープを車に積んで戻ってきた。

章さんを乗せたボートが、いまは泥の海の岸辺となってしまった林道に向かって曳かれていくのを見送ったあとで、鹿の湯に居残るグループに志願した智志は、耕太たちと一緒に再び建物に入り、捜索を再開した。

章さんが這い上がってきた瓦礫の隙間から一階部分を覗き込むと、泥水の嵩はさほどでもないのがわかった。どうやら、同じ一階部分でも、土石流の直撃を受けた場所とそうでない場所では状況が違っているようで、これなら、生存者がいる可能性は十分にあるように思われる。

呼びかけに応える声がしないかと、瓦礫の隙間から下に向かって皆で声を張り上げ始めたものの、いくらもしないうちに邪魔が入った。

上空で、再びヘリコプターのローター音がし始めたのである。あまりの煩さで、大声を出さないと互いの声も聞き取れない。

窓のところに戻って空を見上げると、鹿の湯の上空を複数のヘリが飛び交っていた。

イワナの養殖をしている開拓二世の隆浩さんが、煩く飛び回るヘリを見上げながら、忌々しげに顔をしかめて声を張り上げた。

「あれは報道のヘリだな。さっきのヘリもたぶんそうだ。まったく邪魔だっけな。とっとと、ここから離れろ！」犬を追い払うようにヘリに向かって手を振るものの、旋回していた一機が高度を下げてきて、よけい周囲が煩くなる。

「かまってねえで、とにかく捜索を続けっぺ」

耕太が隆浩さんの耳に口を近づけると、舌打ちした隆浩さんはきびすを返して窓枠から離れ、先頭に立って瓦礫の山と格闘し始めた。

が、いくらも作業がはかどらないうちに、破壊され、複雑に絡み合った建物の残骸に阻まれ、続行が不可能になる。

「ダメだ。素手ではなんともなんねえ。道具なしでは、これ以上進めねえぞ」

ヘリが発する騒音に負けじと、半ば叫んでいるように隆浩さんが大声で言う。

「いったん戻って、道具を取って来るべ。そのほうが早い」

幸夫さんの提案に、瓦礫と格闘を続けていた面々はうなずいた。

ひとりずつ窓から外へと脱出し、足場を確認しながら、岸へと向かって泥の海を搔き分けていく。

またしても膝の上まで冷たい泥にまみれた智志は、自分の車にたどり着いたところで、いったいどれくらい時間が経ったのだろうと、ダッシュボードの時計に目をやった。

すでに地震の発生から三時間以上が経過して、時刻は正午近くになっていた。

こうしている間にも、自分の足下で、祖父は身動きがままならない状況でいるのかもしれない。それにしても、助けを求める声がひとつも聞こえてこないのはどういうことか……。

浮かんできそうになる最悪の事態を、智志は必死になって振り払った。

2

孤立した共英地区にレスキュー隊がようやく集まりだしたのは、午後の一時半を回ったころだった。

消防、警察、そして自衛隊と、少しずつ人員が増えてきたところで、智志たちは皆で相談して、鹿の湯の捜索と救助活動はレスキュー隊に完全にバトンタッチすることに決めた。

祖父の耕一をはじめ、まだ救出されていない人たちを見捨てるようで悔しくてならなかった。だが、素人の自分たちが現場にいては、かえって作業の邪魔になると判断した。

重い足と気分を引きずるようにして、林道の端に停めておいた自分の軽ワゴンにたどり着いた智志は、泥まみれになったジャージのズボンをジーンズに穿き替え、これまた泥でがびがびになったTシャツを脱ぎ捨てて、自宅から持ってきていたボタンダウンに袖を通した。

汚れていない衣類を身に着けると、いくぶん気分がすっきりした。

運転席に身体を収め、相変わらず煩く飛び回るヘリの群れを背後に残して車を走らせ始めた智志は、十字路を右に折れたあとで、やませみハウスの駐車場には乗り入れずに、少し上のほうまで車を走らせ、見晴らしがよくなったところで停車させた。

ドアを開けて車から降り、繋がらないだろうと思いつつも、携帯電話の電源を入れてみる。

鹿の湯の捜索ですっかり意識の隅に追いやられていたが、緊急にすべきことがなくなったとたん、仙台にいる瑞穂の顔が脳裏に浮かんできた。

智志よりひとつ下で、今年で二十六歳になる瑞穂とは、六年前に仙台で知り合った。高校卒業後、智志は共英を離れて仙台の自動車ディーラーに勤めていたのだが、そのころに知り合い、つきあうようになった娘だ。

最初は車を買いにきたお客だった。智志が担当になり、あれこれ世話をしているうちに交際するようになった。

生まれは智志と同じように宮城県北だが、大崎平野の穀倉地帯の真ん中に実家があった。そこそこ大きな農家の長女で、きょうだいは兄がひとり。いまはその兄が嫁をもらって家業を継いでいる。

最初会ったときの瑞穂の印象は、バリバリの都会のOL、であったのだが、互いに田舎の農家の出だと知ったことで急速に親しくなった。聞いてみると、智志の祖母と同じ町の出身な上、実家が近いとわかり、それでよけい馬が合うというか、打ち解けられたのも大きい。

その瑞穂は、いまも仙台の同じ会社でOLを続けている。

瑞穂を思い浮かべるとき、決まって落ち着かなくなるのは、智志が共英地区に戻ることになった際、彼女を仙台に残してきたからである。

ただし、別れたわけではない。いまも携帯電話やメールで連絡を取り合っているし、たまには、瑞穂に会いに仙台まで出かけている。

しかし、そこから先の進展が、いまのところなにもない。なんとかしたほうがいいのは自分でもわかっている。なにをどう切り出したらよいのか、選択肢はふたつきりしかないのもわかっている。だが、踏ん切りがつかないまま、気づいたら四年も経っている、というのが現状だった。

その瑞穂の安否が気がかりでならなかった。

立つ位置を変えながら、携帯電話を空にかざすようにしてディスプレイを覗き込んでいた智志は、「おっ」と声を出して手を止めた。

一本だけだがアンテナが立っていた。

山で道に迷った場合、できるだけ高いところに登ると、麓(ふもと)の電波を捉(とら)えられる場合がときおりある。

瑞穂の番号を呼び出そうとして、ボタンを押しかけたときだった。

携帯電話がいきなり震えるとともに着メロが奏でられ、びっくりして取り落としそうになった。

慌てて携帯電話を握り直し、あらためて覗き込む。

明るくなったディスプレイには、共英地区の四人の開拓三世のひとり、浩司の名前が表示されていた。

いまも共英に残っている開拓三世の四人のうち、智志を含めた三人が、四年前に共英地区に進出してきたミネラルウォーターを製造する工場に勤めている。浩司も、三十人ほどいる従業員のひとりだ。

浩司の家では麓にも冬の家を持っているので、工場が休みの今日、地震が発生した時刻には、まだ下にいたはずだ。こちらの安否が気になってかけているには違いないが、瑞穂に電話をしようとしている瞬間を狙ったように連絡してくるとは、間が悪いったらありゃしない。

「まったくもう……」

文句を口にしつつも、着メロを無視するわけにはいかず、智志は、通話ボタンを押して携帯電話を自分の耳に押し当てた。

「俺だ、俺――」息せき切った浩司の声がしたあと、

「そっちはいったいどうなってんだ?」と尋ねてきた。

「どうなってるって言われても……」

思わず返答に窮してしまう。いったいなにから説明したら共英の状況が理解してもらえるのか、とっさには出てこない。

なので、

「とにかく、凄いことになってる」と答えると、

「凄いって？」重ねて浩司が訊く。

「山が消えたし、鹿の湯は土石流に埋まってるし、家のなかは滅茶苦茶だし――」

頭に浮かんだ順に説明を始めたところで電波の状態が悪くなり、浩司がなにかをしゃべり始めたのだが、ピピッ、ピピーッ、という電子音に遮られてよく聞き取れない。

「――誠と一緒に登ろうと――けどよ、道が消え――無理っぽい――車――あきらめるしか――だから別なルート――今度は歩いて――」

途切れ途切れの浩司の声を繋ぎ合わせて推測するに、もうひとりの開拓三世の誠と一緒に共英に向かおうとしたのだけれど、道が途中で消えているため車で登るのはあきらめ、徒歩で再チャレンジしようとしている、と言っているのだと思う。

「いや、無理して来ないほうがいい。ずっと余震が続いているから、登ってる途中で崖崩れにでも巻き込まれたら大変だし」

こちらの声がどれだけ聞こえているかわからなかったものの、言うだけ言った智志は、

「それより麓は？　仙台はどうなってる？　こっちでは全然わかんないんだけど」と訊いてみた。

「仙台？」

「そう」

「なんで？」

「なんでって、こっちでこれだけ凄いことになってるってことは、麓はもっとひどいことになってるんじゃないのか？」

が、智志の声がうまく届かないらしく、

「えっ、なに？　麓――どうした――どういう――」という浩司の声を最後に、プツリと通話が切れてしまった。

耳から離した携帯電話を覗き込むと、圏外の文字こそ浮かんでいないが、アンテナが一本も立っていない。

少し迷ったあとで、浩司との通話の再開を試みるのはやめ、瑞穂の番号を呼び出してボタンをプッシュした。

ツツツツ……という音がして繋がりそうな気配があったものの、呼び出し音が聞こえないまま沈黙してしまう。

何度か試してみたが、結局、接続できなかった。

あきらめた智志は、畳んだ携帯電話をジーンズのポケットに捩じ込んでから車に戻った。

3

先に戻った二世の人たちより遅れてたどり着いたやませみハウスは、避難してきた住民でごった返していた。全住民が一度に一ヵ所に集まるのは珍しいことなので、この地区にこんなに人がいたっけか、と思うような混雑ぶりで、山に取り残された観光客とおぼしき人たちの姿もあった。

奥のテーブルで、行政区長の金本さんを中心に開拓二世の人たちが集まって、なにやら話し込んでいるのを見つけ、そちらのほうへと行きかけたところに、

「智志くん！」自分の名前を呼ぶ声が聞こえて立ち止まった。

「陽ちゃん！」

端のほうのテーブルで、智志と同じ開拓三世で、父親の隆浩さんと一緒にイソナの養殖をしている陽輔が、ニコニコしながら手招きしていた。

そちらへと近づいた智志に、

「智志くん、お昼食べた？」と訊いてくる。

「いや、まだだけど」

「厨房で炊き出しをしてるから、お握りとかもらえるよ」

食べかけのカップラーメンの隣に置いてあるお握りが載った皿を指差して、のんびりした口調で陽輔が言う。その口ぶりといい、相変わらず浮かべているニコニコ顔といい、未曾有の大災害というべき緊急事態にはまったくそぐわないのだが、なんだか妙にほっとした。

うん、とうなずき返した智志は、陽輔の隣の椅子を引いて腰を下ろしながら、

「それより、麓はどうなってるのかな？　さっき十字路の上のほうで、少しだけ浩司と携帯が繋がったんだけど、途中で切れちゃって」と訊いてみる。

「レスキューの人たちの話だと、大丈夫みたいだよ」と陽輔。

「ほんとに？」

「詳しくはわからないけど、たぶん」

「でも、これって宮城県沖地震じゃないの？　だとしたら、仙台なんか壊滅状態なんじゃないかって——」

「違うみたいだよ」

「え？」

智志が首をかしげると、相変わらずニコニコしながら陽輔が、

「この地震、宮城県沖地震じゃないみたい。というか、どうもここが震源地みたいなんだよね。直下型地震ってやつ？　だから、麓は全然平気らしい」

「ほんとに？」

さきほどと同じ言葉を口にした智志に、

「うん」とうなずいた陽輔は、

「あ、智志くん、瑞穂ちゃんのことが気になってんだ」と悪戯っぽい目をした。

「いや、まあ……」

照れ笑いを浮かべながら、智志は頭を掻いた。

瑞穂を仙台に残して智志が地元に戻ったことは、陽輔をはじめ、浩司も誠も知っているし、そういえば、ひと月前くらいに、瑞穂のことで陽輔に相談に乗ってもらっていたんだった。

「じきに携帯の中継アンテナが復旧するらしいから――」励ますように言った陽輔が、そこで珍しく顔を曇らせた。

「それより、うちの親父から聞いたんだけど、耕一さん、鹿の湯で行方不明なんだってね。一刻も早く救出してもらえればいいんだけど、心配だなあ」

自分の家族のことのように口にした陽輔に、

「レスキューの人たちに任せるしかないから」と答えた智志は、

「陽ちゃんの家は？　怪我した家族はいないって、親父さんからは聞いたけど」と尋ねてみた。

「おかげさまで誰も怪我せずにすんだけど、母屋の地盤が膝（ひざ）くらいまで沈下しちゃってる。店もほぼ全壊状態ってところかな」

陽輔が口にした店というのは、養殖しているイワナを焼いて出す店舗のことである。共英のイワナは水が冷たいため小ぶりなのだが、身がしまっていて味がよく、観光客にはなかなかの人気だ。

「養殖場は？」

「それがさあ、取水口のそばの土砂が崩れて、泥水で濁っちゃってる。あれじゃあ稚魚は全滅だろうし、成魚もダメかもしれない」

穏やかな口調で本人は言うものの、イワナの養殖一本で生計を立てている陽輔の家にとっては大打撃どころの話ではない。

「沢の水さえ涸れなければ、時間はかかっても復旧できると思うんだけど、まだざっと見ただけだから、なんとも言えないなあ。俺、正直なところ、ちょっといま、頭が真っ白」

陽輔の胸中を思うと、かけてやる言葉が見つからなかった。

しかし陽輔は、すぐに表情を和らげ、

「とにかく、お昼ご飯、食べちゃいなよ」とうながした。

「うん」

椅子から腰を上げた智志は、厨房で忙しく働いている典子から、お握り二個とお湯を注いだカップうどんを受け取り、テーブルに戻った。

食事をしながらあれこれ陽輔に訊いてみると、いま現在、共英が置かれている状況は、おおよそつかめた。

人的被害は、鹿の湯で土石流に呑まれた人たちは別として全員無事。倒れた家具や落ちてきた額縁で怪我をした者が数名いるものの、重傷者はいない。ほかにも、山菜採りや釣りでこの地区に入っていた人間のいる可能性はあったが、さすがにそこまでは把握し切れていなかった。

家屋については、家ごとに被害状況が違っていて詳細は不明だが、どの家でも内部が滅茶苦茶で、すぐに自宅に戻るのは無理。

畑は、繁好さんの土地が一番被害が大きく、もう一軒、共英の南地区に住んでいる開拓一世の畑の、崖側に面した斜面がだいぶ崩れてしまったとの話だったが、それ以外の畑は、見た目は大丈夫そうとのことだった。

最大の問題は、やはり道路だった。麓に通じる道路は、すべて崩落して通行不可能になっており、復旧の見通しは立っていない、というより、いまの段階では鹿の湯の救出活動が最優先で、そこまで手が回らない、ということらしい。

「結局、どうなるのかな、俺たち」

二個目のお握りを齧りながら智志が言うと、

「とりあえず、年寄りと子ども、それと観光客の人たちは、じきに到着するヘリで麓の避難所に搬送することになった。下に冬の家がある人もいるしね」

「親父たちは？」

「イチゴがあるから、とりあえず、ここに留まることに決まったようだよ」

そうだった。昨夜、耕太たち二世の面々は、イチゴの出荷先を相談するために、このやませみハウスに集まっていたんだった。せっかく育った収穫間近のイチゴを見捨てることはできない。

道路さえ復旧すれば、しばらくは大変だろうし、家の修復という難題はあるものの、なんとか元の生活に戻ることができるわけだ、と考えたところで、智志は、自分にとって大問題が残っていたのに思い当たった。

けっこう深刻そうな顔をしていたのかもしれない。智志の顔色に気づいた陽輔が、

「どうしたの？」と尋ねてきた。

「うん、工場がどうなったかと思って」

「あ、そうか」と陽輔も顔色を変えた。

陽輔以外の開拓三世の仕事場は、栗駒山の深層水を使ったミネラルウォーターの製造工場である。あの工場がダメになってしまったのでは、働き口を失うことになる。

「俺、工場を見てくる」

椅子から立ち上がった智志に、

「俺も一緒に行くよ」と陽輔が言った。

「陽ちゃんは、自分の家のことで手一杯でしょ。俺ひとりで平気だよ」

「家のほうは親父と交代するから大丈夫。それに、あの状態じゃあ、すぐにできそうなことはないし」

「でも……」

「ひとりじゃ、なにかあったときに危ないよ。まだ余震も続いているし」

確かに陽輔の言う通りかもしれない。

「悪いね」

智志が言うと、

「なあに、こういうときはお互いさま」

いつもと変わらないニコニコ顔で、陽輔も椅子から腰を上げた。

4

陽輔とふたりで確認に行った工場は、ほぼ壊滅状態だった。地盤が崩れて基礎が露出している箇所がある上、外壁や天井があちこち剝がれ落ちていた。それだけでなく、工場内の配管や設備もかなりのダメージを受けていて、智志が見ても、復旧は不可能なのじゃないか、と思うくらい酷い状態だった。

意気消沈して陽輔と一緒に戻ったやませみハウスは、さきほど遅い昼食を摂ったときと比べると、かなり疎らになっていた。

ずっとやませみハウスに詰めて情報収集と整理に当たっていた金本さんに訊くと、智志と陽輔が工場を見に行っているあいだに本格的な避難が始まり、怪我人や年寄り、そして子どもたちを筆頭に、ここで足止めを食っていた観光客の人たちが、随時ヘリコプターで麓に搬送され、夕方には一段落する予定だという。

住民の避難先は、市役所の支所のすぐ隣にある「みちのく伝承館」という、公民館的な役割をしている大きな建物で、以前より緊急時の指定避難所になっていた。

父の耕太をはじめ、現地に残ることになった二世の男たちの姿が見えないので、それを尋ねてみると、

「家の片付けに戻ったり、畑や集荷場に行ったりしているよ。一世の人たちしかいない世帯の畑も、イチゴが無事なようだったら、手分けしてなんとかしてやらなくちゃならないしね」と金本さんが教えてくれた。

「結局、イチゴはどうすることになったんですか」

陽輔の問いに、

「生ものだからねえ。放っておくわけにはいかないし、とりあえず、出荷できるように準備だけはしておこうということになったようだ」と金本さん。

「でも、道路が復旧しないと——」

「それが最大の問題なんだけどね。いざとなったら、自衛隊に頼んでヘリで運んでもらうしかないだろうね。自衛隊もダメだとは言わないだろうし」

空飛ぶイチゴ、という、ちょっとファンタジックな構図が頭に浮かぶと同時に、なんとかしてここに踏み止まって生活を続けるのだという、親父たちの決意が伝わってくる。

「ところで、工場はどうだった？」

智志が、見てきたばかりの状況を説明すると、金本さんは、

「そうかあ……」と顔を曇らせたあとで、

「まあでも、工場が休みだったのが不幸中の幸いだった。その状況で工場にいたら、命

が危なかったかもしれない。それを考えたら、休みの日に地震が来てくれてよかったと思うしかないだろうね」と、慰めの言葉を口にした。

　その後、養殖場をまた見てくる、と言って陽輔がやませみハウスから出て行ったあと、智志も一度自宅に戻って、当面必要になりそうな着替えや、寝るときに使う毛布を取ってくることにした。

　屋内の瓦礫をかき回して、衣類や毛布、懐中電灯やロウソクを調達するのに、結局、小一時間ほどもかかってしまい、智志が車に乗り込んでエンジンをかけたころには、だいぶ陽が傾き、夕暮れ時が近づいていた。

　もうじき、地震後初めての夜を迎えることになる。今朝起きたときには、こんなことになるとは夢にも思っていなかっただけに、ともすると、いまこうしているのは、本当に現実に起きていることなのだろうか、もしかしたら夢でも見ているんじゃないだろうか、と錯覚しそうになってしまう。

　しかし、やませみハウスに戻る途中で立ち寄ってみた鹿の湯の救出現場を目にして、いま自分たちに突きつけられている現実は夢でもなんでもないんだと、いやと言うほど思い知らされた。

　そろそろ薄暗くなってきた現場をひと目見ただけで、救出活動が相変わらず難航しているのがわかった。一面が泥の海で足下がおぼつかず、重機を入れられないのが、救出作業がはかどらない最大の原因のようだった。

自分がここにいてもなんの助けにもならないとわかっているものの、なかなか立ち去る気にはなれない。こうして見ているうちにも、「発見！」あるいは「救出！」という歓声が上がるのではないかという期待を、どうしても打ち消すことができない。

だが、現実はそう甘くはなかった。いっかな智志の期待が叶えられないまま、ただじっと現場を見守り続けること三十分あまり。あきらめた智志は救出現場に背を向けて、やませみハウスに戻ることにした。

軽ワゴンのドアを開けて運転席に潜り込もうとしたときだった。ハイパー・レスキュー隊員がひとり、現場を離れて、無線でどこかと交信しながら、林道を登ってくる姿が目についた。

その足取りと表情から、ひどく疲弊している様子が見て取れる。

オレンジ色の制服を泥まみれにしたレスキュー隊員は、智志の前までやってくると、

「地元の方ですか？」と尋ねてきた。

「そうですが」

答えた智志に、

「ご苦労様です。隊長の佐々岡と申します」と言って、軽く頭を下げたあと、

「行政区長さんは避難所においでですよね」と確認するように言う。

「はい、ずっと避難所に詰めています」

ハイパー・レスキューの隊長だと知って、ちょっと緊張しながら智志は答えた。

すると、わかりました、と答えたレスキュー隊の隊長さんが、やませみハウスのほうへ向かって歩き出した。

「あの、避難所へ行かれるのですか」

智志が背中に声をかけると、振り向いた隊長さんが、

「ええ、ちょっと区長さんにお願いしたいことがありまして」とうなずく。

「だったら、お送りしますから僕の車に乗ってください」

そう申し出た智志に、

「いや、でも、この泥ですから」

泥だらけになった服を指差して、隊長さんが苦笑する。

「気にしないでください。車のなか、もうすでに泥だらけですから全然平気です。どうぞ乗ってください」

助手席のドアを開けて智志が促すと、ちょっとだけ迷った顔をしたあとで、

「じゃあ、お言葉に甘えて。助かります」

泥のこびりついた頬をゆるませて、隊長さんは丁寧に頭を下げた。

やませみハウスに到着すると、レスキュー隊の隊長さんは、智志より先に戻っていた二世の人たちと金本さんを前に、まずは、救出作業の進捗状況を説明した。

それによれば、あたり一面が泥で覆われている上、数十センチ掘っただけで水が湧き出してきて足場の確保も容易にできない、とのことだった。しかも、すべて手作業に頼

るしかないため、救出活動は困難を極めており、いまだに泥で埋まった一階部分に到達できないでいるという。したがって、すでに日没を迎えたいま、いったん作業を打ち切るしかなく、明日の夜明けを待って救出活動を再開する予定だと、沈痛な表情で、隊長さんは締めくくった。

それに対して、不満や文句を並べる者は誰もいなかった。智志を含めて二世の人たちは、ほとんど全員があの現場を直接見たり、救出活動を試みたりしている。だから、今回の作業がいかに困難なものか肌でわかっていたし、いま現在も、レスキュー隊員たちがどれほどの苦労を強いられているのか、自分が携わっているように理解できる。

ひと通りの説明を終えたところで、

「実は、いくつかお願いがありまして」と、隊長さんが切り出した。

「なんでしょう？　どうぞ、ご遠慮なくおっしゃってください」

そううながした金本さんに、隊長さんは、すまなそうな顔を向けた。

「こんなことをお願いして大変申し訳ないのですが、山形から来ている消防隊員を五十名ほど、今夜、こちらに泊めていただくわけにはいかないでしょうか。我々東京消防庁のほうは、上のクアホテルに宿泊場所が確保できたのですが、それで一杯になってしまったもので」

一緒に話を聞いていた開拓二世の面々が、金本さんと顔を見合わせる。

少し間を置いてから、金本さんがうなずいた。

「もちろん、かまいませんよ。寝具が不足していますが、雑魚寝でよかったら、どうぞご自由にお使いください」

「ここだけで狭いようだったら、ほれ、キャンプ場のコテージを使ってもらってもいいしね」

やませみハウスの組合長を務めている孝雄さんが付け加えると、隊長さんを取り囲むようにしていた面々も、うんうん、と、そろってうなずいた。

「ありがとうございます、大変助かります――」深々と頭を下げた隊長さんは、いっそう申し訳なさそうな顔になって、

「あのう、それでですね、食事も出してやっていただければ助かるのですが、可能でしょうか」と口にした。

再び一同が顔を見合わせる。

うーむ、と眉間に皺を寄せた金本さんが、

「典子さん！」厨房にいた智志の母に声をかけた。

「なに？」と、布巾で手を拭きながら厨房から出てきた典子に、

「レスキュー隊の人たちの晩飯、用意できるだろうか？」金本さんが訊くと、

「できないことはないけど、何人分、用意すればいいわけ？」と典子。

皆の視線を向けられた隊長さんが、

「五十名ほど」と答えた。

「お米も食材もたっぷりあるから大丈夫ですよ。みんなで手分けして、すぐに準備にかかります」

「助かります」典子がふたつ返事で引き受ける。

「助かります」と、ほっとした顔で礼を述べ、いったんいなくなった隊長さんだったが、それから二時間ほどして、山形の消防隊員でごったがえしているやませみハウスに、再び現れた。

緊急の炊き出しで上を下への大騒ぎだったものの、五十人の消防隊員になんとか食事を出してやることができ、「よし、明日から復興だ。みんなで頑張ろう!」と気勢を上げるため、片隅のテーブルを囲んで、二世の人たちと一緒にビールの栓を抜いていたところだった。

智志たちがいるテーブルまでやってきた隊長さんが、げっそりした顔で、

「実は、手配したはずの我々の食料が、なぜか届いていませんで……」と言葉をにごした。

「食料? ハイパー・レスキューの人たちの分は、確保できていたんじゃなかったたっけ?」

孝雄さんが訊き返すと、隊長さんは、

「はあ、あの……。隊員用のお握りを三百個ばかり、確かに手配したはずなのですが、いったいどこでどういう手違いがあったのか、我々がいるクアホテルに届いていないというか、消えてしまったというか、どうなってしまったのか、さっぱりわからんのです。

で、簡単なものでかまいませんので、隊員たちの晩飯を準備していただけると助かるのですが……」と、バツの悪そうな顔をした。

またかいな？　と仰け反りそうになったものの、それを拒むような人間は、共英地区にはひとりもいない。

「それだったら、最初からそう言ってくれればよかったのに。とりあえず、ＪＡから支援物資で届いているカップ麺があるから、それを食べてもらっているあいだに、炊き出しをします」

嫌な顔ひとつせずに答えて、椅子から腰を上げた典子を、隊長さんが呼び止めた。

首をかしげた典子に、隊長さんが、

「重ねてのお願いで恐縮なのですが、できれば、明日の朝食もお願いできればありがたいです」と、すがるような目をする。

「そりゃそうよねえ。腹が減ってはなんとやら、というし――」笑顔を見せた典子が、

「それで、朝御飯は何時ごろ準備すれば？」と確認する。

「えーとですね。空が明るくなるとともに救出活動を再開したいですから、できれば四時には――」

「四時？　朝の四時？」

目を丸くした典子に、

「ご無理を言って申し訳ないですが、なんとかその時刻でお願いできればと」

拝むような口調で言った隊長さんに、智志の母は、

「はいはい、いいですよ。四時には食べられるように準備します」そう言ったあとで、

「もちろん、お昼のお握りもあったほうがいいですよね。ひとり当たり二個でいいかしら」と、自分のほうから申し出た。

「ありがとうございます！」

深々と頭を下げた隊長さんに向かって、

「私たちのために命がけで頑張ってくれているんだもの。それくらいさせてもらって当然ですよ。任せてください」と胸を張ったところまではよかったのだが、そこはやっぱり口達者な典子で、

「まったくもう。これじゃあ、いったいどっちが被災者なんだかわからないわよねえ」と肩をすくめてみせた。

非常に居心地が悪そうに小さくなっている隊長さんと母を見比べながら、ハイパー・レスキューの隊長だろうが市長だろうが、はたまた総理大臣だろうが、誰が相手でも、俺のおふくろ、きっと同じことを言うだろうな、と妙に可笑しくなって、笑いが漏れそうになってしまう。

周りを見ると、自分だけでなく、その場にいた全員が同じように笑いをこらえているようで、隊長さんでさえ、苦笑いを浮かべてみせるしかないようだった。

5

　地震後、初めて迎えた夜、消防隊員でごった返すやませみハウスで晩飯を摂ったあと、ようやくひと息つけた智志は、借り出した衛星携帯電話を手にして戸外に出た。

　固定電話はもちろん、携帯電話もまだ不通だったが、夕方になって緊急用の衛星携帯電話が二台、麓から運ばれてきて、外との連絡がつくようになっていた。

　衛星携帯電話を借りた目的は、瑞穂に連絡するのが第一だったが、その前に、工場長に電話をして工場の被害状況を報告した。

　こっちの話がどの程度正確に伝わったかは、ちょっと自信がない。いずれにしても、工場が今後どうなるのかは皆目見当がつかないし、それは工場長にしても同様だろう。

　工場長との通話を終えた智志は、自分の携帯電話に瑞穂の携帯番号を表示させた。

　その表示を眺めながら考える。

　いつまでも長距離恋愛のままでいるわけにもいかないのはわかっていた。だから、近いうちに仙台に行って、ふたりの将来についてきちんと話し合おう、と考えていた。共英に来てくれないか、と思い切ってプロポーズすることも考えていたのだが、それはあくまでも、この共英に仕事がある、というのが前提だった。

　それが怪しくなりつつあるいまの状況では、瑞穂へのプロポーズなんか、とてもできない相談だった。あるいは、一段落したら再び仙台へ行って仕事を探すか……。

ともあれいまは、瑞穂の声を聞きたかった。

ちょっとドキドキしながら、瑞穂の携帯電話の番号をプッシュする。

呼び出しの音がしばらく続いたあとで回線が繋がり、少し間を置いてから、

「どちらさまですか」という、いぶかしげな瑞穂の声がした。

「俺、智志だけど」

返事をすると、一瞬、息を呑む気配がしたあと、

「智志くん！」と驚きの声を上げた瑞穂が、

「大丈夫なの？ 怪我とかはしてないの？ いまどこなの？ 避難所？」息せき切って矢継ぎ早に訊いてきた。

「えーと、まだ山にいるけど、俺は大丈夫。怪我もしてないし、全然平気」

「よかった、ほんと、よかった。テレビのニュースを見てすごくびっくりして、ずっと心配してたのよ」

安堵の声を漏らしている瑞穂に、

「いままで連絡できなくてごめん。何度も電話しようとしたんだけど、どうしても携帯がつながらなくて」と謝ると、

「この電話、どうやってかけてるの？ 発信元が不明って表示されて、ちょっと気味悪かったんだけど」と瑞穂。

「あ、そうか。だから最初、疑うような声だったんだ――」と苦笑したあと、「いま、衛星携帯電話からかけてるんだ。ほら、人工衛星を経由して繋ぐやつ」そう説明すると、

「へえ、すごい。なんだか普通の電話と全然変わらないね」電波の向こうで瑞穂が笑った。

瑞穂の笑い声に、胸のなかがあたたかいもので満たされる。

「それで、明日からはどうなるの？　麓の避難所に下りるようだったら、明日は日曜で休みだし、そっちに行ってみようと思っていたんだけど」

うーん、と少し考えてから答える。

「ありがとう。うれしいけど、たぶん、親父たちと一緒に山に留まって、道路が復旧するのを待つことになると思う。それに麓の避難所はあれこれ大変なはずだから、いまは来ないほうがいいんじゃないかな。来てもらっても会えないし」

「そうか、それじゃあ仕方ないか」少し残念そうに言った瑞穂が、

「お家の人はみんな元気なの？」と尋ねた。

「それがさあ、実は祖父ちゃんが――」と、鹿の湯の状況を説明すると、

「明日の捜索で一刻も早く見つかるといいね」心から心配そうな声で言った瑞穂が、「わたしにはなにもできないけど、絶対生きていてって、お祈りしてる。だから、智志くんも元気出して」すまなそうに言いながら、励ましの言葉を口にした。

「ありがとう。うちの祖父ちゃんのことだから、きっと生きているに違いないって俺も信じたいんだけど、でも、歳が歳だから、果たしてどうだか。レスキュー隊の救出活動もなかなか上手く進んでいないみたいだし、一応、覚悟はしといたほうがいいと思っている」

口に出してみて、祖父の救出の見込みは薄いかもしれない、と自分が考えていることを、智志はあらためて認識した。

鹿の湯の経営者の保さんが泥に呑まれながらも無事だったのは奇跡に等しかったし、二男の章さんが助かったのも、建物が土石流に呑まれた直後で、一階部分が完全に泥に埋まる前に二階に這い上がることができたからだ。

今日の捜索でほかの従業員や宿泊客がまだ見つかっていないということは、土石流に襲われたとき、祖父は一階のどこかにいたに違いないと思う。建物がただ崩れただけなら、瓦礫の隙間で生き延びている可能性もあるが、あの泥の海では、冷静に考えれば、すでに生き埋めになって命を落としていると考えるのが妥当なのだろう、と思わざるを得ない。

祖父のことを考えて意気消沈した智志だったが、努めて明るい声を作り、

「とにかく、なにか進展があったらまた連絡するから、瑞穂もあまり心配しないで」と電話に向かって言った。

うん、と答えた瑞穂が、

「智志くんも無理しちゃダメだよ」と言ったあとで、

「食べ物は大丈夫なの？」と尋ねた。

「それは大丈夫。クアホテルに備蓄がたっぷりあったし、救援物資もヘリでどんどん運ばれてきているみたいだから、いまのままでも一ヵ月くらいなら平気」

「そう？」

「うん、なんか、キャンプでもしているみたいで、全然苦にならない」

それに関しては強がりで言ったわけではなかった。まだ気が張っているせいもあるのだろうが、やませみハウスでの避難生活そのものには不安がなかった。

その後、短いやり取りをいくつかしたあとで「おやすみ」を言い、通話を切った。

瑞穂と連絡がついてだいぶ気分が和らいだ智志は、部分的にではあるものの蛍光灯が灯るようになった、やませみハウスに戻った。

簡易発電機だけでは電力が足りずに、十分な電気の復旧が遅れていたのだが、自衛隊が提供してくれた発電機によって、ようやく安定して電気が供給できるようになったのだ。

やはり電気があるってありがたいなあ、としみじみ思いながら建物内に戻ると、二世の人たちが音量を下げたテレビを囲んで画面に見入っていた。

ちょうどニュースで地震の状況を報じている最中で、報道ヘリによって上空から撮影された映像が、記者の解説とともに次々と映し出されていく。

栗駒山から一関市へ抜ける国道に架かっていた巨大なコンクリート橋が途中でへし折れている光景に続き、荒砥沢ダム上流の崩落現場が映し出されると、

「すげえな、こりゃあ」

誰かが漏らした声に、集まっていた面々が小さな呻き声を漏らした。

今朝、繁好さん夫妻の安否を確認しに行った際、智志も自分の目で凄まじい崩落現場は見ていたが、荒砥沢ダム上流の崩落はその比ではないくらい大規模なものであるのが、上空からの映像だけでもわかった。確か、孝雄さんが「まるでグランドキャニオンだ」と言っていたはずだが、そこにあったはずの山塊が跡形もなく消え、まさしくアメリカのグランドキャニオンみたいな様相を呈している。

もし、この大崩落がまともに共英の集落に起きていたとしたら、いまこうして自分が生きていることはあり得ない。

言葉を失って見入っていたテレビが、しばらくしてから別のニュースに切り替わったところで、全員が深々とため息を吐いた。

やれやれ、と首を振った智志の父が振り返り、智志を見つけると、椅子から立ち上がって近づいてきた。

「ちょっと気になることがあるんだけどな」と小声で智志に言う。

「なに?」と首をかしげた智志に、

「うちの祖父ちゃん、ほんとに鹿の湯にいたんだべかな」と耕太。

「どういうこと？」

「章くんをヘリに乗せる前、金本さんが宿泊客の名前を確認したそうだが、そのとき、章くん、祖父ちゃんのことはなにも言ってなかったらしいんだよな」

「宿泊客じゃないからじゃないの？」

智志が言うと、

「たぶんそうだと俺も思うけど――」と眉根を寄せた耕太が、

「そのあたりのこと、どうもはっきりしないんだっけ。祖父ちゃんが鹿の湯に行っていたっていうのは、確かなのか？」

念を押された智志は、今朝の自宅での祖母とのやりとりをあらためて思い起こそうと、意識を凝らした。

「鹿の湯に祖父ちゃんの知り合いが泊まりに来ているって、言っていたはずだけど……」と答えたところで、それは祖母が口にしたわけではなく、たぶんそうなのだろうと、自分が勝手に想像しただけなのを思い出した。

それを耕太に言うと、

「もしかしたら、地震のとき、鹿の湯にいなかったかもしれんぞ」

「親父がそう思う理由が、なにかあるの？」

「金本さんに教えてもらった宿泊客の名前に、全然心当たりがないんだよなあ。祖父ちゃんの知り合いは誰もいない」

「ほんとに？」

ああ、と答えた父と顔を見合わせていると、

「智志。実際には鹿の湯を訪ねたんじゃなくて、山菜でも採りに山に入ったってことも考えられないか？」耕太がいっそう大きく首をかしげてみせた。

確かに、山菜や茸（きのこ）を採るのが好きな祖父のこと、時季になると、早朝にひとりで山に入るのがしょっちゅうだったので、あり得ない話ではない。それに、採れた山菜のお裾（すそ）分けに鹿の湯に立ち寄り、古いつきあいの保さんを相手に茶飲み話をしてから家に帰ることも多い。

「もしかしたら、そうかも」

半信半疑ながらも智志がうなずくと、

「もういっぺん、うちの祖母（ばあ）ちゃんと章くんに、祖父ちゃんのことを確認してみたほうがいいかもしれんな」腕組みをした耕太が難しい顔をして言った。

6

翌日、地震発生から二日目の朝、智志は、クアハウスの駐車場から離陸して上昇中の防災ヘリに搭乗していた。

智志が開拓二世の幸夫さんと一緒にヘリで麓（ふもと）に下りることにしたのは、祖父の行方を

あらためて確認するのが目的だった。

早朝から始まったレスキュー隊や自衛隊員による救出活動において、当然ながら耕一も要救助者のひとりに数えられている。その情報が曖昧なままではまずいだろうし、もし、地震発生時に耕一が鹿の湯にいなかったのであれば、あらためて捜索範囲を検討し直す必要が出てくる。

となると、どうしても祖母の克子と、救出後、病院に搬送された鹿の湯の主人の保さんや二男の章さんに、細かく話を聞く必要があった。ただし、衛星携帯電話が使え、じきに携帯電話も復旧する見込みだとはいえ、電話だけで仔細を確認するのには無理があった。なにせ、保さんと章さんは病院のベッドだし、もう一方の克子は、まだ惚けてはいないとはいえ、要領をえた話を聞き出すとなると、電話では難しい。

智志と幸夫さんを乗せたヘリは、少しだけ機首を下に傾けた体勢で、空に向かってずんずん上昇しはじめた。

足下のクアハウスの建物が小さくなるのと入れ替わりに、ヘリのキャノピー越しに見える栗駒山の姿が大きくなった。

早朝から快晴に近い晴天だったのだが、栗駒山には雲がかかっていた。

普通の雲ではなかった。

山頂の須川岳を中心に、ドーナツ状の雲がかかっていて、陽光を浴びて真っ白に輝いている。

こんな形の雲を見たのは、生まれて初めてだった。そして、どことなく不気味で、薄気味悪い。

その雲と同じくらいの高度にまで上昇したところでヘリコプターが百八十度旋回し、須川岳とそれにかかるドーナツ雲が視界から消えた。

旋回を終えたヘリが麓に向かって飛行を始めてすぐ、今度は、荒砥沢ダム上流の崩落現場の光景が目に飛び込んできた。

寸前の雲を見たとき以上に、文字通り言葉を失って、智志はキャノピーに張り付くようにして眼下を見下ろした。

昨夜のテレビのニュースでも同じ光景は見ていたが、テレビの映像とは桁違い(けたちが)に凄まじい迫力で智志に迫ってきた。

本当に、比喩(ひゆ)でもなんでもなく、山がひとつ消滅していた。あれだけの大きさの山塊がいったいどこに消えてしまったのだろうと呆然(ぼうぜん)とするしかない。

緑の森が、鋭利な刃物で抉(えぐ)られたように、途中ですぱりと切断されて赤茶けた断崖(だんがい)絶壁が出現し、その谷底に、おびただしい数のなぎ倒された樹木が横たわっている。

比較的最近開通した、荒砥沢ダムを経由して麓に下りる舗装道路も、山塊の切断面を境に綺麗(きれい)さっぱり消え失(う)せていた。道路があった痕跡(こんせき)は、切断面にぶら下がっている白いガードレールくらいしかない。

目を凝らして谷底を覗(のぞ)き込むと、地盤と一緒に崩落した道路のアスファルトの断片が、誰かが適当に撒き散らしたように、かろうじて認められた。

　どんなに堅牢そうに見えるコンクリートやアスファルトも、地球が少しばかり大きな身震いをしただけで、あっという間に崩壊、あるいは消滅してしまう。人間の手になる人工物など、自然のエネルギーの前にあっては、あまりにも脆弱だった。

　声を失っている智志を乗せたヘリは、ほどなく「みちのく伝承館」の駐車場に向かって高度を下げ始め、いつ接地したのかわからないくらい、ふわりとアスファルトに着陸した。

　頭上のローターの回転が遅くなったところで、パイロットが振り返り、智志と幸夫さんに向かって言う。

「どうぞ。降りていいですよ。本機はいったんここから離れますが、一応、午後二時がここからの離陸予定時刻になっています。ただし、満席の場合はお送りできないですので、そのときはご了承ください」

「わかりました、ありがとうございました」と返事をし、ドアを開けて地上に降り立つ。

　身を縮めるようにしてヘリコプターから離れたと思うや、再びローターが回転を上げ、爆音とともにヘリは身軽に離陸した。

　病院に向かう幸夫さんと別れたあと、智志は、「緊急避難所」と臨時の看板が立てられたみちのく伝承館の玄関をくぐり、大広間へと足を運んだ。

　避難所に充てられた部屋は、思ったほどに混雑していなかった。というより、かなり閑散としていて、のんびりした空気が漂っている。ここが確かに避難所だと思わせる様子はといえば、お年寄りたちの血圧を測定している看護師の白衣くらいのものだった。

災害時の避難所といえば、身ひとつで避難してきた住民たちでごった返している、というイメージを抱きがちだが、共英地区の人口がもともと少ない上、半数以上が麓にも家を持っている世帯なのだから、避難所が閑散としていても当然だ。

繁好さん夫妻と一緒にお茶を飲んでいる祖母の姿がすぐに見つかり、

「祖母ちゃん」と呼びながら目の前に座ると、

「あれまあ、智志――」目を丸くした祖母が、

「なにしさ来たの？」と尋ねた。

「祖母ちゃんに訊きたいことがあってさ」

「如何して下りてきたの」

「え？」

「んだから、如何して」

「如何してって、なにが？」

「車で山から下りてきたのすか」

祖母の克子がなにを訊いていたのかようやく了解して、

「道路は全滅だから、ヘリコプターだよ」と答えると、

「あんだもヘリコプターさ乗さったのすか」とうなずいた克子が、

「ヘリコプターっちゅうのは、たいしたもんだねえ。ここまで、あっという間だもの。私が若いころは、三時間も歩いで町まで用足しさ行ったもんだあ――」心底感心したように言ったあとで、なおもうなずき続ける。

「とにかく、お迎えが来る前に、いっぺんでもヘリコプターに乗さることができて、いや、ほんとにいがったでば。普通だったら、乗さりたくても乗されねすからねえ」

「あのさ、祖母ちゃん――」

そんなことより祖父ちゃんのことだけど、と言いかけた智志には目もくれず、祖母は、「ねえ、道子さん。あんだもそう思うすぺ？」そばにいた繁好さんの奥さんに同意を求める。

「んだっちゃねえ」とうなずいた道子さんが、

「んでも、私は飛行機のほうがいがす。ヘリコプターは喧しくて敵わねえ」と耳を塞ぐ仕草をした。

「ありゃ、あんだ、飛行機さ乗さったことあんのすか」

「なに語ってんの。三年前の九州旅行、あんだも一緒に行ったでねえの。そのとき、あんだも飛行機さ乗さったべっちゃ」

「んだったっけ？」

「なんだあ、克子さん。あんだ、そろそろ惚げで来たんでねえの？」

「んだすかなあ、あはは」

「なんだべ、しっかりしなさいよね、あはは」

あはは、あはは、と道子さんと顔を見合わせて笑っていた祖母が、あっ、となにかを思い出した顔になり、

「九州旅行さ行ったのって、私らじゃなくて、ちか子さんと友喜さんでねえの？」

「あれえ、んだったすかね」

「んだでば。なんだい、惚げできたのは道子さん、あんだのほうでねえの」

「あら嫌んだ。人の心配する前に、自分の心配したほうがいいべかねえ」

「お互いさまかもねえ、あはは――」

などとやり取りをして再び笑い転げていた克子が、いきなり真顔になり、

「そんで、私に訊きたいことってなに？　さっきから、なに、ぼさっとしてんの」と智志に訊いてきた。

やれやれ……。

開拓一世の年寄りたちがマイペースなのはいつものことだが、あの大地震に遭って避難所にいるというのに相変わらずなのには、若干呆れはするが、反面、安堵もする。

「祖父ちゃんのことなんだけどさ。昨日の朝、ほんとうに鹿の湯に行ったのか、それとも行っていないのか、祖母ちゃんに確認するために下りてきたんだ」

気を取り直して用件を切り出した智志は、

「確か、鹿の湯へ行ったって祖母ちゃんから聞いたように思うんだけど、それは間違い

ない？　俺、祖父ちゃんの知り合いの人でも鹿の湯に泊まっているんだと思ったんだけど」と、念を押すように訊いてみた。

「知り合いの人なんか、泊まってねがすど」と克子が即答する。

さっきは、道子さんと、お互いに惚けが来ているんじゃないの、などと言い合って笑っていた祖母だが、惚けの兆候なんかないのは、一緒に暮らしていてよくわかっている。

これだけきっぱりと祖母が即答するからには、鹿の湯に祖父の知り合いが泊まっているというのは、やっぱり、自分の早とちりだったみたいだ。

「じゃあ、それはいいとして、あらためて訊くけど、祖父ちゃんが鹿の湯に出かけたっていうのは確か？」

「そいづは確かだす」またしても克子は即答した。

鹿の湯に行ったというのは自分の聞き間違いではなかった、と確認できた智志は、しばらく思案してから、

「祖父ちゃんは、直接、鹿の湯に行ったのかな？」と、質問を変えてみた。

すると、今度は即答せずに少し考える仕草をしたあと、

「それはねえべ。真っ直ぐ、鹿の湯さは行ってないと思うよ」と、祖母は答えた。

「ほんとに？」

「根曲がり竹ば採るって語っていたがら、そのあとで鹿の湯さ寄るつもりでいたはずだよ」

栗駒山中では、ギョウジャニンニクやフキノトウ、ゼンマイやタラの芽、あるいはウドやワラビなどの最盛期は、四月から五月にかけてだが、根曲がり竹、つまりチシマザサの竹の子は六月に入ってからが最盛期になる。

家を出た祖父が、まずは根曲がり竹を採りに山に入り、帰りがけに鹿の湯に寄ってお裾分け（すそわ）をしてから家に戻る、という予定でいたのは、ほぼ間違いないだろうと、智志は考えた。

「祖父ちゃんが家を出たのは何時ごろだったか覚えてる？」

「六時半ごろだったすな」

その答えを聞いて、智志は意を強くした。

祖父が家を出てから地震発生までは二時間ちょっと。歩きで山に入った耕一が、その時間内に根曲がり竹を採り終えて鹿の湯に到着しているということは、まずないだろう。

「ありがとう、祖母ちゃん」うなずいた智志は、祖父の耕一が鹿の湯で地震に巻き込まれたのではないかと推測して、救助活動が続けられていることを、初めて克子に話して聞かせた。ここまでそれを口にしなかったのは、一にも二にも、祖母を不安にさせたくなかったからだ。

「――というわけで、祖父ちゃんが地震のときに鹿の湯にいたかどうか、幸夫さんが保さんと章さんに確認しに行っているけど、たぶん鹿の湯では、地震に巻き込まれていないと思う。きっとどこかで見つかると思うから、祖母ちゃんも安心して」

たとえ鹿の湯にはいなかったとしても、どこかであの土砂崩れに巻き込まれている可能性はあったものの、あえてそれは口にせず、克子を安心させようとして笑顔をつくってみせた。

ところが祖母は、

「家のお祖父つぁん、そう簡単には死なねえべえ。どごがでピンピンしているに決まってるっちゃね。んだから智志、あんだも安心しなさい。なんも心配ねえす」と、逆に孫を励ますようなことを言ってニコニコしている。

どちらかといえば、祖母の希望的観測にすぎないのじゃないかとは思ったものの、あまりにきっぱりと克子が言い切るので、そんな気がしてきた。というか、長年連れ添い苦楽を共にしてきた夫婦の、互いの絆の深さを目の当たりにしたように思えて、いつもの祖母とは違って、なんだか眩しさを覚える智志だった。

第五章　開　拓

1

「また便所かい？」

そわそわしながら立ち上がった耕一を見上げて、呆れ顔で友喜が言う。

「したかて、しゃあねえべ」

そう返した耕一は、苦笑を浮かべている一同の視線から逃れるように、袴の裾を引きずって鹿の湯の厠へと向かった。

だが、着慣れない紋付袴の裾を手繰り上げて力んでみても、なかなか小便が出てこない。

ようやくちょろちょろと、雀の涙程度の小便をしぼり出したあとで、はあ、と大きく息を吐き出し、共英地区のほぼ全員が顔をそろえている座敷へと戻り、空いている友喜の隣に腰を落ち着ける。

「出はったか？」

にやにやしながら耳打ちしてきた友喜に、

「少っこ」と答えると、

「みっともねえでな、覚悟ば決めてどっしり構えでろ。ここまで来たら、もはや逃げも隠れもできねえだすからな」先輩風を吹かせて友喜が言う。

そんなことを言ったって……、と顔をしかめつつも、友喜に言われたように居住まいを正し、落ち着かない尻を無理やり座布団に貼り付かせる。

耕一が紋付袴という正装に身を包み、掛け軸の掛かった床の間を背に畏まっているのは、今日が自分の祝言という、まったくもってめでたい日を迎えているからであった。

武治から見合い話を持ちかけられてからすでに半年あまりが経ち、耕一が共英地区に入植して三度目の新緑の季節を迎えていた。

ひと冬挟んだこの半年間で、共英地区はいっそう活気づいていた。

春先に二十名を超えるまとまった数の入植者を新たに迎えたのがなにより大きい。さらに、住宅建設がある程度順調に進み始めたことで、所帯を持つ者も増えてきて、必然的に新たな命が誕生する。集落のあちこちからたまさか届いてくる赤ん坊や幼子の声を聞くにつけ、開拓村としての体裁がようやく整ってきた感がある。

耕一と同じ万坊集落に家を持ち、いま隣に座っている友喜も、今年になって所帯を持ったひとりだ。

最初に会ったときから頭のいい奴だと感心していたのだが、新年度から開拓農協の理事のひとりとして正式に選出され、組合長の啓次郎の右腕として、様々な書類手続きや嘆願のために飛び回っていた。もしかしたら、いまの共英で最も忙しい男かもしれない。
だが、そのせいで、友喜本人はどう思っているのかわからないが、新婚早々の女房にかなり寂しい思いをさせているのは事実だ。なにせ、雪解けを待って初めて嫁を共英に連れてきたまさにその日、県庁に用事のあった友喜は、ランプだけが灯る誰もいない家に新妻をひとり置き去りにするという、あるまじき仕打ちをしていた。

その後も、相変わらず仙台と共英のあいだを行ったり来たりし続けている。もちろん、仙台までの出張となれば日帰りは無理で、そのたびに新妻はひとり取り残される。あれじゃあ結婚したばかりの女房に逃げられるのではあるまいかと、周りのほうが冷や冷やしているという按配だ。

だが、女房殿のほうは、きわめて辛抱強いというか、人間のできたご婦人で、そんな亭主に愚痴ひとつこぼさないばかりか、なにかあれば他人の世話まで率先して引き受けるという、妻の鑑、いやいや、人間の鑑のようなご婦人である。で、その女房、ちか子が買って出たらしいのだが、友喜夫妻が媒酌人をすることになり、その結果、耕一の隣に友喜が座っているのであった。

ところで、この共英地区でこれだけ盛大に結婚の宴が催されるのは、実は初めてのことである。というのも、たいていの者は、祝詞をあげる神主そのものが不在の共英では祝言をせず、麓に下りて実家で式やら親戚一同へのお披露目やらを執り行ってから、所帯持ちとなって山に戻ってくるのが普通だからだ。

だが、実家が存在せず、身内もいない耕一の場合、それは難しかった。本家の伯父に頼み込めば、一応、形だけでも宴席を設けてくれたかもしれないが、やはりそこまで無理を言う気にはなれず、式もなにもせず、役所に婚姻届を出しただけで新たな暮らしを始めようと考えていた。

それを耳にしたちか子が、それじゃあお嫁さんがあまりに不憫だと言って、あれこれ段取りを始めた結果、かような盛大な披露宴が行われることに相成った、という経緯だ。実際、耕一が着ている紋付袴も、もうじき姿を見せる花嫁が着ているはずの白無垢も、ちか子が調達してきた借り物である。

そうしたちか子の奔走のおかげであるのもさることながら、七十名になんなんとする入植者のほぼ全員が、手持ちのなかの一張羅を着て顔をそろえているのは、今回の耕一の結婚式が、祭りのない共英地区にあって、全員が楽しめる数少ない機会だったからに他ならない。これだけの住民が一堂に会したのは、去年行われた分校の落成式以来のことで、それが耕一をよけいに緊張させ、何度も厠へと足を運ばせていたのである。

相変わらず耕一がそわそわしていると、ふいに座敷の襖が開いて、ちか子に伴われた花嫁、克子が出現した。

出現した、というのも妙な言い回しであるが、その形容が的外れではないほど、白無垢に身を包んだ小柄な花嫁の姿は眩しく、居合わせた面々は、一度息を呑んだあと、あちこちから「おおっ」という感嘆の声が漏れた。

耕一自身も、まるで他人事のように、今日から自分の女房となる花嫁の姿に見とれていた。惜しむらくは、深く被った綿帽子のせいで顔がよく見えないことである。

実は耕一、花嫁の克子の顔を上手く思い描けない、というか、よく覚えていない。

克子に会ったのは、縁談話を持ち込んだ武治に伴われ、昨年の暮れに見合いに出向いた際の一度きりであった。

そのとき、耕一はあまりに緊張していて、まともに克子の顔を見られなかった。実際、見合いを終えて共英に戻ってから、どんな顔立ちだったか思い出そうとしても、目鼻の配置を雪だるまか子どもの絵程度にしか思い描けずに悶々としたくらいだ。

武治にもらった見合い用の写真は何度も見返しているのだが、どうも写真屋の腕が悪かったらしい。ピントがぼやけていまひとつはっきりしておらず、かえって、思い描こうとする克子の顔に靄をかけていた。

その後、今日を迎えるまでかなりの間が空いてしまったのには、それなりの理由があった。克子の家の者はこの結婚話に反対していなかった。五人兄妹の末っ子だったため、共英に嫁がせることには難色を示さなかったのだが、肝心の克子本人が耕一との結婚を渋っていたのである。

克子にしてみれば、それも無理からぬことだろう。なにせ、最初は従兄弟である武治のもとに嫁ぐつもりでいたところ、突然、見合い相手が変わったのだから、盥回しにされたような気分になるのは否めない。それで機嫌を損ねてしまい、武治を通して断りの連絡をしてきた。

そこで焦ったのが武治である。耕一に克子を紹介した、というよりは、押し付けてしまった手前あとには引けず、しょっちゅう克子の実家に足を運んで説得を続けたらしい。で、年が明け、さらに三月ほど経った先々月、ようやく克子が折れてくれそうな気配になったと、武治が喜び勇んで耕一のもとに報告に来たのである。

だが、素直には喜べなかった。どう考えても武治が無理に説得したとしか思えなかったからだ。実のところ、この縁談話を耕一はあきらめていた。かといって、ほかに嫁を探す当てもなく、あれこれ考えあぐねた末、克子宛に手紙を出すことにした。

手紙の内容は、思い出すと頰が火照ってしまうのだが、今回の縁談話には大変ご立腹のこととは存じますが、こんな私でよかったら克子さんを絶対に幸せにしますので、お迷いのこととは察しますがどうかご一考くださいませ、というような、ありきたりといえばありきたりであるが、それなりに真摯なものではあった。

二週間後、克子から返事が来た。

その内容はというと、耕一さんには、はなはだご無礼をしてしまい誠に申し訳ありませんでした、というお詫びに続いて、もし貴方様のお腹立ちが治まっていらっしゃっているようでしたら、喜んで嫁がせていただきたく存じます、というものだった。

その手紙を読んだとき、耕一は文字通り狐につままれた気分になった。土台無理だろうと思って玉砕覚悟で出した手紙の返事がこれである。もしかしたら、こちらをからかっているのだろうかと疑いたくなっても無理はない。

だが、その手紙を見せられた武治が克子の実家へと走ると、承諾の返事に偽りはなかったのがわかった。

それを聞き、顔もよく思い描けない相手のことが、まるで恋愛でもしているように愛しくてならなくなった耕一であったが、結局、経済的な事情も相まって、双方の了解で結納も省略したため、見合いの一度しか会っていないままに花嫁を迎えることになった、というわけである。

まあしかし、結婚当日まで相手と一度も会ったことがない、などという話がごろごろしている時代であり、なにも耕一と克子が特別なわけではない。

その花嫁が静々と進み出てきて、ちか子の介添えで耕一の隣に座り、固唾を呑んで見守る一同に深々とお辞儀をした。

それを見た面々が、一様に畏まって頭を下げる。

顔を上げた克子の横顔を盗み見ようと、ちらりと横に首をねじってみたが、やっぱり綿帽子が邪魔になって、化粧を施した頬の一部と紅を塗った唇から顎の線にかけてしか見えない。

しかし、それだけで頭がくらくらしていた。まるで博多人形のような可憐さに、耕一には克子が見えていた。

と、やおら立ち上がった組合長が、ひとつ咳払いをしたあとで、

「えー、本日はたいへんお日柄もよく、皆様におかれましてはお忙しいところ――」と畏まって祝辞を述べ始めた。

それが口火となって始まった式自体は、完全に省略形であった。

いや、省略形なのは、なにも今回の結婚式に限ったことではない。

たとえば、どこかの家で妊婦が産気づいたとき、医者はおろか産婆もいない山奥の村のこと、麓へ下りて産婆を呼んでくるあいだに「おぎゃあ」となるのが落ちである。よって、実家で出産せずにここで生まれた赤ん坊は、すべて自分たちの手で取り上げている。開拓村で自給自足なのは、食い物だけではないのだ。

という具合なので、婚姻の席といえども自給自足の自前で執り行うしかなく、必然的に省略形になる。結婚式と披露宴は別物であるところ、結婚式を司る神主がいないのだから仕方がない。その上、通常なら知恵袋となる年寄りがひとりもおらず、集まっているのは最年長でもまだ二十代後半の若者ばかりの集団である。面倒な段取りやしきたりを無視して、いきなり披露宴に突入したようなもので、友喜による媒酌人の挨拶までは神妙な空気が漂っていたものの、その後は飲めや歌えの単なる大宴会に、あっという間に化けてしまった。

が、それでも耕一は幸福だった。しまいには新郎新婦そっちのけで裸踊りまで始まり、涙を流して笑い転げる仲間たちを眺めながら、こんな幸せな結婚式は他にないに違いないと、感謝の念で一杯だった。

結婚式なんだか披露宴なんだか、はたまた、ただの宴会なんだか、なにがなんだかわからない宴席も三時間ほどでお開きとなり、一応、最後だけは全員での万歳三唱に送り出された耕一と克子は、借り物の正装から普段着に着替えたあと、提灯を片手に、これからふたりで暮らすことになる自宅へと向かった。

といっても、家があるのは、一時間ほどもかかる万坊集落である。しかも、耕一はかなり酔っていた。花婿ということもあって、最初は舐める程度で我慢していた酒を、気づくと勧められるままに呷っていた。おかげで足下がおぼつかない。

さらに、昼間であればまだよいところ、勝手知ったる道とはいえ、道と崖との境界線も曖昧な狭い連絡路のこと。少し歩いたところで、うっかり藪に踏み込んだ、と思ったとたん、足下から道が消えて、ずりずりと数メートルばかり、半分藪漕ぎをしながら崖を滑り落ちてしまった。

提灯の明かりを道連れに突然目の前から亭主が消えて、克子もさすがに肝を潰したらしい。

きゃあ、という克子の悲鳴がしたあと、藪のなかでもがいている耕一の頭上から、

「大丈夫ですか」という心配そうな声が届いてきた。

「大丈夫です」

答えた耕一がなんとか崖を這い登り、道端に立つと、

「あのー、お怪我はないですか」恐る恐る克子が尋ねてきた。

「怪我はないであります」

克子も緊張しているのか、丁寧な標準語でしゃべるものだから、焦って標準語で答えようとしたあまり、へんてこな日本語になってしまう。

「突然目の前からいなくなってしまうんですもの、びっくりしました」

安堵した様子で言った克子に、

「すんませんです。ちょっと飲みすぎてしまったようであります。申し訳ございません」と言い訳をする。

「あの、歩くのが大変でしたら、肩をお貸ししましょうか」

「いやいやそんな。大の男がみっともない」

まったくもってその通りである。新婚初日だというのに、女房の肩を借りながらへべれけになってご帰宅では、あまりにみっともなさすぎる。

と、そこで耕一は、いまの会話が、克子とまともに交わした初めてのものであるのに気づいて、少々、うろたえた。半年前の見合いのときも直接言葉を交わさなかったし、さっきまでの宴席においても、話しかけたくても上手い言葉が見つからず、ずっと克子とは会話をせずに通していた。

それに気づいてしまったせいか、再びなにをしゃべったらよいのかわからなくなる。

結果、何度か言いよどんでから出た言葉は、

「あ、えーと。提灯、消えてしまったですな、いや、消えてしまいましたですね。マッ

チも持ってきておらんでありますし……」であった。

確かに、いまの滑落騒ぎで耕一が手にしていた提灯の火が消えていた。

すると克子は、落ち着いた口調で、

「月明かりがこんなに明るいですもの。平気です」と答えた。

なるほど、よく晴れた夜空に丸々と太った月が昇っており、周囲は昼間みたいに明るく見える。

手が届くほど近くにいる克子の顔立ちもはっきり見えた。化粧を落として素顔になった新妻の顔である。

綺麗だ、と思った。月明かりだからというのではなく、本当に美しく、耕一には見えた。

互いの顔を見つめ合っているうちに、思わず克子を抱き締めたい衝動に駆られ、手を伸ばそうとしたとき、

「私の顔に、なにかついていますか」と、克子が首をかしげた。

伸ばしかけていた手を慌てて引っ込め、

「いや、いやいや。なんでもねえですっちゃ。いや、なんでもないであります」どぎまぎしながら顔の前で手をひらひらさせ、克子に背を向けて歩きだす。

「あまりお急ぎになると、また道から落っこちてしまいますわよ」

案じながら言う克子には、うなずいただけで返事をせず、耕一は先に立って足を速め

た。

それからひと言も会話を交わさないばかりか、克子のほうに振り返りもせず歩くこと小一時間。夜空の下の散歩が、酔いを醒ます手助けになったみたいで、去年の晩秋に完成したばかりの新居にたどり着いたころには、足のふらつきもなんとか治まっていた。

やれやれ、と安堵の息を吐きながら居間に上がって、手探りでランプの火を灯す。

明かりの灯ったランプを吊り下げ、玄関のほうを振り返ってみたが、克子の姿がない。

あれ？　と首をひねり、玄関脇の台所を覗いてみても、やっぱり克子はいない。

まだ完全には酔いが醒めていない頭に、不安が押し寄せてきた。

狐の嫁入りじゃないものの、今日の結婚式も克子も、すべては幻だったのではないかと、一瞬、あらぬ疑念に駆られたのである。

でなければ、式の直後に酔っ払って崖から落っこちるような亭主に愛想をつかして、途中で逃げてしまったとか……。

思い切って、「克子さん！」と大声を出して呼ぼうとしたところで玄関の戸が開き、コップを手にした克子が入ってきた。

「ごめんなさい。お水がどこから出ているのかわからなくて、汲んでくるのに手間取ってしまいました。喉が渇いていらっしゃるでしょう？」

「えっ、わざわざ沢まで行って来たんですか？」

驚いている耕一に、ええ、とうなずいた克子がコップを差し出す。

そのコップを受け取り、

「すまんです」とぺこりと頭を下げたあと、冷たい沢水を一気に飲み干した。

「薬缶(やかん)はどこかしら。お代わりのお水、薬缶に汲んできます」

そう言って台所に行きかけた克子を、

「いや、もう大丈夫です。とても美味(うま)かったです。ありがとうございました」と呼び止めてから、

「あのう、そ、そんなところさ立っておらんで、こちらにどうぞ。狭苦しい家で申し訳ないですけんど、これからここが、俺と、か、か、克子さんの家です。どんぞ、ゆっくり、くつろいでください」と付け加え、居間に入って、この前買ったばかりの新品の座布団を勧めた。

はい、と答えた克子は、きょろきょろしながら居間に上がってくると、差し出された座布団を丁寧に脇にどかして、畳の上で膝(ひざ)をそろえると、三つ指になった。

「ふつつか者ですが、末永く、なにとぞよろしくお願い申し上げます」

深々と頭を下げる克子を見て、慌てて正座した耕一は、

「いやいや、こちらこそ——」と頭を下げ返し、ほとんど家具らしきものがない居間を見回してから、

「あのう、このようになにもないところで、すまんです。こげに貧乏なもので、結納の品を納めることもできませんで、ほんとうに申し訳なく思っております。これから一刻

も早く、か、克子さんには楽な暮らしをしてもらえるよう、俺、一生懸命働きますんで、しばらくはご苦労をおかけしますが、なんとか辛抱してください」

口下手な俺が、よくまあこれだけひと息にしゃべることができたものだと、我ながら驚いていると、にこりと微笑んだ克子が、懐に手をやって、封筒を一通、取り出した。

「あっ、そいづは……」

思わず上ずった声が出てしまう。

克子が手にしているのは、耕一が克子にしたためた手紙であった。

「どんな結納の品よりも、耕一さんが書いてくださったこのお手紙、ほんとうに嬉しかったです。こんなことを言ったら生意気かもしれませんが、この人になら一生ついていけると思いましたの。だから、耕一さんと一緒にいられれば、どんな苦労もへいちゃらです。ふたりで一緒に頑張りましょう」

「克子さん……」

漏らした声が、半分涙声になっていた。

「このお手紙、一生大事に取っておきますわね」

そう言った克子の手を、耕一は思わず握っていた。

握り締めた新妻の手は、壊れそうなくらい華奢でひんやりとしていた。しかし、その手のひらからは、限りないぬくもりが溢れ出し、耕一の手を伝って胸の奥まで届いてきた。

俺、もしかしたら日本一の女房をもらったのかもしれない……。

少し潤んだように濡れている克子の瞳を見つめながら、耕一は心からそう思っていた。

2

耕一は、克子と所帯を持ったことで、以前にも増して懸命に働いた。

といっても、仕事の内容が変わるわけではなく、この三ヵ月間、相変わらず樹木の伐採と炭焼きの繰り返しなのであるが、ひとりで仕事に励んでいるときとはやっぱり違う。ひとつひとつの目標が、以前とは段違いにはっきりと思い描けるようになって、鋸を持つ手にも力が入った。

その結果、現金で買いたいものが、次から次へと出てきた。

具体的に挙げてみると、まずは、鍋やフライパン、釜をはじめとした調理器具、それに食器類。これまで耕一の家にあった煮炊き用の道具といえば、入植したときに伯父の家からもらってきた両手鍋がひとつと、鹿の湯の保から譲ってもらった小さめの片手鍋がひとつだけだった。片方の鍋で飯を炊き、もう一方で汁物か煮物を拵えていたのだが、独り身だったこともあって、それで問題なかった。

ご飯茶碗とお椀は、粗末なものがひと組のみ。湯呑み茶碗は三つあったものの、いずれも鹿の湯で使わなくなった縁の欠けたもので、ガラスのコップは一個だけ。そして、皿の類は一枚もない。

しかし、これにも耕一は、鍋と同様、特別な不便は感じていなかった。というか、完成した住宅にひとりで住むようになってから、次第に面倒になってきて、鍋に直接箸を突っ込んで食事を済ませるようになっていた。

なにせ、水道の引かれていない台所である。いずれは沢から家まで水を引いてこようと計画しているのだが、忙しさにかまけて後回しになっていた。したがって、毎朝沢まで行って水を汲み、桶に溜めて使っているのだが、汚れた食器を洗おうとすれば貴重な水がすぐに減ってしまう。

ということで、食器を使わずに食事をしたほうが、自分としては合理的だったのだが、立派な女房持ちとなったからにはそうはいかない。

あの鹿の湯での披露宴の翌朝、ふたつだけの鍋を器用に使って朝飯を拵えた克子が、ご飯茶碗類がひと組しかないと知って絶句したときの顔は忘れられない。もちろん、ご飯茶碗やお椀は新妻に使わせて、自分はいつものように直接鍋から食べたのだが、ひどくちぐはぐ、というよりは、けったいな光景であったかもしれない。自分だけが原始人になってしまったというか、飼い犬がご主人様の隣で鍋に頭を突っ込んでいるというか……。

その日のうちに慌てて山を下り、岩ヶ崎の町まで足を運んで必要な食器や調理用具を買いそろえたのだが、それで手持ちの現金がほとんど消えてしまった。そこまで散財してしまったのは、かなり上等な清水焼の夫婦茶碗と夫婦湯呑みに、これまた独り身だったら絶対に買わないような、高価な漆塗りのお椀と箸を買い求めてしまったからだ。

しかし、家に戻ってそれを見せたときの克子の嬉しそうな顔といったら……。

身の回りのことにはかなり無頓着で、物というのは使えさえすればそれで十分だという、それまでの耕一の考えががらりと変わった瞬間だったかもしれない。

最低限の食器類がそろったとなると、今度は、それらを収納するまともな茶箪笥が欲しくなってくる。それまで使っていた、家を建てたときの廃材を利用して自作した茶箪笥、というよりは、ただの棚に収まった新品の食器類は、見るからに可哀相だった。

克子は、いまの棚でも十分用が足りると言ったが、そうはいかない。ちゃんとした職人が作った見栄えのよい茶箪笥が、どうしても居間には必要だった。

その茶箪笥は、決して豪勢なものではなかったが、結婚してひと月後に耕一の家にやってきた。いや、向こうのほうから自分で歩いてくるわけはないので、買い求めた茶箪笥を麓から共英の万坊まで自分で担いで運び上げた。運ぶ際、うっかり落としたり、木の枝にひっかけて傷をつけたりしないようにと、ずいぶん神経を使った。しかし、あの糞重い製材機用のエンジンを運び上げたときと比べれば、空の茶箪笥の重さはなにほどのことはなく、孕み坂を登る耕一の足取りは軽かった。

実際、新品の食器を入れた真新しい茶箪笥を居間に据えてみると、寂しかった家が一気に華やかになった。その後、耕一は、まだ独り身の仲間の家を訪ねるたびに、

「なんだや、ずいぶん寂すい茶の間だっちゃなあ。こげな家では、とてもじゃねえけど、

嫁ごをもらうのは無理だすな。所帯ば持つ前に、せめて、茶簞笥ぐらいはそろえておくもんだ」自分のことは棚に上げて偉そうに説教を垂れているのだが、これは少々煙たがられているかもしれない。

さて、そうなると、次に買い求めたくなるのは衣類である。衣類といっても、自分のものではなく、克子に着せてやる洋服や、着物のことだ。

耕一自身は、懐に余裕ができたら、着るものではなく、柱時計か懐中時計でも買おうと考えていたのだが、それは二の次になった。

そもそも、お天道様と一緒に寝起きする山での生活のこと。明るくなったら起きだし、太陽が真上に来たらお昼にして、暗くなったら夕餉(ゆうげ)を摂(と)って寝ればよいだけの話である。時計なんかなくても不自由はしない。それより優先されるべきは、女房に少しでもよい服を着させてやることとなのは明白であった。

衣類を入れる簞笥自体は、唯一の嫁入り道具として克子が実家から持たされた小ぶりのものが、とりあえずあった。ただし、寝室として使っている奥の座敷に置かれた簞笥のなかは、実に寂しいものだった。

一応、克子の母が娘時代に着ていた着物がふた重、最初から入っていたものの、普段着として使えそうなものといえば、野良仕事にはちょうどよい、つまり地味な洋服が数着だけだった。

これについても克子は、こまめに洗濯をして繕いながら着れば、しばらくは新しい洋服を買う必要はないと言ったのだが、せめて、町場に出かけるときに着ても恥ずかしくないものを、季節に合わせてひとそろいは買ってやりたかった。

町場に出かけるといっても、結婚してから三ヵ月あまり、ふたりで一緒に山を下りるのは焼いた炭を麓の勝又商店に売りに行くときだけで、そこから先には一度も足を延ばしていないのだが、今年の冬には、できればふたりで鳴子温泉にでも湯治に行きたいものだと考えている。

一度、それを話したとき、そのころには畏まった標準語ではなく、地の言葉をようやく使うようになってきた克子は、

「湯治だったら、鹿の湯に通えば同じだっちゃね。無駄遣いしてはダメでがす」と笑いながら首を横に振ったが、そういう問題ではない。綿入りのどてらなどではなく、ちゃんとしたオーバーを女房に着させて、今度の正月明け、それが無理なら、次の年には、ふたりで鳴子温泉の玄関をくぐりたい。それが、ささやかではあるが、目下の耕一の夢であった。

そして今日の耕一は、先週から取りかかっている水路作りに励んでいた。水路というほど大げさなものではないが、家の裏にある沢から水を引くのが急務だった。

新婚初夜に、一刻も早く克子に楽な暮らしをさせてやりたい、と決意した耕一だが、実際にはなかなか思うに任せない、というのが現実だった。

克子とて、農家の娘であったし、それ相応の覚悟をして嫁いできてくれたのは間違い

ないのだが、開拓中途の山奥での生活がこれほど大変なものだったとは想像していなかったと思う。もちろん克子は、愚痴めいたことは一切口にしないものの、平地に暮らすのとは比べ物にならない重労働と不便な生活に、かなりの苦労を強いられているのは間違いなかった。

その最たるものは、やはり、山と麓のあいだの往復だ。炭窯から炭が出た際には、夫婦で炭俵を担いで麓まで下ろすのはもちろんのこと、日用品の買い出しは、克子に限らず、共英で暮らす女たちの仕事になっていた。そのぶん亭主たちは伐採仕事に集中できるわけであるが、その結果、麓との往復回数は、女たちのほうが多くなっている。

それに加えて、炭焼きの手伝いや伐採後の耕作地の開墾も亭主と一緒にする。

ただし、開墾といっても、巨木の伐根は手に余るため、残った根の隙間を見つけて自家消費用の大根や豆を植える程度なのだが、なかなか思うように進められないのが現状だった。

あるいは、表土の下に巨大な岩が埋まっていてどうしようもないこともある。これらは確かに困った問題で、今後の対策を開拓農協で検討中だった。

そうした開拓本来の仕事だけでなく、水汲み(みずく)から始まって食事の支度、そして洗濯や掃除と、一切の家事をこなさなければならないのだから、共英に嫁いできた女たちには寝る暇もない。

しかも、それらの家事は、電気も水道もない不便な住居でこなさなければならない。

電気は仕方ないとして、水だけでもなんとかして蛇口をひねるだけで出るようにしてやれば、家事の負担はかなり軽減されるはずだった。

ということで、水路作りにあいなったわけであるが、実は去年の秋、一度試していたのだが失敗していた。最大の問題は、取水口の位置と設置の方法だった。

沢水自体は綺麗に澄んでいて、麓の町場で飲む水道水よりもずっと美味いのだが、自然の地形を利用して家の台所まで安定した水が引ける場所が限られている。本当はポンプを使って水を汲み上げれば簡単なのだが、なにせ、ポンプを動かす電気がない。したがって、地形の落差を利用して水を導くしかないのである。

取水口を取り付けるのに具合がよさそうな場所は三ヵ所ほどあるのだが、前に設置した、家に一番近い場所は失敗だった。ちょっと雨が降ると流れがいきなり速くなり、廃材を利用して作った取水口がすぐに流されてしまう。それに加え、落葉の時季を迎えると、取水口に落ち葉が詰まってしまい、まともに水が通らなくなる。さらにまた、冬場になると極端に水量が減るというか、完全に雪に埋もれて水が流れなくなってしまった。

こうした問題が解決できそうな場所はかろうじて見つかったものの、家からはけっこう離れた場所だった。春から秋にかけての暖かい季節はよくても、三十メートル以上の距離を地上に剝き出しでホースを這わせていたのでは、冬場はたちまち凍り付いて水が取れなくなる。したがって、それを避けるためには、導管を地中に埋めて家まで引いてくる必要があった。ちょうど湧き水も出ている場所なので、冬場にも水が涸れることはないと思うのだが、実際にどうなのかは、その季節になってみないとわからない。まあそれでも、燃料となる薪だけは腐るほどあるので、雪を溶かせば水は確保できるものの、一年中蛇口から水が出たほうが便利に決まっている。

ともあれ、かなりの大仕事になるのは明らかだった。そのせいで後回しにしていたのだが、克子の苦労を思うと、できるだけ早く完成にこぎつけたかった。

この一週間ほど、炭焼きはいったん中断して水路作りを続けていたのだが、ようやく導管を地中に埋め終わり、いよいよ取水口を設置するだけとなっていた。

前に作ったものの改良型の取水口を、杭を使って沢のなかに固定し終えた耕一は、水の取り入れ口を覗いてみた。

取水口の形状も水を集めやすいように改良したが、一番の改良点は、落ち葉や石ころの侵入を防ぐために取り入れ口を覆っている金網だった。具体的には、網の目の大きさが違う金網を三枚重ねているのだが、掃除がしやすいように、一枚ずつ引き抜くことができるようにしてあった。実際の効果のほどはまだ不明であるが、自分ではなかなかの発明だと思っている。

沢のなかにしゃがみ込み、しばらく取水口を覗いていた耕一は、やがて満足して立ち上がった。

取水口から入った水は、地中の導管を通って、台所の流しに設置した水道用の蛇口の栓をひねれば、それほどの勢いではないにしても、ちゃんと出てくれるはずだ。

「よっしゃ、これなら大丈夫だべ」

自分に言い聞かせてから、沢沿いの斜面を家へと向かって駆け下りていく。

台所では、克子が耕一の戻ってくるのを待っていた。

「出はったか？」

息せき切って尋ねると、

「ううん」と克子。

「出ねえのかや」

どこがまずいのだろうと耕一が眉根を寄せると、

「そうじゃなくて、あんだが戻ってから蛇口をひねろうと思ってだの」と克子が微笑んだ。

「なんだべ。待ってなくてもいがったのに」

「だってぇ――」はにかんだように言った克子が、

「俺家でも水道が使えるようになる記念すべき日だすぺぇ」と付け加える。

こういうところが、女房としての克子のできたところだった。というより、他人が聞いたら単なるのろけになってしまうが、こうしたささいな気遣いを見せてくれるたびに、ますます女房に惚れ直してしまう耕一である。

「わがりすた。んでは――」

亭主の威厳を取り繕ってひとつ咳払いをした耕一は、蛇口に手を伸ばし、恐る恐る栓をひねってみた。

が、ふたりで蛇口を穴の開くほど凝視しているのだが、さっぱり水が出てこない。

「如何(なじょ)したんだべな……」

なにがまずいのかと首をひねった耕一は、蛇口に耳を押し当ててみた。

かすかにゴボゴボという音が届いてきた。

すぐに水が出なかったのは、取水口を据え付けたあとも栓は閉めていたので、導管に空気が残っていたからだった。

低かったゴボゴボという音が、次第に甲高くなり、次の瞬間、盛大に、とはいかないものの、蛇口から冷たい沢水が流れ出した。

「やった！」

「出はった！」

ふたりで手を取り合い、満面に笑みを浮かべて、まるで小学生のようにぴょんぴょん飛び跳ねる。これまた他人が見たら、あまりの無邪気さに呆(あき)れてしまうような光景であるが、それほどまでに嬉(うれ)しいのだから仕方がない。

握っていた克子の手を解(ほど)いた耕一は、コップを手に取り、水を溜(た)めてから頭上にかざしてみた。

水は綺麗に澄んでいた。

「ほれ、飲んでみぃ」

克子に水を満たしたコップを差し出した。

「いいの？」

遠慮がちに首をかしげてみせた克子を、

「いいがら、ぐいっとやれぇ」と促すと、うなずいた克子は、コップに口をつけて傾けた。

女房の様子を見守っていると、一度思案顔をした克子がさらにコップを傾け、注いであった水を飲み干した。

「如何だ？」

克子の顔が、ひまわりが咲いたような笑顔になる。

「美味しい」

「んだすか？」

「うん」

克子から手渡されたコップを受け取り、耕一もひと息に水を飲み干した。

いつも口にしているのと同じ沢水であるのに、とびきり美味しく感じられる。まさに甘露と言っても大げさではないかもしれない。

「美味いっすなぁ」

思わず漏れた言葉に、克子もニコニコしながらうなずいている。

蛇口をひねれば水が出るのは、町場であれば当たり前のことで、そこまで感激するような話ではないのだが、こうしたことのひとつひとつに心から喜びを味わえるのが、開拓地のよいところかもしれない。

いや、そうした小さな感動がときおりなければ、このような山奥での開拓は続かないだろう。しかも、いまの耕一には、素直に喜びを分かち合える相手がすぐそばにいる。

女房の笑顔に鼻の奥がつんとなった耕一は、慌ててコップを棚に戻すと、平静を装って、

「どれや、取水口の按配ば確認して来っからっしゃ。それが済んだら昼飯にすっぺし」

と克子に言ってから玄関を出た。

取水口に向かって沢伝いに歩きながら、なぜかふと思い出したのは、満州の地で生き別れになり、ついに日本に帰ることのなかった家族の面影だった。

克子とふたりでこうして懸命に生きている姿を、父と母に見せてやりたかった。

最近ではあまり意識の表面に浮かばなくなっていたが、共英地区への入植を決意したのは、父の志を受け継ぎ、耕一にとっては二度目となる開拓に挑むためだった。

いまの自分の姿を親父に見せてやれないのは残念、というよりは無念でならなかったが、きっとあの世で自分たちを見守ってくれていると思う。

蛇口から水が出た嬉しさの反動か、妙に感傷的になってしまった耕一だったが、取水口までたどり着いたところで気を取り直し、あらためて点検を始めた。

いまのところは、なにも問題はなさそうだった。

いまのところは、というのは、台風やらなにやらで大雨が来て沢が増水しても大丈夫だろうか、という疑問が若干残っていたからであったが、今日のところは自分の仕事の出来栄えに満足することにした。

沢の流れに半分浸かっている取水口をひと撫でしてやってから、家に戻ろうとしたときだった。

「耕一さん！」

自分の名を呼ぶ克子の声が家のほうから届いてきた。

下流を見やると、林の隙間から、なにやら慌てた様子で駆けてくる克子の姿が見えた。

「如何したっけや」

ただならぬ様子に首をひねった耕一は、息せき切って沢沿いの斜面を登ってくる克子のほうへと下り始めた。

十メートルばかり下りたところで、はあはあ言いながら登ってきた克子の前に立ち、

「そんなに泡ば食って、なにしたっけな」青ざめた顔をしている女房にもう一度訊いた。

何度か口をぱくぱくさせたあとで、

「武ちゃんが――」と、克子が顔を歪める。

武ちゃんというのは、克子の従兄弟の武治のことである。

「武治が如何した」

うまく言葉が出ない克子の肩を揺さぶり、再度尋ねると、

「武ちゃんが、木の下敷きさなったたって、いま、繁好さんが……」震える声が返ってきた。

「なにすや！」

いきなり首筋に冷水をかけられたような怖気（おぞけ）に襲われた耕一は、頭のなかが真っ白になった状態で、涙目になって唇を震わせている克子の顔をまじまじと見つめていた。

3

耕一と克子が武治の土地の伐採現場に駆けつけたとき、ブナの下敷きになった武治には息があり、意識もあった。

事故現場では、先に駆けつけていた正男、清治、康和、そして繁好の四人が、武治の腹の上に載っている巨木をどかそうと懸命になっていた。倒れたブナの幹の下に丸太を二本差し込み、梃子（てこ）の代わりにして持ち上げるつもりらしい。

「武ちゃん！」

甲高い声を上げて駆け寄った克子と一緒に武治の顔を覗（のぞ）き込み、

「大丈夫がっ！」と声をかける。

苦痛に歪んだ顔で、武治は克子と耕一に交互に目を向けたものの、言葉にならない呻（うめ）き声を漏らしただけで固く目をつぶってしまった。

「耕一っ、退げろ！　木ば動がすぞ！」

背後から、清治の声が飛んできた。

「わがった！」

武治のそばから克子を引き剝がすようにして離れさせた耕一は、ひとりで丸太に手をかけていた康和に加勢した。

「行ぐぞっ、せーの！」

もう一本の丸太に清治とともに取り付いていた正男の掛け声で、渾身の力を込めて肩にあてがった丸太を押し上げようとする。

だが、下敷きになっている武治を引きずり出せるだけの隙間がどうしても作れない。居合わせた人数だけでは、ふた抱えもあるような巨木を真上に持ち上げるのは無理だった。

「仕方ねえ、向ごう側さ転がすべ！」

そう言った正男が反対側に回り、鳶口を手にして、刃先をブナの幹に突き刺した。真上に持ち上げるのは無理でも、武治の足先に向かって転がすことができれば、なんとか助け出すことができるかもしれない。

しかし、すぐに、

「ダメだ！　いったん止めれっ！」

武治を引きずり出そうとしていた繁好が声を上げた。

「つっかえでる枝を払わねば、動がせねえ」と言って、邪魔になっている枝に向かって指を向ける。

よっしゃ、と口々に言い、皆で鋸(のこぎり)や鉈(なた)を手にして、地面につっかえている枝を落とし始める。

「よしっ、もういっぺん試してみっぺ」

しばらくしてうなずいた正男が、再び鳶口を手にした。

「いがすか。せぇーの!」

正男の掛け声で、再び耕一は康和と一緒に丸太に肩をあてがい、懸命に押しやった。

今度は、じりじりとではあったが、巨木は動いてくれた。

「もう少しだ!　力(つから)ば入れ続げろ!」

繁好の声を聞きながら、息を止め、頭の血管が破れるのではないかと思うくらい全身に力を込める。

「やった!　出はった!」

その声に首をねじると、なんとか幹の下から引きずり出すことに成功した繁好が、「大丈夫が!」と言って、武治に覆いかぶさるようにしていた。

手にしていた丸太を放り捨てて、横たわっている武治のそばに駆けつける。

口々に、大丈夫か、と尋ねるものの、武治は顔面から脂汗を滴らせて呻き続けるだけで、なにかを言おうとしても言葉にならない様子だった。

表立った外傷は認められないものの、ただ事でない状態なのは素人目にも明らかだった。

「とにかく病院さ連(つ)ぇでいぐべ」

「如何(なじょ)して」

「如何してって、負ぶって下りるしかねえべ」

そう言った耕一は、

「武治っ、すぐに医者の所さ連れで行ってやっからな。それまでの辛抱だから、気ばしっかり持づんだぞ。分がったら、いがすか、俺の背中さ負ぶされ」

相変わらず苦しげにしているものの、意味は通じたらしく、武治は脂汗まみれの顔でうなずいた。

「手伝ってけろ！」

そう言ってしゃがみ込んだ耕一の背中に、繁好と康和がふたりがかりで武治を負ぶわせた。

「うっし！」

掛け声とともに膝(ひざ)を伸ばして立ち上がった。だが、武治は腕に力を込められない様子で身体が安定せず、この状態では運ぶのが難しい。

「その辺さ紐(ひも)っこか縄があったら、武治の身体ば俺さ結わえでけろ」

「わがった」

　武治が仕事に使っていた縄を見つけた繁好が、あれこれ試行錯誤しながらも、武治の身体を耕一に括り付けた。

「これで如何だ」

「ん、大丈夫だ」

　うなずいて、下生えに足を取られないように気を配りながら、集落内の連絡路へと向かって歩きだす。

　林を抜けて連絡路へ出たところで、一緒についてきた克子に繁好が言った。

「克子さん、武治を麓さ下ろすのは俺らで大丈夫だがら、克子さんは組合さ知らせに行ってくれねえすか。組合長や友喜はまだこの事ば知らねえすからな」

「でも……」

　そう漏らした克子に、

「いいがら、繁好の言う通りにしろっ。武治ば下ろすのにお前がいでも役に立だねべや。こっつはいいがら、ちゃっちゃど組合さ知らせに行げ！」怒鳴りつけるように耕一は声を飛ばした。所帯を持ってから女房に対して乱暴な口をきいたのは初めてのことであったが、いまはそれどころではない。

　克子のほうもまったく気にした素振りは見せず、

「はいっ」と返事をすると、

「武ちゃんをお願いします。あんだ方も気をつけて」

そう言い残して、開拓農協の事務所の方角へと小走りに駆けていった。

克子と別れた耕一たちは、一直線に麓を目指して足を速めた。途中、何度か交替して運び、再び耕一が武治を背負ったところで、最大の難所の孕み坂が目の前に現れた。炭俵を背負っていつも下りている、すっかり慣れっこになっている坂が、やけに急に見える。

「補助ばつけたほうがいがんべ」

清治の提案に、耕一は一も二もなくうなずいた。万が一にも足を滑らせて転んではならない。

「ちょっと待ってろ」

そう言った清治が、余っていた縄を耕一の胴に巻きつけたあとで左右に振り分け、背後からふたりで引いて補助ができるようにした。

その縄を清治と正男が手にして斜面の上から耕一の身体を支え、前に回った繁好と康和が先導する形で、一歩ずつ孕み坂の急斜面を下りていく。

武治の体重そのものは、炭俵を四つ背負うのとほぼ変わりない重さなので足は運び続けられるものの、絶対に足を取られてはならないという緊張で、冷や汗混じりの汗が体中から噴き出してくる。

「………」

耳元で武治が囁く(ささや)ような声を漏らした。

「止まるどっ」

　補助についている四人に向かって声を上げた耕一は、歩を止め、足場を固めてから背後へと首をねじった。

「如何した？　どごが痛むのが？」

　耕一が訊くと、

「わ、悪ぃ……」呻きながら武治が言う。

「なんだってな？」

「迷惑ばかげで、悪ぃ……。堪忍してけろ……」

「馬鹿このっ。謝る気力があるんだったら、力っこ振り絞って耐えろっ。いいが、もう少しで病院さ着ぐがらなっ。それまでの辛抱だ」

　叱りつけるように耕一が言うと、

「有難なぁ、本当に有難なぁ……」

　呟くように言ったきり、武治は黙ってしまった。同時に、耕一の首に回していた腕にかすかに込められていた力が完全に抜け、武治の身体が一貫目か二貫目くらい重くなったように、背中にずしりときた。

「おいっ、武治！」

　大声を上げても答えが返ってこない。

　耕一の隣まで登ってきて背中の武治を覗き込んだ繁好が、

「気ば失ったけんど、息はしてる。大丈夫だ、死んだわげでねえ」と教えてくれた。

「当だり前だでな、死なせでたまっかよっ」

自分に言い聞かせるように言った耕一は、

「急ぐどっ」決意を込めて声を飛ばすと、口を真一文字に結んで、再び歩を進め始めた。

しばらく雨が降っていなかったために足場がよかったことにも助けられ、人ひとりを背負っているにもかかわらず、空荷のときとほとんど遜色ない速さで麓まで下山した耕一たちは、そのまま町の診療所に駆け込んだ。

だが、診察台に横たえた武治をひと目見るなり、医者の顔色が変わった。聴診器を胸に当てたあとで、腹部を触診した医者は、この診療所で手当ては無理だと言った。内臓破裂を起こしている可能性が大きく、隣町の築館にある大きな病院で手術を受けなければ助からないだろうと、耕一たちに告げた。

この藪医者っ、と怒鳴りつけたくなった耕一だったが、医者はすぐに電話を二本かけて、ハイヤーの手配をするとともに、緊急の手術が必要な怪我人を搬送する旨を築館の病院に伝えてくれたので文句は言えなかった。

十分ほど待ったところで診療所にハイヤーが到着し、繁好と正男が一緒に乗り込んだ。

病院に向かうハイヤーを見送った耕一は、清治、康和と一緒に岩ヶ崎の町に戻り、開拓農協の連絡所まで足を運んで、連絡員として詰めている貞夫に、武治の実家の住所を確認した。

耕一は、武治の実家に危急を報せる電報を打つため、清治と一緒に町の郵便局へと走った。康和は、連絡所に留まり、じきに山から下りてくるだろう組合長や友喜を待つことにした。

局員に助けられて文面を作り、なんとか電報を打ち終えた耕一と清治が連絡所へと戻ると、組合長と友喜がふたりそろって、ちょうど麓に駆け下りてきたところだった。

貞夫と康和に連絡所に残ってもらい、ほかの四人で築館の病院に向かうことになった。ところが、ハイヤーを手配しようとしても、町に二台しかないハイヤーは出払っていて捕まえることができない。仕方なく築館行きの乗合バスが来るのを待ち、四人で病院へと駆け込んだときには、すでに夕方近くになっていた。

繁好と正男が、病院の待合室で耕一たちの到着を待っていた。電報を打った武治の実家からは、まだ誰も到着していない様子であった。

ふたりの表情を目にしたとたん、耕一は不吉なものを覚えた。

「武治は？」

その問いに、待合室のベンチから腰を上げたふたりは、そろって首を横に振り、

「手遅れだった……」と漏らして、力なくうなだれた。

膝から力が抜け、耕一はそばにあったベンチに崩れるようにして尻を落とした。

やはり武治は内臓破裂の重傷を負っており、築館の病院に運び込んだときには出血多量で危篤状態に陥っていて、開腹手術を試みたものの手の施しようがなく、そのまま息

を引き取ったのだった。

しかし、呆然としてベンチに腰を落としている耕一には、武治が死んだという実感はまるでなく、病室を覗き込めば、

「いやあ、世話ばかけで悪かったすなあ」という、いつもと変わらない明るい声が聞こえてきそうな気がしてならなかった。

がっくりと肩を落としている耕一に、

「できる限りのことはしたんだがらよ……」と清治が声をかけてきた。

清治の顔を見上げ、ああ、とうなずきはしたものの、直後に、自分の背中で「有難なぁ、本当に有難なぁ……」とすまなそうに言っていた武治の声が甦り、それとともに、耕一の目から涙が溢れ出して止まらなくなっていた。

4

入植以来、初めてとなった仲間の死に、共英の村は重く沈んだ。

これまでも、多くの仲間が共英地区から去っていた。しかしそれは、いずれも開拓という苦難に耐えかねて、自ら離農した者ばかりだった。仲間がいなくなる寂しさはあったものの、去るものは追わず、という暗黙の了解のもとに、気分を切り替えることが可能だった。残った者も、山奥の開拓の辛苦を知り尽くしている面々ばかりだったので、

逃げだした連中に対して恨みを抱く者もいなかった。

　そうしているうちに新たな入植者を次々と迎え、共英地区の住民が増えるとともに、ささやかなものではあったが、そこここに住宅が建ち、鹿の湯での共同生活からも解放された。

　赤ん坊や子どもの声も聞かれるようになり、暗かった森に光が射し始めた。その子どもたちがやがて通うことになる小学校の分校の、去年の落成式は、まさに明るい未来を約束する象徴だった。

　そんなときに突然降ってわいたような、苦楽をともにした仲間の死は、耕一たちに、あらためて開拓の困難を知らしめた。

　もちろん、原生林の伐採が危険を伴う仕事であるのは、住民たちの誰もが知っていたし、いつかは事故が起きるかもしれないと、危惧の念は抱いていた。

　だが、それはあくまでも他人事というか、現実味を帯びたものではなく、自らに降りかかってくるものではないと、安穏としていた感は拭えない。

　実際、仲間同士で酒を飲むときなどは、危うく木の下敷きになるところだったとか、すんでのところで崖から転落しそうになっただとか、そうした失敗談を酒の肴に笑い転げるのが常だった。

　しかし、そうして一緒に笑っていた武治は、二度と帰って来ない。ふいに冷水を浴びせられたように厳しい現実を突きつけられたことで、いきなり夢から叩き起こされた気分に、誰もがなっていた。

　武治の葬儀は、実家の旦那寺(だんなでら)で執り行われた。距離が離れていることもあって、共英地区の住民で葬儀に参列できた者は限られた。開拓農協の組合長と理事の友喜、事故現場に駆けつけた繁好、清治、正男、康和、そして耕一と克子のほかには、数名が参列できただけだった。

　葬儀のあいだ中、耕一は身の置き所がない気分で一杯だった。武治の家族や親戚(しんせき)の者があからさまに口にすることはなかったものの、共英地区に入植しなければこんなことにはならなかった、と誰もが後悔しているのは明らかだった。

　とりわけ、この秋にようやく祝言を挙げることができる予定となっていた、武治の許嫁(いいなずけ)が流す悲嘆の涙が、耕一と克子の胸に突き刺さり、いたたまれなくて仕方がなかった。

　好きな女子(おなご)が……と照れくさそうに打ち明けて、克子が写っている見合い写真を押し付けてきた武治の顔が、遺影に重なった。克子の実家に何度も足を運んで耕一との仲を取り持とうとしていた親友が、いくらかピントがぼけた遺影のなかで笑っていた。

　武治が、いったいなにをしたというのか。バチの当たるようなことはなにもしていない、どころか、あれほど優しく、友達思いで気のいい奴が、なぜこの若さで死ななければならないのだろう。せめて誰かを恨めればよいのに、恨む相手も責める相手も存在しない。

　これを運命と言うには、あまりに酷で悲しい死であった。

　武治の葬儀自体は滞りなく終わった。その後、初七日が終わるまで実家に留まることになった克子だけを残し、ほかの者は耕一を含めて、言葉少なに共英地区への帰途についた。

　岩ヶ崎に向かう乗合バスの車中で、耕一の隣の席に座っていた友喜が、無念の声を滲(にじ)ませて漏らした。

「あと一年早く開拓道路ができていれば、武治は助かったかもしれねえすなあ……」

　幹線一号と名前のついている、岩ヶ崎の町から共英地区への最初の開拓道路が、とりあえず来年には開通する予定だった。その道路が完成したら、自動車を一台、組合で共同購入する計画も進んでいた。そうすれば、いまは徒歩で行き来するしかない麓(ふもと)までの時間が大幅に短縮される。友喜の言う通り、車が入れる道路さえ通っていれば、手遅れにならずにすんだ可能性は高い。

　しかし、それを思うにつけ、自分の背中におぶっていたときはまだ息があった武治を、むざむざ死なせてしまったことへの無念が募る耕一だった。

　耕一が押し黙っているのを横目で見た友喜が、

「話は変わるけんど――」と前置きをしてから、

「共英にも墓地が必要かもしれねえすな」と、耕一が考えてもいなかったことを口にする。

「どういう事っしゃ？」

仲間の葬儀がすんだばかりだというのに、なにを思って友喜がそんなことを口にしたのか測りかねた耕一が首をかしげると、

「いやな、あらためて思ったんだけど、今回のような事故は別としても、いまは若い俺たちだって、いずれは歳をとって寿命が来るのっしゃ。そのとき、どこに自分の骨ば埋めてもらうべなと、武治の葬式のあいだに、なんとなく考えでおったんだ」と言って友喜がうなずく。

「はあ……」

なるほど、と思いつつも、はるか先の話でもあり、具体的に思い描けなくて耕一が曖昧な返事をすると、

「骨を埋める覚悟、っていう言葉があるべっちゃ――」と友喜が続ける。

「開拓でもなんでも、新しい土地さ居付ぐっちゅうことは、やがてはその土地で死んでいくっていうことだすぺ。その際に、自分の骨を埋めでもらう墓が、それまで暮らしていた土地にねえのでは、本当にその土地に生きていたっていうことにはならねえものな」

「したかて、寺はどうすんの。寺そのものを建てられたとしても、住職がいねえんではしょうがねえすぺ。共英で旦那寺をやってけるような坊主は、どこを探したかって見っけらんねえど思うど」

頭に浮かんだ疑問を、耕一はそのまま口にしてみた。

「確かになあ。そいな奇特な坊主が仮にいだどしても、共英の人口だげでは、飯が食えねえものな」苦笑した友喜が、真顔に戻って言う。

「んだから、坊主は通いでいいのっしゃ。いずれ道路が開通して車で行き来できるようになれば、そんで十分だ。しかし、墓だけは地区内さあったほうがいい。そうすれば、俺たちは共英に骨を埋めるんだっていう覚悟が、自然に出はってくっぺ？　そういう覚悟がきちんとできていねば、大っきな困難さぶつかったとき、人間って弱いがら、やっぱり逃げ出したくなるべよ。そんでは、開拓は成功しねえと俺は思うのっしゃ。その覚悟を持つための墓地が、いずれは共英さも必要だと、今回の件で考えたわけだす」

「友喜」

「なにっしゃ」

「お前、やっぱり考えでる事が違うすな」

「そいづは、俺を誉めでんのが？」

「誉めてるんだかどうなんだか、俺にもよく分がんねえ。まあ、どっちかと言うど、こいな時によぐまあそこまで面倒臭え事を考えつくもんだって呆れでるって語ったほうが、当だってるかもな」

「なんだべ、誉められだんだと思って喜んで損した」

頭を掻きながら、あはは、と笑った友喜につられるようにして、耕一の唇からも笑いが漏れた。それは、武治が死んでから初めて口許に浮かんだ笑みだった。

5

武治の死からほぼふた月が経っていた。山全体が真っ赤に燃える紅葉の時季も終わりを迎え、そろそろ雪囲いの季節が迫っていた。

そして、悪いときには悪いことが重なる、という格言通り、武治の事故死が引き金になったかのように、共英地区の未来に暗雲が立ち込め始めていた。

そのひとつは、住宅建設の遅れだった。補助金を受け取っておきながら計画通りに進んでいないではないか、と県が渋い顔をし始めたのだ。前に検査官が進捗状況を視察に来たときは、友喜の計略でなんとかバレずにすんだが、結局、急場しのぎにしかならなかった。入植者が増えるとともに、姑息な手段で誤魔化すのが無理になってきたのである。

鹿の湯での共同生活が終わりになったといっても、全住民が自前の家を持てたわけではない。とりあえず完成した住宅に、独身の男たちが共同で住んでいる所帯も多い。いや、独身者だけではなく、家によっては、二組の夫婦が一緒に暮らしていたり、なかには、ひと組の夫婦に独身の男がふたりか三人、という家もあったりする。

そういえば、今年になって入植してきた清昭がしばらく前にこぼしていた。清昭は、一緒に入植してきた同じ村の出身の満夫と一緒に、繁好夫婦の家に居候をしているのだが、襖一枚隔てた隣の部屋から、夜毎に艶めかしい声が漏れてきて辟易しているらしい。

それはまったく難儀なことであるなあ、などと笑い話で済ませられればよいのだが、そうも言っていられない。友喜の話によると、来春早々、また検査官が住宅建設の進捗状況を視察に来る予定で、それが頭痛の種のひとつになっている。しかしまあ、住宅建設の遅れは本当に深刻な問題ではなかった。のらりくらりかわしていればなんとかなる、と友喜も言っている。

本当に深刻なのは、開墾そのものの遅れだった。開墾といっても、入植者が好き勝手にできるものではなく、基本的には、入植許可を得る際に提出した計画書に沿って行わなければならない。というか、そうしなければ補助金はもらえない。

その計画書、正式には「共英地区開拓施業計画書」なるものには、開拓村としての経営方針が明記されており、その項目のひとつに、「産業」という欄がある。それをそのまま転記してみると、
（イ）農産――麦類、大豆、小豆、モロコシ、ソバ等の外、緑肥、飼料用の作物を作り、当分自給を主とす。
（ロ）畜産――馬産地なるが故に馬に主力を注ぎ、牛、豚、綿羊等の家畜を導入し、酪農の形態にて進むものとする。
（ハ）林産――開墾地三百町歩より伐採するブナを加工する外、枝等を製炭し、木炭の

生産に力を注ぐ。林野産物としてドングリ、茸、蕨、ぜんまい等の加工。
（ニ）工産――将来の見込みなるも、木工品、ホームスパン及び農産加工品として凍豆腐、家畜より生産できる皮類、油類等の製造も考えられる。
（ホ）水産――岩魚、マスの養殖により自給程度の生産をあげることができる。
（ヘ）鉱産――硫黄の採掘により「ツケギ」等を作ることができる。
　ざっとこんなところである。入植許可を得るためにあれもこれもと詰め込み、薔薇色の未来像を描いた感は拭えないものの、とりあえず、これだけを見れば共英地区の未来は安泰のように思えてしまう。

　しかし実態は、というと、そんな甘いものじゃあない。住宅建設でさえ遅れ気味であることからわかる通り、とりあえず計画書通りに進んでいるのは、項目（ハ）の製炭くらいで、思うように畑の面積を広げることができず、自給自足に足るだけの農産物がいまだに収穫できていない、というのが現状であった。

　もちろん、誰もが自分の畑を広げたがっている。できることなら、朝から晩まで畑で鍬や鋤をふるいたい。そうして土と共に生きていくのが本来の百姓の姿である。

　だが、食うためには、というより、日々を生き延びるための現金を得るためには、本来は冬場の仕事である炭焼きに、一年中励まなければならない。

　そのうえ、小学校の建設が終わったとはいえ、校庭の拡張と整備、あるいは、予定されている開拓道路の藪払いや道普請、傷んできた丸太橋の架け替えにと、ことあるごとに、義務人足として参加しなければならない。そうした合間を縫っての耕作地の開墾であったから、蝸牛みたいな速さでしか進まないのは当然である。

だが、ここまでならばまだいい。ゆっくりとではあっても、少しずつ自前の畑を広げていくことはできる。現金収入は炭焼きだけとはいえ、ひもじい思いをしながらも、なんとか自給自足の生活は維持できている。実際、生活そのものは、鹿の湯での共同生活のころよりは、少しはまともなものになっている。

ここでなにが大問題かというと、計画書の（ロ）の項目、つまり畜産であった。計画書作成の中心となったのは、共野村の元の村長で、県の助言を受けながら作成したのだが、どうやら県としては、牧畜を共英地区の主要産業とすることを念頭に置いて入植許可を出したらしい。

頻繁に県庁に通っている友喜の話によると、このところ、窓口に行って担当者と会うたびに、できるだけ早く牧畜が軌道に乗るように開墾を進めろと指導、いや、お叱りを受けているという。

友喜に詳しく聞いてみると、それは共英地区に限ったことではなく、県というよりは、国自体が、戦後の開拓地の多くを牧畜の村、特に乳牛を飼う酪農の村に育てようと、本格的に計画を進め始めているようだった。

しかし、共英地区の現状といえば、人間が食っていくのがやっとである。とてもではないが、家畜を養う余裕などないし、それ以前の問題として、自分の畑の開墾さえままならないのに、放牧地の開墾に移れるわけがなく、牧畜などというのは、絵に描いた餅(もち)みたいな話である。

しかし、そりゃあ無理です、と首を横に振るわけにはいかない。酪農の開始時に乳牛と種牛を導入する費用を補助します、と県では言っているとのことだったが、裏を返せば、酪農をやるのじゃなかったら新たな補助金は出しませんよ、ということだ。

組合の会合があるたびに、いったいどうしたら良(え)がんべな、と皆で額を突き合せているのだが、いまだにいい知恵が浮かんでいなかった。

頼りの綱は友喜の脳みそなのだが、知恵袋のような友喜でさえ、難しい顔をして腕組みをするばかりだ。実は、昨夜も会合があって、あれこれ相談したのだが、解決策は未(いま)だに見出(みいだ)せないままだった。

それに加えて、もうひとつ、新たな問題が出てきた。いつまでも炭焼きに頼っているわけにはいかないぞと、入植者の誰もが自然に気づきだしたのである。

炭を焼くには木を伐(き)らなければならない。その木は、無限にあるわけではなかった。栗駒山中のほとんどは原生林に覆われており、無尽蔵に炭焼きの原料があるようには見えるものの、それは国有林であって、入植者の私有林ではない。開墾に当たって営林署から払い下げられた以外の樹木を伐って炭を焼いたら、立派な犯罪者になってしまう。

一応、牧場用として計画されている森林があるので、そこまでは伐採できるとしても、やはり、いずれは伐り尽くしてしまう。この先も炭焼きで食っていくとしたら、そのための山を営林署から新たに払い下げてもらい、植林をしながら続けていくしかないのだが、木を植えても炭焼きができるまでに育つには、十年も二十年も待たなければならないのは自明である。そのあいだに飢え死にしてしまう可能性が大なのは、これまた明白だ。

実は、これは共英地区だけが抱えている問題ではなかった。少し先の話になるが、入植当初は炭焼きで生計を立てられても、農産物の収穫を軌道に乗せることができずに開拓に失敗し、離村者が相次いで、ついには廃村になるという開拓村が、日本国中いたるところに存在したのである。

ともあれ、最初の開拓道路の開通を来年に控え、小学校の分校も開校して、とりあえず開拓が軌道に乗り出したように見える共英地区だったが、その実態はとなると、薄氷の上に乗っているようなもの、と言わざるを得なかった。

それに加え、このところの耕一には、個人的な心配があった。

どうもこのところ、女房の克子の体調が思わしくないようなのである。ときおり気分が悪そうにしていることがあり、そのたびに「大丈夫か？」と声をかけてはいるのだが、「大丈夫だす」という答えが返ってくるだけで、どこがどう具合悪いのか、いまひとつはっきりしない。

一度は結婚相手として考えた従兄弟（いとこ）の武治の死が、克子には相当こたえているのかもしれない、と耕一は推測しているのだが、果たしてそれだけが原因なのかどうかはよくわからない、というのが正直なところだった。

心配しているだけではどうしようもないので、早いところ家の雪囲いをすませて麓に下り、一度医者に診せたほうがよいかもしれない。

そう考えながらも、今日の耕一は、自分の家ではなく、友喜の家の雪囲いを手伝っていた。

というのも、相変わらず友喜は、仙台と共英のあいだを行ったり来たりで、自分の家の仕事が思うに任せずにいるからだった。

それもこれも、共英の入植者を代表しての仕事であったから、こういう場合、本人に頼まれなくても手助けをしてやるのは当然のことである。助け合いの精神で適材適所、というのは、共英地区が始まって以来の伝統だ。

「ごめんなさいねえ。自分の家の前に、俺家の雪囲いまで助けでもらって」

家のなかから、湯呑みと漬物を載せた盆を手にして出てきた友喜の女房、ちか子が、すまなそうに言う。

「いやなあに、持ちつ持たれつ、困ったときはお互い様だっちゃ。力仕事は任せてけろ」

作業の手を休めて耕一が言うと、

「どんぞ、一服してけらいん」

ちか子が、にこにこしながらお茶と漬物を勧めてきた。

「ほなら、遠慮なく」

縁側に腰を下ろし、ちか子が漬けた漬物を口にしながらお茶をすする。

「克子さんは？　今日は、まだ姿を見てないけんど」

ちか子に訊かれた耕一は、

「婦人部の用で、朝から組合さ行っているっけな、んでも、もうそろそろ帰ってくるべ」と答えた。

所帯持ちが増え、女手も増えてきたことで、今年になってから開拓農協に婦人部が結成されたのだが、克子は皆の推薦を受けて、初代の婦人部長になっていた。そのぶん、以前よりもさらに忙しくなってはいたのだが、亭主としては、長のつく役職に自分の女房が就いているのはいやじゃない、というより、実はちょっとばかり誇らしい。

だが……、と湯呑みを手にしながら、耕一はまたしても心配になった。このところの克子の具合を考えると、あまり忙しくさせないほうがいいのではないかと思う。

少し思案した耕一は、湯呑みを置き、

「ちかちゃん、実はよ――」と切り出してみた。

克子のこのところの様子が心配なので、就任したばかりの婦人部長を交代するのは難しいにしても、できるだけ手助けをしてやってはくれまいか、と頼んでみようと考えたのである。それを口にしたあとで、

「――つう訳で、俺家の雪囲いが終わったら、念のため、病院さ連えで行ぐべかと思っ

てんのっしゃ」と耕一が付け加えると、なぜか、ちか子は、けらけらと笑い始めた。

「何が可笑すいのっしゃ」

面倒見のよいちか子のこと、ふたつ返事で引き受けてくれると思っていたのだが、予想外の反応に虚を衝かれたようになる。

ひとしきり笑い転げていたちか子が、目尻に浮かんだ涙を拭いながら、

「克子さんだば、病気でねえのっしゃ」と口にする。

「へ？」

「おめでたに違いねえってば」

「は？」

「んだから、おめでた」

「って、赤ん坊のことすか？」

「んだす。按配悪ぃのは、つわりだっちゃね」

「ほ、ほんとだべが」

「経験者が語ってんだから、間違いねえ」

そう笑って、ちか子は、丸々と膨れ上がっている自分の腹を叩いてみせた。

「そんならそうと、なして俺さ――」

耕一が眉根を寄せると、ちか子は、

「来週、買い出しに麓さ下りたら、ついでに病院さ寄ってみるって言ってだから、その

後で、あんださ教えるつもりでいるみたいだね」と教えてくれた。

「いや、んだったら、あの、なんも……」

しどろもどろになりながらも、最初はじわりと、ほどなく、間欠泉が噴き上げようとしているみたいに嬉しさが込み上げてきた。

耕一の顔つきを見ていたちか子が、

「まあ、んでも、あんだをびっくりさせてやっぺと思っているみたいだっけがら、耕一さん、あんだも克子さんから直接言われるまでは、知らないふりをしてだほうがいいかもねえ」にこやかな笑みを浮かべながら言う。

亭主の与り知らないところで、女房族が着々と段取りを進めるのは、いまも昔も一緒であった。

第六章　挑　戦

1

刻一刻と風雨が強まりつつある山中を、耕一は麓へと向かって急いでいた。

いや、急いでいるというよりは、天狗（てんぐ）のように駆け下っている。泥濘（ぬかるみ）に足を取られ、ときには、もんどりうって転んだり、斜面を滑り落ちたりしながらも、ほとんど痛みも感じずに、ひたすら山を駆け下りている。

しかも、ずぶ濡（ぬ）れになりながら耕一が耐えている雨や風は、ただの風雨ではなかった。本格的な台風の季節には少々早いものの、明らかに台風であった。ごうごうと森が震え、木々の枝が風にたわむ。ブナの枝が千切れ飛び、張り手を食らわせるみたいに耕一の顔面を殴打する。

ここまで荒れた空の下を耕一が麓に向かっているのは、もちろん理由があってのことである。女房の克子が、予定日より十日以上も早く産気づいてしまったのが、その理由だった。

昨日、晩飯を食って寝るまではどうということもなかった。目立って腹が大きくなってからは、麓への買い出しや炭俵の運搬は控えさせていたものの、自家消費用の大根の種蒔きに備えて、昨日も終日畑仕事に励んでいた。

共英地区において、これは耕一の家に限ったことではない。野良仕事中に突然産気づき、畑に赤ん坊を産み落としそうになって大慌てしたという妊産婦もいるくらいだ。

ともあれ、一度克子を診てもらった医者の話だと、出産予定日はもう少し先だとのことだったので、のんびり構えたまま、いつものように床に就いた。あとになって考えてみると、医者が口にした予定日そのものが怪しかったような気がするのだが、このときはそれを疑うことなどしなかった。

「ねえ、あんだ――」という克子の声に起こされたのは、空が白み始めるよりだいぶ前、午前三時ごろのことだった。

「ん、如何した？」

寝ぼけ眼で耕一が身を起こすと、

「産まれっかも――」と克子。

「なにすや！」

慌てて手探りでランプを灯し、克子の顔を覗き込むと、

「さっきたから腹が――」と言って自分の腹に手を当て、「――こいづは、陣痛でねえべか」と不安げな表情を浮かべているではないか。

「ちょっと待でや。いぐらなんでも、こいな夜中に」

「待でって言われたかて、こっちの都合で待でるもんでねえす」

「したかて、せめで――」明るくなるまで我慢してけろ、と言いかけて、そりゃあ無理な話だと思い直した耕一は、

「ちかちゃんば呼んで来っから、待ってろ」と言い置いて、寝巻き姿のまま友喜の家に走った。

　去年産まれたばかりの長女をおぶったちか子が、友喜と一緒に耕一の家に駆けつけたころは、まだ雨も降っておらず、風もなかった。

　克子からどんなふうに腹が痛むのか聞いたちか子は、これは間違いなく陣痛だと、うろたえているばかりの耕一にうなずきかけると、すぐに出産の準備に取り掛かった。

　臨月を迎えた嫁のうち、半数くらいは実家に戻ってお産をするが、残りの半数は栗駒山中の自分の家で出産する。

　赤ん坊が産まれる直前まで、開墾や野良仕事に携わり続ける嫁が多いため、必然的にそうなるわけであるが、周りがそうなものだから、特別なことだとは誰も思っていない。もちろん、病院で出産に臨める経済的余裕のある家など皆無だ。

　陣痛が始まって余裕があるようなら、麓から産婆を呼んでくる場合もあるが、なにせ、車が走れる道路が未開通で、電話も引かれていない共英地区のこと。産婆を連れてくるまで往復に何時間もかかるとなれば、ちか子のような出産経験者が産婆の代わりを務めるのが、最も手っ取り早いのは道理である。

「病気ではないんだからっしゃ。なんも心配することはねがす」と耕一に言って克子の面倒を見始めたちか子だったが、昼になってもいっかな赤ん坊が出てくる気配が見られず、さすがに顔を曇らせ始めた。

なかなか赤ん坊が産まれようとしない原因はなにか、素人にわかるはずはなかったものの、かなりの難産であるのは明らかだった。

戸外で風が強まり、雨が降り出したのも、ちょうど昼ごろからだった。

それからさらに三時間あまり、皆で克子を励まし続けたものの、どうしても赤ん坊が産まれてくれない。ばかりか、妊婦の克子自身が疲れ果て、ときおり気を失いかけるに及んで、これはやっぱり産婆か医者を連れてきたほうがいい、という話になった。

そのころには、本格的に台風の猛威がやってきていた。開拓農協に行けば三日遅れで読める新聞に、南西諸島を台風が北上中、とあるのを目にしたのは、確か、昨日のことだった。どう考えても、いまの風雨をもたらしているのは台風だ。

耕一は、俺が産婆を呼んでくる、と言った友喜を押し止め、自らが麓へ下りることにした。健脚には自信があったのと、台風のさなか、自分以外の者に麓へ下りてくれと頼むのがはばかられたからではあったが、もうひとつ、理由があった。

女房の傍にいてもなにひとつできず、ただおろおろしているしかなかったからだ。それよりは、吹きすさぶ風雨に抗いながら身体を動かしているほうが、まだましだった。実際、女房と子どもの命を救うためにこうしているのだと思うと、なにもできない無力感に襲われずにすむ。

といっても、この風雨のなか、果たして産婆が山に登ってくれるかどうか、はなはだ怪しいのは確かである。しかし耕一は、縄をつけて引きずってでも、産婆を家に連れてくるつもりでいた。

全身がずぶ濡れになったばかりか、泥だらけになった耕一が駆け込んだとき、運よく産婆は自宅にいてくれた。それに加えてもうひとつ幸運だったのは、産婆と言いながらも、文字通りの婆さんではなく、まだ四十に差し掛かったばかりの婦人が助産婦だったことだ。

耕一から事情を聞いた産婆は、すぐに雨合羽を着込み、嵐のなかへと飛び出してくれた。

しかし、幸運ばかりが続くとは限らない。

風雨はいっそう強まり、登りの道は、台風の猛威に弄ばれていた。しかも、下りてくるときは大丈夫だった丸太橋が、耕一と産婆がそこに差し掛かったとき、跡形もなく消えていた。丸太の橋が架かっていたはずの斜面が土砂崩れを起こして橋が落ち、そのまま流されてしまっていた。そして、平穏なときであれば、濡れるのさえ我慢すれば徒歩でも渡河できる深さの沢は、いまや濁流と化しており、男でも渡るのは無理そうだった。ましてや、いくら若い産婆とはいえ、女の身で渡り切るのが不可能なのは、試してみるまでもなかった。

躊躇せず、道を変えるしかなかった。

行く手を濁流に阻まれた道は、今年になってから、耕一や友喜など、万坊の集落に家のある者が使うようになった道だった。

実は、入植するまで誰も知らず、使う者もいなかったのだが、友喜の家の裏手には、以前から道が通っていた。もちろん、すっかり藪に覆われ、獣道に毛が生えた程度のものに見えたのだが、下生えを払ってみると、幅が一間以上の、場所によっては荷車が通れるほどの立派な道が出現して驚いた。

興味を持った友喜が調べてみたところ、江戸時代に秋田県側との交易のために使われていた街道のひとつで、戊辰戦争の際には仙台藩の兵隊が物資の運搬にも使ったらしいということがわかって、さらに驚いた。

その旧道を途中まで利用したほうが麓に下りるのに早いとわかったので、この春、藪を払って踏み分け道を通し、途中の沢には丸太橋を架けたわけだが、せっかく渡した橋が消えてしまってはどうにもならない。

結局、一度来た道を引き返し、行者の滝から孕み坂経由で鹿の湯へ、そこから連絡路を使って万坊へという、馴染みのルートを登り直さなければならなかったため、かなりの時間を費やしてしまった。

それでもなんとか、暗くなる前に自宅へとたどり着くことができた。

赤ん坊はまだ産まれていなかった。克子はというと、すっかり疲弊しきって、意識が朦朧（もうろう）としているようだった。

しかし、さすがに餅（もち）は餅屋である。さっそく産婆が、ちか子を助手に克子の面倒を見始めたところ、わずか三十分ほどで、隣の部屋にいた耕一と友喜の耳に、元気な産声が届いてきた。

産婆の話では、赤ん坊の頭が大きめだったのに加えて、母体のなかで赤ん坊の身体が上手（うま）く回らないために難産になった、とのことだったが、それまでの不安を吹き飛ばすような産声を上げて、元気な男の子が誕生してくれた。

「よくやった。ほんとに頑張ったすなあ」

涙声で妻の手を握ると、克子は、うん、と小さくうなずいて、愛（いと）しげな眼差（まなざ）しを息子に向けた。

産着にくるまれた我が子と、いまは穏やかな表情で微笑みを浮かべている妻を、交互に見やる耕一は、胸の奥から込み上げてくる愛おしさに、自分のすべてを委（ゆだ）ねていた。

そして、あの戦争と、死と隣り合わせだった収容所暮らしを乗り越え、こうして生きていてよかったと、心から思っていた。

2

耕太と名付けた長男は、栗駒山中という厳しい自然環境にあっても、大きな病気や怪我もせず、すくすくと育ってくれた。

その耕太に、あと数ヵ月で満二歳の誕生日がやってくる雪解けの季節のいま、克子のお腹にはすでに二番目の子どもが入っている。

今度は女の子がいいなあ、などと、よちよち歩きをしている息子を眺めながら、女房と会話をする団欒のひと時は、実に平和で和やかだ。

ではあるのだが、子どもが産まれたことで、耕一の仕事はいっそう大変になった。相変わらず現金収入の手段は炭焼きだけなのだが、女房と一緒にこなしていた麓までの炭の運搬を、再び耕一が一手に引き受けなくてはならなくなったからだ。細かなものの買い出しは、耕太を背におぶった克子がやっているが、そろそろ腹が目立ち始めてきており、いずれは麓との往復ができなくなる。

しかしそれは、どちらかといえば瑣末なことで、ふたりぶんの働きを自分が引き受ければすむ。

問題なのは、入植以来、誰もが悩まされているのだが、毎年春になると炭の値段が極端に下がるため、夏場の収入が大幅に減ってしまうことだ。耕一の家に限らず、家族が増える一方で現金収入が横ばい、あるいは右肩下がりでは、生活がいっそう苦しくなるばかりである。

かといって、なんとか開墾できた狭い畑で採れる作物は、自家消費用が精一杯で、現金を得る手段にはなっていない。

結局、炭焼き以外に頼りとしている現金収入といえば、住宅建設や開墾に対する補助金しかないのだが、これまでに支給された補助金は、その都度生活費に消えてしまっており、預金のある家など皆無だろう。

しかも、実際に支給された開墾補助金に見合っただけの開墾がさっぱり進んでいない、というのが実情だった。つまり、補助金を得るために新たな開墾を申請したくてもできないでいる、というのが現状なのである。

ただし、この点に関しては、今年の春、開拓農協の組合長に就任した友喜が知恵を働かせ、綱渡り状態であるのは間違いないのだが、よくやってくれている。とうてい無理だと思っていた新たな開墾申請を「簡易開墾」という名目で通し、開墾補助金として、四十四町九反分、二百二万二千二百九十円也の交付金を受けることになったのだ。

具体的にどういうことかというと、現状では難しい大がかりな伐採をする前に、立ち木の下をとりあえず掘り返すだけの開墾、共英内での俗称「木の下開墾」を実施しておき、いずれ開拓道路が完成したところで立ち木を伐採して畑にする、という方法である。

通常の開墾の場合、全体の開墾作業が終わり、立会い検査終了後に補助金が交付されるのが原則なのだが、それを待たずに前払いで補助金をもらうための苦肉の策であった。発案者の友喜自身は、この「簡易開墾」の申請が通るかどうか、はなはだ疑問であったらしいのだが、一か八か試してみたら通ってしまった、という話だった。

だが、その友喜が言うように、今回の補助金も急場しのぎにすぎず、いつまでも補助金頼みのやり繰りを続けていたのでは、近い将来、首が回らなくなるのは明らかだ。

そうなると、やはり炭焼きでいかに現金を稼ぐか、に話が戻ってしまうのだが、炭焼きの将来そのものに、暗雲が立ち込め始めている。

いずれは炭焼き用の樹木が枯渇する、という問題もさることながら、このところ炭の需要が減り続け、なし崩し的に卸値が安くなってきているのが最大の問題だった。

これはひとえに、終戦からそろそろ十年目を迎えつつあるいま、都市部の復興がかなり進んできたことによる。

復興に伴い、煮炊き用の燃料としてガスが普及し始め、一般家庭での冬場の暖房も、囲炉裏や火鉢から石油ストーブへと急速に切り替わりつつあった。喜ばしいはずの都会の復興が、共英地区にとっては、逆に大きな打撃となって顕在化し始めている、という状況なのだ。

実際、この一、二年、炭焼きの最盛期である冬場にもかかわらず、炭窯から離れて東京へ出稼ぎに行く者も、かなりの数、出てきている。

このような現状であったため、家族が増えつつあるのは嬉しいことだったものの、この日、いつものように麓の勝又商店に炭を卸して手にした代金は予想外に少なく、今度の冬は俺も出稼ぎに行かなくてはならんかなあと、若干暗い気分になっていた。

それは、一緒に山を下りてきた康和も同様なようで、勝又商店の軒先のベンチに腰を下ろしたまま、いつもの陽気さは影を潜め、むっつりと黙り込んでいる。

「なあ、康和――」首をねじって声をかけた耕一は、

「今度の冬、一緒に出稼ぎさ出はってみねえすか。炭焼きより稼げるのは間違いねえすからな」と口にしてみた。

うーん、と思案顔になった康和が、しばらくしてから、

「ダメだな――」と首を横に振ったあとで、

「ちゅうか、そのころ、俺家でも赤ん坊が産まれるっけ、できれば一緒に居でやりてえ」と付け加えた。

「ああ、んだったすなあ」

一も二もなく、耕一はうなずいていた。耕太が産まれたときの騒動を思えば、お産のときに女房の傍にいてやりたいという康和の気持ちは、人一倍よくわかる。

いつもなら、炭を卸すや、必要な日用品を買ってすぐに山に戻る耕一や康和が、なにするでもなく店のベンチに腰掛け、かといって、会話が弾んでいるわけでもない様子が気になったのだろう。店の奥から出てきた勝又の親父が、

「如何したのっしゃ。ふたりとも辛気臭え顔をして」と声をかけてきた。

「いやなに――」と、適当にかわそうと思って最初は口にした耕一だったが、ふと思い直し、

「なあ、親父っさん。仙台辺りで、いい稼ぎ口はねえもんだべかね」と訊いてみた。

「おりょ、ついに山から下りる気にでもなったのすか」と、勝又の親父がにやつく。

勝又の主人に限らず、麓の人間はおしなべてそうなのだが、共英地区への入植者たちの便宜をはかりながらも、山奥の開拓が果たしていつまで続くんだか、と若干斜めに見ている。

「いや、そうじゃなくて――」と顔の前で手を振った耕一は、

「出稼ぎのことっしゃ。仙台だったら、家でなにがあってもすぐに帰って来れずべぇ――」と言って、炭焼きだけでは思うに任せない状況になっていることを説明した。

「うーん、どうだかなあ。最近はよぉ、東京だったら、なんぼでも出稼ぎ口は見っかるみたいだけどねえ。仙台限定では、ちょっと難しいんでねえのすか」

腕組みをして答えた親父に、んだべねえ、と康和とそろってうなずいていると、このやりとりを店先で立ち聞きしていたらしい客が、

「あんだ方、栗駒山に開拓に入った人達ですか？」と尋ねてきた。

「ほでがすが――」

誰だ、この男は？　と訝りながら耕一がうなずくと、勝又の親父が、自分の店に商品を卸している問屋の主人だと紹介してくれた。

あらためて挨拶を交わした菅沼万太郎という名前の問屋は、

「――つうことは、あんだらの所、なんぼでも木はあるわけだすな」確認するように訊いてきた。

「そりゃあもう、ブナの木だば、腐らがすほどあるっちゃね」

「炭焼きをしてるつうことは、玉切りにしたブナも沢山ある？」

「そりゃそうだす」

　康和の答えに、万太郎が、

「そいづはいい。好都合だっちゃね」と、意味不明の笑みを浮かべる。

「好都合って、なにがっしゃ？」

　万太郎のニヤニヤ笑いにいっそう疑念を覚えつつ、耕一は尋ねてみた。

　すると、真顔になってうなずいた万太郎は、耕一と康和の顔を交互に見比べたあとで、

「あんだら、よがったらナメコの栽培、してみねえすか」と口にした。

「ナメコ？」

　オウム返しに訊いた耕一に、

「いやなに、立ち聞きするつもりはなかったんだけどね。あんだらの話を聞いているうちに、うちの店に、いいナメコの菌があったのを思い出してよ。あんだらの村であれば、原木栽培に都合のいい条件は全部そろっているようだっけ、菌は私が譲ってやっから、ものは試しで、ナメコの原木栽培に挑戦してみたらいいんでねえかと思ったわけだっちゃ」

「はあ……」康和と顔を見合わせる。

　少し間を置いてから、

「したかて、栽培の方法なんか、俺らさっぱり分がらねえすよ。天然の茸（きのこ）は採ってっけ

ど」康和が言うと、

「なあに、大事なのは生育環境のほうで、栽培方法はそれほど難しいものではないです。そうだ、なんなら、私が教えましょうか。善は急げだ。来週にでも菌を持ってきますよ」

「はあ……」

耕一と康和の口から出た今度の「はあ」は、どうしようか決めかねている「はあ」であったのだが、万太郎は承諾の「はあ」だと受け取ったらしく、

「んだったら――」と前置きをするや、ナメコの菌を持参でやってくる段取りを、あれよあれよという間に決めてしまった。

それでは来週またここで、と念を押して帰っていく万太郎の後ろ姿を見送る耕一は、狐にでもつままれたような気分だった。

そしてまた、この日の万太郎との出会いが、共英地区の未来を大きく変えるきっかけになるとは、まったく考えてもいなかった。

3

週が変わった約束の日の早朝、耕一と康和が連れ立って麓の勝又商店に下りてみると、ナメコの菌を携えた万太郎が、軒先でふたりの到着を待っていた。すでに昨日のうちに

隣町の簗館まで来て得意先回りをし、今朝一番で岩ヶ崎までやってきて、耕一たちが迎えに来るのを待っていたとの話だった。

　里の者には険しいはずの山道にも万太郎は嫌な顔ひとつ見せず——以前案内したことのある住宅建設の検査官とは大違いである——ついてきて、やがて万坊集落までたどり着き、ブナを伐ったあとの伐根が点々と並ぶ森に踏み入るや、

「日当たりがよすぎることはないですし、ここなら生育環境には申し分ないですな」と言って、目を細めた。

「一応、万太郎さんに言われていた通り、ちょうどよさそうな枝を玉切りにしておきましたけんど」

　そう言って耕一は、太いブナの枝を三尺ほどの長さに玉切りにした原木が積まれた一角を指差した。万太郎の指示通り、伐採直後の生木ではなく、年明けから二月にかけて伐採した木を切りそろえたものである。

　どれ、と言って原木を検めた万太郎は、

「うん、これなら問題なく使えます」とうなずいたあとで、あらためて周囲を見回し、なにやら思案していたと思うと、しばらくしてから、

「いやあ、これだけ伐根があるんだったら、わざわざホダ木を作らんでも栽培ができそうですな」と口にした。

　どういうことだ？　と首をかしげている耕一と康和に、

「伐根栽培と両方やってみるのがいいと思います」

　そう言って、万太郎が口許をゆるめる。

「あのー、バッコン栽培っつうのは、なんだべ」

　耕一が尋ねると、万太郎は、

「ほれ、切り株から生えてる茸は、あちこちでなんぼでも見たことあるでしょう」確認するように訊いてきた。

「はあ」

　万太郎が言うほどあちこちにごろごろしているわけではないものの、山を歩けば切り株から生えている茸はときおり目にする。ただし、食える茸ばかりでない。むしろ食用にならない茸のほうが多いのだが、それと同じように、伐根に直接菌を植え付ければよいのだ、ということを言っているらしい。

「原木を使う場合は、伏せ込みをしなければならんのですが、伐根栽培の場合は、その手間が省けるんですよ」

　そう言って万太郎は、耕一と康和相手に、学校の授業でもしているように、茸の栽培方法について詳しく説明を始めた。

　それによると、茸の人工栽培そのものはけっこう歴史が古く、すでに江戸時代からシイタケやエノキタケの栽培が行われてきたという。ただし、当時の栽培方法は木にナタで切れ目を入れて自然に菌が付着するのを待つ半栽培で、収穫量はそれほど多くなかったらしい。それが明治になってから少しずつ技術が進歩し、戦時中の昭和十八年ごろに、茸の菌を原木に植え込む方法が、まずはシイタケで開発された。それが戦後になると、ほかの種類の茸にも応用されて、いま現在、全国的に広まりつつあるとのことだった。

で、立地条件にかかわらず栽培できるのはホダ木を作る原木栽培なのだが、菌を植え付けたあと、適度な湿度を保って茸の菌糸を原木に回し、茸の発生を促すための「伏せ込み」という作業が必要になる。その伏せ込み自体も、梅雨入りまでの仮伏せと梅雨入り後の本伏せの二段階に分かれている。

それに対して、伐根栽培の場合、菌を植え付けたあとの断面に土か枝葉を被せて乾燥を防ぐだけですみ、伏せ込みの労力が省けるのだ。しかも、できる茸の品質もよく、一度菌を植えれば、原木を使った栽培よりも長期間、茸が発生し続けるという。

このようによいこと尽くしのように思える伐根栽培だが、問題なのは、栽培に適した生育環境の整った場所が、そう簡単には見つからないことだ。つまり、ブナやクヌギ、コナラなどの、栽培に適した広葉樹の伐採現場でなければ、伐根そのものが存在しない。しかも、禿山になるくらい伐り倒してしまった山では、日当たりがよすぎて茸は育たない。

そこへいくと、共英地区のあちこちにある伐採跡は、茸の生育には打ってつけの環境なのは間違いないと、万太郎は太鼓判を押した。

それを聞いた耕一と康和は、思いもよらない誉め言葉をかけられたみたいで、かなりこそばゆかった。

実は、いったいどうしたものかと、散々困っていた伐根だった。本当だったら、ブナを伐ったあと、地中に残った根っこを切り株ごと取り除き、畑にしたいのだ。だが、人力だけで巨木の根っこを引っこ抜くなど、簡単にできるものではなかった。したがって、畑にするためには、コツコツと手作業で気の遠くなるような作業に挑むか、ブルドーザのような重機でも持ってきて掘り起こすか、あるいは樹自体が腐って朽ち果てるまで待つしかなく、共英地区の住民の誰もが、半ば途方に暮れていたのである。

そんな具合に、なんの役にも立たないと思っていた伐根が、一転してナメコの栽培に打ってつけとは、まさしく瓢箪(ひょうたん)から駒、の出来事であった。

万太郎の説明を聞きながら自然に頰がゆるんできたのは、康和も同様だったようで、

「いやいや、すっかり持で余してだこの林がよ、この秋から茸畑に変身するとはなや。いやあ、そしたらこと、考えもしてねがったす。なっ」白い歯を見せて、耕一の背中を勢いよくどやしつけてきた。

「痛(いで)ぇ、この、やめれっ」

康和の二の腕をどつき返す耕一の手にも、思わず力がこもる。

ふたりのやり取りを見ていた万太郎が、

「おっとっと、おふたりさん。断っておくけど、本格的に茸が出るのは来年になってからだっけ、お間違えのないように」と釘(くぎ)を刺した。

「へ？　そうなのすか」

間の抜けた顔をした耕一と康和に、

「上手く菌がつけば、今年の秋にも少しは出るかもしれんですが、伐根栽培でも原木栽培でも、本格的に収穫できるようになるのは、翌年からですわ。それに、あくまでも自然が相手の話ですからな。獲らぬタヌキのなんとやらで、あまり期待しすぎないように」子どもをたしなめるように万太郎が言った。

「あ、いや、すんません。康和が語ったように、山ほどある伐根ば如何すっぺって困っておったものですから……」

頭を掻いている耕一に、

「それでは、実際に作業を始めてみますか」と、うなずいた万太郎は、

「まあ、今年は試験栽培ということで、伐根と原木の両方に菌を植えてみますっちゃね。そのあとでどうすっかは、来年の出来具合を見て、あんだ方で話し合って決めればいいでしょう」と言って腰を上げた。

というわけで、まずは菌の植え付け作業の手ほどきを受けることになったのだが、その段取りを聞いて、こりゃあ思っていたより大変だぞ、と仰け反りそうになった。

まずは自分がやってみせますから、といった万太郎が、耕一と康和が用意しておいた原木を前にすると、これまた指示通りに用意しておいた炭に、火をつけ始めた。

もう少し後の時代になれば、ドリルで開けた原木の穴に、菌をまぶした種駒を金槌か

木槌で打ち付ける方法が一般的になるのだが、このころはそうではなかった。

ナメコの菌を、缶のなかで溶かした蠟を使って直接植え付けていくのである。

蠟を溶かすためには、当たり前だが火を使う必要がある。つまり、村でナメコの栽培が本格的に始まれば、山のなかのあちこちでしょっちゅう火が熾されるわけで、ひとつ間違えれば山火事を引き起こしかねない物騒な方法ではある。

ともあれ、原木と伐根の両方で、ひと通り菌の植え付けをやって見せた万太郎が、

「別に難しいものじゃないでしょう？」

作業を見守っていた耕一と康和に笑いかけたあとで、

「そんでは、伏せ込みの方法とか、細かなことはこのノートに書いておきましたっけから、参考になさってけらいん」と言ったと思うや、そそくさと帰り支度を始めた。

「あれや、万太郎さん、もう帰るのすか」

驚いて耕一が声をかけると、

「あとは、私が居なくてもできっぺし」と万太郎。

「いや、そういう事ではねくて、せっかくおいでになったんだっけ、ゆっくりして行ってけらいよ」

「んだす。なんなら、鹿の湯さ部屋ば取るっけ、温泉さ浸かって一杯やって行ったらいがすっちゃ」康和も慌てたように万太郎を引き止める。

「いやあ、お気持ちだけでけっこうです。実は、麓にまだ回ってない客先が残っていま

すんで、何軒か寄ってから店に帰ります」

「したら、麓まで送って行ぎます」

「いやいや、それよか、植え付けば早く終わらせたほうが良がす。道は分かりますから、どうぞお構いなく」

「そうすか……」

そこまで言うなら無理に引き止めるのも悪いな、とうなずいた耕一の隣で、

「あんのう、したら、なんぼになるすぺね？」と康和。

「なんぼとは？」

首をかしげた万太郎に、

「ナメコの菌のお代ば払わねば……」

なんだ、という顔をした万太郎が、

「お譲りしますって、この前言ったじゃないですか」と目尻に皺を寄せる。

「んだども、いぐらなんでもそれは――」と言いかけた耕一を、万太郎がやんわりとさえぎった。

「なあに、気にせんでください。そのかわり、ナメコ栽培が軌道に乗ったら、そのときには、うちの店にも卸してくださいや」

「そりゃもう、喜んで」

康和とふたりそろってうなずき返す。

「ほんでは、そういうことで。近くさ来たとき、時間があればまた寄ってみますが、困ったことがあったら、いつでも連絡してけらいね」

にこやかに言った万太郎は、最後に、ナメコ栽培の成功をお祈りしてますよ、と言い残して、すたすたと麓へ向けて歩き始めた。

その後ろ姿を見ながら、

「いやあ、世のなか、奇特な人もいるもんだなっす」つくづく感心して康和を見やる。

「いや、ほんとに。いい人だなっす」

うなずいた康和が、万太郎の後ろ姿に向かって、僧侶（そうりょ）の見送りでもしているように手を合わせる。

ともあれ、こうして共英地区で初めての試みとなる、ナメコの栽培がスタートを切ったのであった。

4

耕一と康和が始めたナメコの試験栽培の結果は、万太郎が言っていたように翌年の秋まで待たなければならなかった。

その一年半ほどのあいだに、共英地区には、小さな出来事がいくつかと、大きな出来事がふたつあった。

小さな出来事というのは、本人や家族にとっては大きなことなのだが、年の瀬を迎えるころ、康和の家に長男が誕生したことや、その後、耕一の家でもふたり目の子どもが無事に生まれたことである。

克子にとって、二度目の出産だったからだろうか。長男の耕太のときはあれだけ難産だったというのに、今度は、陣痛が始まったと思ったら、わずか二時間ほどで元気な女の子が生まれ、安子（やすこ）と命名された。安産で生まれた子だから安子というのはあまりに安直でねえの？　と周りからは言われたが、耕一自身はいい名前だと思っている。

そして、新しい命の誕生は、耕一や康和の家に限ったことでなく、共英地区のあちこちで、最初の子ども、あるいは、ふたり目、三人目の子どもの産声が上がっている。

ただし、万坊とは別の集落でのことなのだが、一件だけ不幸もあった。共英への入植者には珍しく、単身、あるいは夫婦だけで入植せずに、年寄り夫婦を抱えた所帯で入植した家があったのだが、そこの舅（しゅうと）が寒の明ける前に病死した。もちろん悲しい出来事ではあるのだが、それでも、武治が事故死したときのような悲嘆に、村中が重く沈むことはなかった。若くしての不慮の死とは違って、これもまた人の営みの一端である。

そして、大きな出来事のひとつめというのは、着工から三年目にして、念願の開拓道路がようやく完成したことであった。

といっても、道幅も狭く砂利も敷かれていない道路なので、四輪駆動のジープならともかく、普通の自動車やバスが走るのはまだ無理で、やはり徒歩で麓と行き来するしかないのだが、それでもだいぶ楽になった。

加えて、もう一本の開拓道路も開通間近であり、今後は、敷砂利を行いながら、順次、改修と拡張をしていく予定で、共英地区に車で乗り入れができるようになる日もじきにやってくる。

だからといって、雪深い栗駒山中のこと、冬場になればこれまでと同様に陸の孤島よろしく、麓と隔絶されるのは避けられないのだが、夏場だけでも交通の便がよくなるのは、共英地区にとって大きな発展の印である。

もうひとつの大きな出来事というのは、共英地区で初めての機械開墾が実施されたことだった。

機械開墾の実施に至るまで、いろいろと紆余曲折があったのだが、開墾の遅れが最も大きな要因だった。これまでも、計画通りに開墾が進んでいないではないかと、事あるごとに県から指摘され、行政側との揉め事の火種となっていたのだが、県側がついに業を煮やしたのか、レーキドーザによる機械開墾をすべきである、と提案してきたのだ。

レーキドーザというのは、通常の土工板のかわりに巨大なレーキを装着したブルドーザで、伐根作業を目的とした重機のことである。

実際に県との交渉に当たった友喜の話だと、これを使えば伐根ばかりでなく立木もろとも開墾は容易に進み、土壌にも悪影響を与えない、と県の担当者から説明を受けたという。

このころになり、よりはっきりしてきたのだが、やはり県側は、共英地区への酪農の導入を急いでいるようだった。

確かに県側が、遅々として進まない開墾に焦れるのも無理はないし、悪意がないのもわかる。いまは炭焼きでなんとか生計を立てられているものの、時代の流れから言って、永遠に炭焼きで生きて行けるわけではない。開拓の指導を行っている県としては、それに代わる産業を共英地区に育てるのが急務である。

で、具体的になにをとなると、気候が冷涼を通り越して寒冷な栗駒山中では、稲作は無理に近い。畑作にしても、平地と比べれば容易ではなく、産業として発展させるのはかなり難しそう。となれば、育成可能な産業は酪農以外にない。事実、東北よりもはるかに寒い北海道において、酪農の発展には目覚ましいものがあるではないか。であるからして、共英地区もそれに倣え、というのが、行政側の基本的な姿勢である。

この話を友喜が持ち帰り、開拓農協の理事らが検討した上で、機械開墾の実施に踏み切ることになった。

ただし、若干の不安はあった。重機で根こそぎ掘り返すような開墾の仕方で、本当に土壌の状態は保たれるのだろうか、という疑念が残った。

人力による開墾でさんざん苦労させられているので、杉などの針葉樹と違い、広葉樹のブナの木がどれだけしっかりと地中に根を張っているのか、共英地区の誰もがよく知っている。それを機械の力で一斉に掘り返せば、相当の量の土が失われ、栄養分の豊富な表土が剝離してしまうのではないかと、どうしても疑問だったのである。しかし、県側はそんな心配はないと言う。

結局、最終的に機械開墾の導入に同意したのは、これ以上開墾が遅れたら、今後、県からの補助が思うように受けられなくなりそうだという、現実的な問題があったからだった。

という経緯ののちに、仙台の開発業者と契約を結び、耕一と康和がナメコの試験栽培を始めた翌年、機械開墾が実施されたのだが、結論から言うと、これは大失敗であった。共英地区の住民たちが心配していた通り、大規模な機械開墾に伴って表土が剝離し、作物を育てるのは到底無理な、石ころだらけの岩盤が出現してどうにもならなくなったのである。キャタピラ付きのレーキドーザは現地に入れても、土の運搬を担うトラックが入り込めず、土壌改良が上手くできなかったのも大きい。たとえ機械開墾をするにしても、開拓道路の拡張が終わるまで待つべきだったのだ。

案の定の結末、ではあるのだが、こうなってしまってはあとの祭りである。残務処理で苦労しただけで、結局は徒労に終わってしまった。

機械開墾の導入に最終的な決断を下し、実務を担ったのは組合長の友喜だったが、あまりに気の毒で、誰も文句は言えなかった。

悪口を投げつける矛先となるべきは、当然ながら、熟慮もせずに機械開墾を迫った県の担当者である。しかし、責任回避に長けているのは、いつの時代でも変わらないお役所の体質だ。私有地の開墾をしたわけではなかったこともあり、特別な補償もなく、失敗の責任問題は、結局、うやむやのなかに埋もれてしまうことになった。

このように、明暗分かれるふたつの大きな出来事があった昭和三十年なのだが、短い夏もそろそろ終わりを告げ、かすかに秋の気配が感じられる季節になっていた。

ということは、耕一と康和で栽培を試みたナメコが果たしてどうなるか、いよいよ結果が明らかになるときが、すぐそこまでやってきている、ということである。

5

耕一が康和と一緒に挑戦したナメコの試験栽培は、ふたりをたちまちにして村一番の大金持ちにしました、めでたしめでたし、などとなれば、完全に御伽噺（おとぎばなし）の世界になってしまう。

もちろん、現実世界にそんなうまい話が転がっているわけはない。ではあるものの、それでも十分以上に満足できる結果となった。初めての試みにもかかわらず、ナメコの発生率は六割を超えていた。なかには、呆（あき）れるくらいうじゃうじゃと発生している株もあったのである。

ホダ木を拵（こしら）えての原木栽培と、切り株を使った伐根栽培を比較すると、ナメコの発生率はホダ木のほうがよかった。ただしそれは、不適切な伐根にも菌を植えてしまったのが原因のようだった。ちょっと見ただけでは大丈夫なように思えても、しぶとく根っこが生き残っていて完全に枯死していなかったり、あるいは、雑菌が繁殖しかけていたりする切り株もあるので、注意を要する。

とはいえ、今回のように、ものは試し、とばかり軒並み菌を植えて回らず、慎重に伐根の選定をすれば、ホダ木と同様に栽培できそうだった。

さて、実際のナメコの品質はどうだったかというと、これは文句なく素晴らしかった。菌を分けてくれた万太郎が言っていたように、栗駒山中の気候がナメコの栽培に適していたのだろう。てらてらとぬめりを帯び、傘が開く前の丸々としたナメコは、見ているだけで涎が出そうになった。

それを実際に味噌汁に入れ、克子に作ってもらったナメコ汁を口にした瞬間、あまりの美味さにくらくらきて、気を失いそうになった。とまで言っては、大げさだと笑われるかもしれない。しかし、鹿の湯での共同生活のころの、味噌汁さえも飲めずに、塩で味をつけただけの、ほとんど具のない塩汁で我慢するしかなかった日々を思えば、それも無理からぬことだ。

そしてなにより嬉しかったのは、ナメコがなかなかいい値段で売れたことである。炭焼きで最初に現金収入を得たときも嬉しかったが、それ以上に喜びが大きかった。

この嬉しさはなんだろう、としばし考え込んだ耕一は、その理由に思い当たって、なるほどそうか、と得心した。

炭焼きと違って、ナメコの場合、自分が育てたものが現金に換わったことになる。そうなのだ。育てる、ということが、肝心なのだ。

もちろん炭焼きにしても、手間隙のかかる仕事であり、できるだけよい炭を作るためには、あれこれ工夫や努力が必要だし、よい炭が窯から出てきたときには嬉しい。だが、作物を育てるのとは少しばかり質が違う。あえて分類すれば、炭焼きが職人の仕事であるのに対して、食い物を育てるのは完全に農民の仕事である。

そこで耕一は、やっぱり俺は根っからの百姓なのだなあ、と思う。土と一緒に生きたがっている百姓の血が自分には流れているのだと、こういうところで実感する。

ともあれ、耕一と康和によるナメコの試験栽培の成功は、仲間たちから羨ましがられた。菌の植え付けのときには確かに手間がかかって大変だが、本伏せが終われば、あとは、なにかのついでに見回りをするくらいで、基本的には放っておくだけで収穫ができる。平たく言えば「あいつら、楽して現金を手に入れやがって」というわけだ。

もちろん、これを放っておく手はないということで、開拓農協が率先して全戸に奨励し、耕一と康和の試験栽培の翌年から、共英地区全体で本格的にナメコの原木栽培に取り組むことになった。

あとで振り返ってみると、偶然、万太郎と出会い、ナメコの栽培を始められたのは、実に幸運な出来事であった。

人の人生と同様、開拓村の歴史にも、ところどころに転機がある。ただし、いまが節目だとわかっている場合だけではない。たとえば、年老いたとき、「ああ、あのときは気づかなかったが、あれが人生の転機だったのだなあ」などと、感慨とともに自分の人生を振り返ることがあるのと同様、共英地区の歴史にも、ところどころにそんな転機がちりばめられている。

そういう見方をするならば、耕一と康和によるナメコの試験栽培は、そのときは特別な意識はなかったものの、その後の村の運命を変える大きな転機だった、と言えるのは間違いない。

特別な意識がなかった、というのは、毎年収穫量が少しずつ増えつつも、耕一自身もそうだが、誰もが、ナメコの栽培はあくまでも副業だと考えていたからだ。共英地区の気候がナメコの原木栽培に適しているとはいえ、自然条件や運に大きく左右される側面があるのは否めない。ナメコの栽培が始まってから五年目くらいまで、安定した収入を得る手段は、やはり炭焼きだった。

これは、開拓道路の整備が進み、ついに、というより、ようやく、村のなかまで車輛が入れるようになったことが大きい。組合で共同購入したトラックに積んで、焼いた炭を楽に出荷できるようになったのである。それだけでなく、トラックやオート三輪を使ってあちこち麓を回り、必要としているところへ、直接炭を売ることも可能となった。

そういうわけで、本業はあくまでも炭焼きでナメコは副業、という状況が何年か続くことになるのだが、冷静に分析すれば、炭焼きだけにしがみつき、この時点でナメコの原木栽培という現金収入手段を得ることがなかったら、共英地区そのものが立ち行かなくなって、入植者たちは相次いで離農、そしてついには廃村、という末路が待っていた可能性が極めて高い。

実際、その後、地区としてのナメコの出荷量は、初年度こそ四百キログラム弱だったものの、本格的にナメコが出始めた翌年は一気に八トンに増え、五年目くらいからは常に三十トン以上、多い年には五十トンを超える生産量をほこり、地区内で缶詰に加工して出荷するまでになった。

これがなかったら、入植して十年目あたりをもってして、共英地区の開拓は失敗に終わっていただろう。事実、そうして消えていった開拓村は、日本全国いたるところにあった。

ともあれ、ナメコ栽培によってなんとか持ちこたえている共英地区ではあるが、ひと時も安穏としていられないのが、悲しいかな、安定経営には程遠い開拓村の実態である。ナメコの見通しはそこそこ明るいが、それだけではやはり心許(こころもと)ない。次第に斜陽となりつつある炭焼きに替わる産業、できれば主要産業として安定収入につながるものを、早急に探す必要があった。

では、いったいなにをこれからの主要産業に？　となると、とたんに行き詰まる。行き詰まる原因は、一にも二にも、開墾の遅れであった。ナメコ栽培だからこそ、未整備の開墾地であっても可能なのだが、田畑となるとそうはいかない。耕作面積の不足のため、大根にしても大豆にしても、自家消費程度の収量を上げるのが精一杯で、ナメコ以外の作物で生計を維持できるようになるまでには、相当の時間がかかりそうだった。

加えて、共英地区にとって効率のよい農産物がなにか、いまだに模索中で、これといったものがなかなか見つからず、具体的な目星がついていていない。

いっそのこと、ナメコだけでなく、シイタケやエノキタケやら、さらにはシメジ等々、ありとあらゆるキノコを栽培して、全国一のキノコの産地を目指してみたらどうだろう、万一、マツタケの栽培に成功などしようものなら、あっという間に億万長者だ、などという案も出たが、あくまでも酒盛りの席での話であって、実際にそうしよう、という話にはならなかった。やはり、運任せの側面が強いひとつの産業にだけ頼るのには、不安があったのである。

結局、よい知恵が浮かばないまま時間が経過していき、全戸でナメコの栽培が始まってから五年目の昭和三十五年になり、ついに共英地区にも酪農が導入されることになった。

酪農に関して耕一たちは、前々からあまり乗り気ではなかった。自前で鶏や豚を飼って卵を採ったり、潰して食ったりするのならまだしも、産業にまで発展させることが可能かどうか、かなり疑問があったからだ。

その最大の問題点は、搾った牛乳の搬出である。開拓道路ができたことで、集落までトラックが入れるようになったとはいえ、それはあくまでも夏場の話だ。冬になれば、道路は積雪で通行不能となり、いままで通り人間の足を頼りにせざるを得なくなる。どう考えても、相当量の牛乳を冬場に搬出、出荷するのは不可能だ。

その上、相手は生き物なので、常に餌を食わせておかなければならない。しかも、猫や犬と違ってかなり大きな生き物だ。牧草地で飼うといっても、それだけで賄えるかどうか怪しいし、まったく飼料なし、というわけにはいかないだろう。そこそこ餌代はかかるはずで、牛乳を一年中安定して出荷できない状態では、採算が取れるとは思えない。

それがあったので、早く酪農の実現に漕ぎつけろ、と再三にわたって県から言われつつも、のらりくらりとかわしていたのだ。

しかし、ついに、それも無理になってきた。

表土剝離で一度は失敗した機械開墾が、その後も牧場用地の整備を目的として続けられていたし、他県から来た木材会社によって立木の伐採が進められたり、あるいは、半ば強制的に、牛を飼っている開拓村の視察に行かされたりしていた。言ってみれば、外堀から埋められているようなものであるが、とうとうここに来て、これ以上の遅延は無理、という状況になってしまったのである。

結局、できるだけ早急に道路の拡張を行い、除雪をすれば冬場でも通行が可能な状態に持っていく、あるいは、それに代わる搬出方法を検討する、という、あてになるんだかならないんだか、かなり怪しい条件を提示されて、乳牛の導入に同意することになった。はい、と頷かなければ、今後の補助金は一切停止される気配が見え隠れしていたので、そうせざるを得なかった、としたほうが正しい。

たとえば、一昨年、勤め人の初任給が八千円くらいのところ、一台一万五千円もするトランジスターラジオを共同購入できたのも、補助金があってのことだ。いつかは自立できなければ意味がないとわかっているものの、いまの段階での補助金の有無は、共英地区にとって死活問題だった。

そうして共英地区に、ホルスタイン種の乳牛がやって来ることになったのだが、一度に四十頭も導入されるとは、まったく想像していなかった者が多かった。

慌てて牛小屋を建てたり、サイロを作り始めたりと、地区内のあちこちで忙しく汗を流す光景が目につくようになった。見た目だけは活気があるように映るだろうが、果たしてこれが共英地区を発展させる転機になるのかどうか、懸念を払拭することが、どうしてもできない耕一たちであった。

6

桃子。

それが耕一の家で飼うことになった乳牛の名前である。名付け親は、来年小学校に入学するまでに成長した、耕一夫妻の長女、安子だ。

遅れている放牧地の整備が終わるまでのあいだ、母屋の隣に建てた牛舎で飼うため、自分の家に牛を曳いて来たときのことだ。

安子は、目をまん丸にして身体を硬直させ、巨大な生き物を見つめていた。巨大といっても、一歳になったばかりの、仔牛と言ってもいい若い牝牛なのだが、よく考えてみると、娘は牛という生き物を初めて見ているのだった。

だが、驚いてはいるようだが怯えているわけではなく、好奇心で目をまん丸にしているようだ。

怖がっているのは、むしろ小学二年生になった長男の耕太のほうで、母親の背後に隠れるようにして、恐る恐る牛の様子を窺っている。

このあいだ、満二歳の誕生日を迎えたばかりの、三人目の子ども耕介は、怖いもなにもわからないらしく、ぽかんとした顔つきで指をしゃぶりながら、克子の手を握っている。

これが牛という生き物で乳を搾るために家で飼うことにしたのだと、好奇心一杯の安子に教えてから、

「ほれ、撫でてみれ」

牛の鼻面を撫でてみせたあとで、娘の身体を抱きかかえてやった。

ゆっくりと、しかしためらいは見せずに、安子の手が伸び、鼻輪のついた鼻面をそっと撫でた。

モウ、と穏やかな声を出した牛が、安子の指を一舐めした。それでも安子に動じた様

子はない。

　背後を振り返って、

「お前も撫でてみっか？」

　耕太に声をかけると、長男はぷるぷると横に首を振り、母親の背後に完全に隠れてしまった。

　やれやれ、男と女、逆だったらよかったのに……。

　そう苦笑しながら抱えていた安子を地面に降ろし、

「どうだ、可愛いべ？」と訊いてみると、娘は「うん」とうなずいたあとで、

「名前はなんていうの？」と訊きかえしてきた。

「いんやあ、まあだ、名前は付けてねえ」

　親父の答えに、

「名前は付けないの？　名無しの権兵衛では可哀相だよ。名前ばつけっぺし」と、せがむように言った。

　少し考えてから、

「んだ、安子。お前が牛っこの名前ばつけでやれ」と提案すると、

「ほんと？　いいの？」

　娘の顔がひまわりみたいに明るくなった。

　その安子が命名したのが「桃子」だったのである。どうやら、新しい家族が増えたお

祝いにと、その日の夕餉のあとに克子が出した、白桃の缶詰を食べていて思いついたらしい。

　そうして家族の一員となった桃子は、初夏を迎えたころ、組合で共同経営する牧場の整備が終わったところで、そちらへと移された。雪に閉ざされる冬場や搾乳の時期は、飼い主の牛舎で飼われるが、夏場は牧場に放牧し、持ち回りで管理したほうが効率がよい。

　それを寂しがったのは安子である。どうも安子にとって、牛の桃子は自分のペットみたいな存在になってしまったらしく、家の牛舎で飼っているとき、餌やりの際には必ず耕一や克子についてきて、自分の手から干草を食べさせたがった。

　そんな具合だったので、ついでがあるときには、安子を連れて牧場に行き、一緒に牛たちを眺めるのが習慣になっていた。

　そうした夏のある日、小学校が夏休みに入っていたこともあり、安子だけでなく、このころには牛にも慣れてきた長男の耕太も一緒に連れて、牧場に来ていた。鹿の湯の保に用事があったので、途中の牧場に立ち寄って少し遊ばせてやれば安子が喜ぶと思ったのだ。

　そうしていつものように、子どもたちを遊ばせながら、柵に背中をもたせ掛けて、牧場に出ていた正男と雑談していると、

「父ちゃん、桃子が喧嘩してっと！」

耕太と安子が、声を張り上げながら駆け戻って来た。

なんだあ？　と思いながら振り返ると、

「ほれ！　桃子がほかの牛をやっつけてる！」頬を紅潮させながら、安子が牛の群れに指を向けた。

「おっ、こいづは」

一緒にそちらを見やった正男が、期待を込めた声を漏らした。

「んだかもな――」とうなずいたあと、耕一は「――もう少し様子ば見てみっぺ」と言って、桃子の様子を観察し始めた。

牧場に着いたときから、今日の桃子は少々落ち着きがないな、と思っていたのだが、それだけでなく、ほかの牝牛の尻（しり）に前脚をかけ、背後から馬乗りになろうとする仕草をし始めている。乗られたほうは反応がまちまちで、じっとしている牛もいれば、嫌がる素振りで桃子から離れていく牛もいる。それでも桃子は、その動作をやめようとしない。

確かに、子どもの目には、桃子が相手かまわず喧嘩をふっかけているように見えるのだろうが、

「間違（まづげ）えねえな。お前家（めだえ）の桃子さん、発情してっぺし」にやにやしながら、正男が耕一の肩を叩（たた）いてきた。

「どりゃ。したら、善は急げだすな」

そう言った正男がひょいと柵を乗り越え、種牛を飼っている種付け小屋へ連れて行く

ために、すたすたと桃子に近づいていく。

もちろん耕一も、正男を手伝いに後を追ったのだが、子どもらを連れてきたのは失敗だったかな、という意識がちらりと頭をかすめた。

しかし、子どもだけで家に帰らせるのも心配だったし、見るなと言っても無理だろうし……。

あれこれ思案している暇もないので、結局耕一は、まあいいか、と成り行きに任せることにした。

しばらく時代が下れば、肉牛であっても乳牛であっても、人工授精で種付けをするのが普通になっていくのだが、このころにはまだそんな技術はなく、種牛と直接交尾させていた。

で、少しでも成功率を上げるためには、今日の桃子のように発情期にあるのを確認できたら、速やかに交尾させる必要がある。だからといって必ず種付けが成功するわけではないし、発情期だと人間側が勘違いしている場合もある。事実、いままでも、交尾をさせてみたものの、なんの変化もなし、という牝牛が何頭もいた。しかし、下手な鉄砲も数撃ちゃ当たる、というのは、人間でも牛でも一緒である。

というわけで、必然的に、まだ年端の行かない耕太と安子は、牡牛と牝牛の性の営みを目の当たりにするという、貴重な体験をすることになったのだが、目の前で繰り広げられたのがなんだったのか、人間のそれと比べれば行為自体が実に淡白なものなので、あまりよく理解できなかったようだ。

　ただし、好奇心の塊のような安子がそれで納得するはずはなかった。兄の耕太のほうは薄々感じるところがあったのか、複雑な顔つきをしてはいても、直接質問を口にすることはなかったが、安子のほうは、桃子はなにしてたの？　桃子はなにをされたの？としつこく食い下がった。

　参ったなあ、と苦笑しながらも、とりあえず細かいことは全部省略して、

「安子、あのな。もしかしたら、桃子に赤ん坊が産まれっかもしれねえぞ」と教えてやると、娘は跳び上がって喜んだ。

　そのあまりの喜びぶりに、種付けが上手くいったかどうかわからないのに迂闊なことを言ってしまったな、と思ったものの、幸運なことに、娘を落胆させずにすんだ。桃子にとって初めての種付けは、成功だったのである。

　それはそれでよかったのだが、やがて季節が巡って年が変わり、出産の時期が近づいてくるにつれ、別の心配が頭をもたげてきた。

　桃子が産むのが牝牛であれば、二頭目の乳牛として育てればよいのだから、なにも問題はない。しかし、牡の牛だった場合、組合で共同管理している種牛がすでにいるので、とりあえず去勢し、一年くらい育ててから肉牛として売り払うか、でなけりゃ、自分たちで食うしかない。

　仔牛の誕生を心待ちにしている娘にとって、産まれてくるのが牡か牝かで、天と地ほ

どの違いになる。贔屓目に見るわけではないが、同じ年頃の子どもよりずっと利発な娘である。安子を適当な嘘で誤魔化すのは難しいだろう。

ということで、「桃子よ。なんとか牝牛を産んでくれ」と祈るような気持ちで迎えた春、耕一の祈りが通じたのか、願い通り、桃子は可愛らしい牝の仔牛を産んでくれた。

一方、無事に出産を果たした桃子は、次の種付けまでのあいだ、これからしばらく乳を出してくれることになる。

乗り気とは言えない状態で始めた酪農であった。果たしてこの先、採算が取れるようになるかどうか、はなはだ心許ないことに変わりはない。しかし、こうして始めたからには、なんとか成功させたいものだと、耕一は考えるようになっていた。

第七章　行方を追って

1

みちのく伝承館から共英地区へと向け、午後二時の予定時刻に十分遅れで飛び立った防災ヘリに、智志は幸夫さんと一緒に便乗することができた。

わずか五分ほどの飛行で到着した共英地区では、状況が大きく動いていた。

午後一時すぎになり、今日になってから災害救助犬が投入されていた鹿の湯の現場において、三名の被災者が相次いで発見されたのである。

しかし、住民たちの期待も虚しく、発見された三人ともすでに死亡しており、死因はいずれも窒息死らしかった。

発見時の詳しい状況はわからなかったものの、遺体となって発見されたのは、鹿の湯の経営者の保さんの奥さんと、男性と女性の宿泊客がそれぞれ一名ずつであることだけは確認できた。

区長の金本さんからそれを教えられたとき、いつもほがらかでしっかり者だった保さんの奥さんの顔を思い出し、智志の気分は重く沈んだ。

保さんの奥さんの面影とともに、地震直後、泥の海から命からがら這い出してきた保さん本人の姿が脳裏に浮かび、智志の気分はいっそう重くなった。

いまは病院のベッドにいる保さんも、いずれは奥さんの死を知ることになるわけで、そのときの心情を思うと、居たたまれない気持ちで一杯になる。

「どうした？　浮かない顔して」

隣にいた幸夫さんに声をかけられ、

「俺たち、あのときもっと頑張っていれば、もしかしたら助けることができたかもしれないと思って……」智志が答えると、

「あのときって、俺らが鹿の湯で救助してたときのことか」と幸夫さんが尋ねた。

「ええ」

うなずいた智志に、

「確かになあ、もう少しなんとかできたかもしれないっていう悔しさは俺にもあるけど、やっぱり、あのときはあれで精一杯だった。無理をすればよ、二次災害を引き起こす危険もあったっけ、くよくよ考えるのはやめたほうがいい」

そう言った幸夫さんが、

「それよか、耕一さんのほうだ」とうなずいたあとで、

「やっぱり、耕一さん、地震のときに鹿の湯にはいなかったようだ――」と前置きをして、金本さんに麓で確認してきた状況を詳しく説明した。

「――一応、麓にいるあいだに耕一さんの携帯にも電話してみたんだが、繋がらなかった」

説明のあとでそう付け加えた幸夫さんに、

「耕一さんが根曲がり竹を採りに行ったとして、山のどのあたりに入ったか、予想はつくかな」と金本さんが尋ねた。

開拓二世のなかで最も山に詳しい幸夫さんは、金本さんの義兄でもある。つまり、幸夫さんの妹さんが、金本さんの奥さん、というわけだ。智志と一緒に幸夫さんが麓に下りることになったのも、帰りのヘリに乗れなかった場合、徒歩で山に戻るための最適任者だったからだ。

うーん、としばらく考え込んでいた幸夫さんが、

「時期を考えると、標高的にはこのあたりからいわかがみ平のどこかに間違いないだろうが、それでも範囲は広いからなあ。ここだ、と絞るのは、ちょっと難しい」と答えた。

「いわかがみ平」というのは、崩落した観光道路の終点に当たる場所だ。栗駒登山で最も楽な「中央コース」の入り口になっており、そこからだと、ゆっくり登っても一時間半までかからずに山頂に立てる。

「そうなると、やっぱり救助隊はすぐには動いてくれないだろうね」

そううなずいた金本さんに、智志は、

「あのー、俺たちで祖父ちゃんを捜すのはダメですかね」と、遠慮がちに申し出てみた。

しかし、予想通り即座に却下される。

「そりゃあダメだ。余震も続いているし、二次災害を引き起こしかねない。智志くんの気持ちはわかるけど、救助は全面的にプロに任せて、我々は勝手に動かないほうがいい」

「そうですよね……」

区長として住民の安全を預かっている金本さんの指示には同意できるものの、どうしても釈然としないものが残る。

足腰がまだまだ達者で山にも詳しい祖父のこと、どこかで生きているのであれば、とっくに自力で戻ってきていると思う。

崖崩れや土石流で行く手が阻まれ、戻って来られないでいる、という可能性は低いだろう。祖父にとってこの栗駒山は、自分の庭みたいなものだ。ピンピンしていれば、迂回路を見つけ出しているはずだし、宮城県側に下りるのが不可能であっても、秋田県、あるいは岩手県側に下山できる可能性はある。すべてのルートが分断されてダメ、ということはないはずだ。

祖父に関してはなんの心配もない、と断言した克子の言葉を信じるならば、なにかの理由があって戻りたくても戻れないのだ、と考えるしかない。そして、その理由として最も可能性があるのは、怪我をして動けなくなっているのかもしれない、ということだ。

その可能性があるのに、なにもできずに手をこまねいているしかないという焦燥感が、智志の胸中で膨らむ一方だった。

　ほかになにか打てる手はないだろうか、と智志がさらに考えを巡らせていたとき、

「発電機が到着したぞ！」と言って、陽輔の親父さんの隆浩さんが、やませみハウスに駆け込んできた。

「大小含めて二十台くらい運んできたっけ、手が空いでだら手伝ってけろ！」と言って、智志や幸夫さんに向かって手招きする。

　隆浩さんが知らせに来た発電機というのは、電力会社がヘリで空輸してくれた発電機のことだった。

　それから夕方まで、共英地区は再び慌しくなり、智志も様々な手伝いに追われることになった。

　まずは、電力会社の職員が、やませみハウスの配電盤に大型発電機を接続して、本格的な電力供給の再開から始まった。

　これに関しては、電力会社の職員に任せておけばよかった。手際よく作業に取り掛かったかと思うや、一時間もしないうちに、乏しかったやませみハウスの電力事情は回復した。昨夜までは、テレビを点ければ冷蔵庫が使えなくなり、その逆も然りで、電灯も薄暗くしか灯せなかったのが嘘みたいに、完全復旧を果たした。

　こうして電力の復旧が終わると、昨夜はやませみハウスに泊まってもらったレスキュー隊の人たちのために、キャンプ場のコテージを提供する準備を行った。

同時に、やませみハウスの冷蔵庫もフル稼働を始めたので、各家々から、米や味噌だけでなく、まだ悪くなっていない食材をできる限り運んできて、冷蔵庫に移した。食料を中心にした救援物資が今日になって続々と届き始めていたものの、収穫時期を迎えているイチゴ畑を守りながら、道路が復旧するまで共英地区に残って頑張ろうと決めたからには、できるだけ備蓄を増やしたほうがいい。その結果、残った住民が一ヵ月は食い繋げるだけの食材を、やませみハウスに集積できた。

ともあれ、こうして忙しく動き回っているうちに地震後二日目の午後もあっという間にすぎて夕暮れ時となり、地区内に散らばっていた二世の男たちがやませみハウスに三々五々集合して、二度目の夜を迎えることになった。

二日目のやませみハウスは、レスキュー隊がキャンプ場に移ったこともあり、昨夜よりもだいぶ落ち着いた状態になっていた。なにより、電気の完全復旧が大きく、蛍光灯の眩しい明かりを取り戻したやませみハウスが心強かった。

そんな折、崩落した道路の復旧作業が本格的に始まり、自衛隊が急ピッチで作業をしているので明日にもとりあえず開通し、一週間もすれば完全に復旧して孤立状態から解放されそうだ、という朗報がもたらされた。

この知らせに、やませみハウスは沸き立った。少なくとも一ヵ月は籠城しなければならないだろうと覚悟していただけに、一週間ですむというのは、思ってもいなかった大幅な短縮である。これで沸き立たないわけがない。

ということで、座敷のテーブルを囲み、豚汁を酒の肴に、「やっぱり、冷えたビールは美味いっちゃなあ」などと喉を鳴らしながら宴会が始まったところに、来客があった。

「こんばんは」と言いながらやませみハウスに入ってきた三人を見て、誰もが驚いた。

ディパックを背負って現れたのは、鹿の湯と十字路の交差点のあいだにあるもう一軒の温泉宿「駒湯山荘」の主人、工藤さんとその奥さん、そして、工藤さん夫妻の娘さんだったのである。

「あれ？　法事で麓に下りてたんじゃなかったっけ」

智志の父が驚き顔で問いかけると、工藤さんはディパックを背中から下ろし、

「いやあ、宿の建物がどうなってるか、心配だったもので」と笑いながら答えた。

「ヘリで？」の問いに、

「いや、歩きで」工藤さんが横に首を振る。

「えっ？」

驚きの声を上げた面々に、工藤さんが説明を始めた。

それによると、ヘリコプターに乗せてもらうのは無理そうだったため、栗駒山の麓にある栗駒ダムから昔使っていた登山道に入り、崩落して転がっている巨大な岩や崖崩れの現場を避けたり迂回したりしながら、行者の滝と孕み坂を経由してここまでたどり着いたということだった。

三人ともよくまあ無事に登って来られたものだ、と半ば呆れつつ感心して話に耳を傾けていると、道路の復旧を祝って酒盛りを始めていたのだと聞いた娘さんが、

「道路、そんなに簡単に復旧しないと思いますよ」と言って、首をかしげた。

それを聞き、席を立った金本さんが、あちこちに電話を入れ始め、やがて、顔をしかめながら座敷に戻ってきた。

「どうやら、道路が復旧するのは、ここではなくて、花村地区のことらしい」

その言葉を聞いて、一同ががっくりしたのは言うまでもない。

「なんだよ、ぬか喜びだったのかよ」

「いったい誰だあ？　明日にも開通するなんて、いい加減なデマを飛ばしたのは」

しばらくのあいだ、あーだこーだと、憤りを口にしたり文句を垂れたりしていたものの、やがて皆が、やれやれ、という顔つきになって気を取り直したところで、

「ところで、こんな物を途中で拾ったんだけどね」

そう言った工藤さんが、デイパックのポケットから、泥で汚れてよれよれになった帽子を取り出してみせた。

「それ、どこで見つけたんですか」

智志の父、耕太が尋ねると、

「行者の滝からちょっと登ったあたりだね。あの辺も土石流で埋まっていたんだけど、岸に近いところで見つけたので拾っておいたんですよ」と答えた工藤さんが、耕太に帽

子を手渡してから、

「もちろん、周囲を確かめてみたんだけどね。帽子以外にはなにも見つけられなかった」と付け加えた。

しばらく帽子を検めていた耕太が、

「うちの祖父ちゃんのかな……」と呟くように言ったあとで、

「どう思う？」と、智志に帽子を手渡してきた。

見覚えのある帽子ではあるのだが、JAのマークが入った帽子なので、たいていの家にはひとつやふたつ転がっており、名前でも記入していない限り、誰のものとは特定できない。そして、工藤さんが見つけてきた帽子には、どこをひっくり返しても名前は見当たらなかった。

「祖父ちゃん、帽子に名前を書いていたっけか？」

耕太から聞かれた智志は、記憶を探りながら、

「書いてはいなかったと思うけど」と、返事をした。

それを聞いた耕太が、

「誰か、帽子を無くした人は？」と周りを見回した。だが、一同は全員、横に首を振るばかりで、俺のだ、あるいは、俺のかもしれない、と手を挙げる者はいない。

「となると、祖父ちゃんのものだという可能性は残るわけだ」と言って耕太はうなずいたものの、それきり黙り込んでしまった。

父の沈黙の理由は、先を聞かなくてもわかった。

もしこの帽子が祖父のものだとしたら、本人も土石流に巻き込まれてしまった可能性がきわめて高い。鹿の湯の建物でさえ簡単に押し流し、いとも容易く谷を埋め尽くしてしまうような土石流である。それに巻き込まれたのだとしたら、万にひとつも生きている可能性はないだろう。

智志の胸中では、一度は押さえ込んでいた不安が、再び大きく膨れ上がって止まらなくなっていた。

2

雲の切れ目に星の瞬きが見え隠れする夜空の下、やませみハウスの敷地内の小さな公園に、智志はひとりでいた。

公園の街灯は復旧しておらず、やませみハウスの窓から漏れる明かりも、智志がいるところまでは届いてこない。だが、南の空に昇っている月の明かりが、薄い雲を通してほんのりと周囲を浮かび上がらせている。

その一角に置かれているベンチのひとつに智志が腰を下ろしているのは、ひとりでゆっくり考えたいことがあったからだ。

時刻は、午後の八時を十分ほど回ったところ。あと三十分ほどで、地震発生から三十六時間が経過する。智志の頭のなかでは、その二倍の七十二時間という数字が駆け巡っていた。言うまでもなく、災害時の人命救助の際、大きな分岐点となる経過時間のことだ。

保さんや章さん、そして、祖母の克子から聞いた話を総合すると、祖父は地震発生時に鹿の湯にはいなかった、と考えてよいと思う。根曲がり竹を採りに山に入ったのではないかという推測も、たぶん間違いないだろう。

では、最初に大地が揺れたとき、祖父の耕一は、いったいどこにいたのか……。やませみハウスからいわかがみ平のあいだのどこか、という幸夫さんの予想も当たっているように思う。

ここで智志の頭を悩ませるのは、駒湯山荘の主人、工藤さんが途中で拾ってきた帽子の存在だった。工藤さんの話では、行者の滝から少し登ったあたりで見つけたということなので、だいぶ下流のほうになる。

もし耕一の帽子だとしたら、本人も土石流に呑まれてしまった可能性が高い。しかし、本人は無事で、帽子だけが下流まで運ばれてしまったという可能性も、全否定することはできない。

そもそも、あの帽子が耕一のものかどうか、それすらもはっきりしていないのである。帽子という物的証拠に振り回されすぎるのもよくないと思うのだが、やっぱり気になって仕方がない。

　こんなふうに悶々としているあいだにも、時間は少しずつ、しかし確実に削られていく。鹿の湯の被災現場では、耕一をカウントから外したとしても、保さんの長男をはじめとして、まだ四名もの人たちが発見されていない。

　だから、レスキュー隊の救助活動は、明日も終日、鹿の湯の現場に向けられることになるだろう。そうして耕一の捜索にまで手が回らないまま日没になり、さらに一夜が明けたら、地震発生から三日目の朝がやってくる。つまり、七十二時間というタイムリミットを迎えてしまう。

　智志の胸中にある焦りが、いまは次第に、迷いに変化しつつあった。

　耕一がどこかでまだ生きていて、助けが来るのを待っているのだとしたら、明日という貴重な時間を無駄にはできない。自分ひとりででも、やっぱり祖父の捜索を試みたほうがいいのではないか……。

　しかし、もう一度、区長の金本さんに捜索活動を申し出ても、前と同じように絶対に却下されるに決まっている。金本さんが反対するのは、立場上、当然だろう。

　でも……と、黒い森に目を向けた智志の脳裏に、山菜や茸を採りに祖父と一緒にずいぶん山歩きをしたっけなあ、と懐かしい記憶が甦ってきた。

　最も頻繁に祖父と一緒に山を歩いたのは、小学生のころだった。そのころの耕一は、一家の家計を支える大黒柱の位置を息子の耕太に譲り渡していたので、時間的な余裕ができたのだろう。もともと山歩きが好きだった耕一は、しょっちゅう孫の智志を山に連れていった。
それを嫌だと思ったり、鬱陶しく感じたりしたことは一度もない。というより、山に関しては知恵袋みたいな祖父と一緒に、茸や山菜を探すのが楽しくて仕方がなかった。たとえば、家族にさえ採れた場所を教えない、とよく言われる天然舞茸の在り処を、耕一は「父ちゃんにも内緒だからな」と言って、智志にだけこっそり教えてくれた。あるいは、クマ棚をはじめとした野生動物の痕跡の見分け方を、出くわすたびに、詳しく智志に教えてくれた。だから耕一は、智志にとって祖父であると同時に、山の師匠と言ってもよいような存在だ。

一度は仙台での生活を経験した自分が、こうして戻ってくるほど共英地区が好きなのは、間違いなく祖父の影響だと思う。祖父と一緒に山歩きをした経験が、この山を好きにさせた。ちょっと大げさかもしれないけれど、この栗駒山の空気と水と緑が、そして凍てつく雪さえもが、自分の血肉となっているのだと思うし、そんな自分が嫌いじゃない。それもこれも、耕一の存在があってのことだ。

その祖父ちゃんが、もしかしたらいまこの瞬間も助けを求めているのかもしれないと考えると、居ても立ってもいられなくなる。

様々な葛藤と戦いながら、一時間近くもベンチの上でじっとしていただろうか。

雲の向こうの、おぼろげな月の影へと視線を向けた智志のなかから、迷いが消えつつあった。

やはり明朝、明るくなるのを待って、ひとりで祖父ちゃんを捜しに行こう。

このままなにもせずに祖父を死なせてしまったら、絶対に後悔する。もちろん捜索を試みたからといって発見できずに終わるかもしれないし、むしろ、その可能性のほうが高いだろう。というより、客観的に状況を分析すれば、すでに耕一が死んでいる可能性が大だと考えるべきなのかもしれない。

だが、それが問題なのではなかった。可能性がゼロじゃないのになにもしないでいる、というのが嫌だった。やってみてダメだったら仕方がない。しかし、少しでも可能性があればそれに賭けてみる、というのが、この集落に生まれた自分たちが受け継いでいる、祖父ちゃんの代からのチャレンジ・スピリット、開拓精神ではなかったのか。

明日やろうとしていることは間違っているのかもしれないけれど、自分の気持ちには正直に従おう、と智志は決めた。

よしっ、と胸中で言ってベンチから腰を浮かせかけたとき、ジーンズのポケットで、携帯電話がメールの着信音を鳴らした。

ベンチに尻を落ち着け直し、携帯電話を取り出してディスプレイを開いてみる。

瑞穂からのメールだった。

夕方になって、やませみハウスの周辺で携帯電話が使えるまでに電波事情は復旧していたものの、瑞穂には、昼間、ヘリコプターで麓に下りたときにこっちの状況を電話でかいつまんで教えただけで、今日はその後、連絡を取り損ねていた。山に戻ってからもあれこれ忙しく、ようやく一段落したと思ったところに、工藤さん夫妻と娘さんが現れたので、携帯の復旧を瑞穂に教えるのをすっかり忘れていたのだ。

あちゃ〜、と思いつつ、携帯のボタンをクリックしてみると、〈大丈夫？〉という件名でメールが着信していた。

〈このメール、届くかどうかわからないけど、一応送ってみます。そっちはその後大丈夫？　晩ご飯は食べた？　いろいろ大変だと思うけど頑張ってね。返信できたらメールください〉

そういえば、麓から瑞穂に電話をしたとき、

「山から下りるなら下りるって、なんで連絡してくれなかったの？　知っていたら、今日は会社が休みだから会いに行っていたのに」と怒られてしまっていた。

メールじゃなくて直接話をしようと思い、瑞穂の携帯番号を検索したところで、発信ボタンを押そうとした手が止まった。

瑞穂の声を聞いたら、いま考えていたことを話してしまいそうだった。そうすれば、危険だから絶対ダメ、と言って止められるだろう。瑞穂から反対されたら、それを無視するのは難しい。せっかくの決心が鈍ってしまうかもしれない。かといって、明日ひとりで祖父の捜索に出かけようとしているのを隠したままで会話を終えられる自信はなかった。

たとえ説得と口止めができたとしても、周囲にバレずにすむかどうか怪しい。どうし

ても心配になった瑞穂が、直接やませみハウスか災害対策本部に連絡を取って、こっちの計画をバラしてしまうことも有り得る。

しばらく思案した智志は、直接瑞穂と話をするのはやめにした。かわりに、携帯での通話はまだできないけれどメールのほうはなんとか復旧した、ということにして、メールの返信だけですませることにした。

送信ボタンを押したあと、ふう、と息を吐いて南の空に目を向ける。いつの間にか雲が切れ、満月に数日早い月が、夜空に高く架かっていた。メールしか復旧していないだなんて嘘を吐いたのがバレたら、あとでまた怒られるだろうなあ、と思いながら瑞穂の顔を月の明かりに重ね合わせる。

その面影に向かって、祖父ちゃんが見つかるかどうかはわからないけど、俺は無事に戻ってくるから大丈夫、と胸中で呼びかけた。

それは、瑞穂に向けたものであると同時に、自分に言い聞かせている呟きでもあった。

3

祖父を単独で捜索する決意と覚悟ができたとはいえ、周りから怪しまれずにどうやって実行するかがけっこう難しい問題だったものの、とりあえずアリバイ工作を思いついた。

やませみハウスのホワイトボードには、山に残っている住民の名前が記載されていて、出かけるときは行く先を記入しておく段取りになっているのだが、そこに、自宅・畑・工場と、三ヵ所、書き入れておくことにしたのだ。そうしておけば、それぞれが忙しく動き回っているなか、智志の姿が終日見えなくても、誰も疑問に思わないだろう。

とはいっても、必要以上に無理をするつもりはなかった。自分が二次災害に遭うようなことがあれば、必死に救助活動を続けているたくさんの人たちに、あまりに大きな迷惑をかけてしまう。

いろいろ考えた末、耕一が見つかっても見つからなくても、まだ十分に明るいうち、午後四時くらいにはやませみハウスに戻ろうと決めた。

そしていま、地震発生から三日目の早朝、もう少しで日の出を迎えようとしている時刻に、こっそりやませみハウスを抜け出した智志は、緑がすっかり濃くなっている森を前にしていた。

智志の立っている場所は、いわかがみ平に向かって通じる観光道路を、やませみハウスから上へと、一キロメートルほど登った道端だった。

さてと……と、ロープや食料を詰め込んだデイパックを背負った智志は、これから捜索しようとしているルートを頭のなかに思い描いた。

少し迷ったものの、道路の北側から山に入ることにした。耕一が採ろうとしていたはずの根曲がり竹は、この時季、そこら中に顔を出しているものの、帰りに鹿の湯に寄って保さんにお裾分けをしようと祖父が考えていたのだとすれば、南側、つまり宿の反対側の山に入ったのでは遠回りになる。それに、観光道路の北側のほうには、一般の登山客はほとんど使わなくなったものの、獣道に毛が生えた程度の登山道がある。

もし自分が祖父ちゃんだったら、いまいる場所からその登山道に入り、根曲がり竹を探しながら沢沿いに標高を下げていき、鹿の湯へと下りるルートを選ぶだろう。

ここから少し行くと、いわかがみ平のそばを流れてきた、新湯沢という名前の小さな沢にぶつかる。その沢沿いにしばらく下っていくと、途中でもう一本の沢と合流する。そこから裏沢と名前が変わって、鹿の湯のそばを通り、やがて行者の滝へとたどり着く。

鹿の湯の建物が押し流され、いまは土石流で埋め尽くされている沢筋である。

地震が発生したとき、祖父の耕一が、この沢筋の近くにいた確率はかなり高いのではないかと思う。まともに土石流に呑まれてしまっては完全にアウトだが、祖父ちゃんは間一髪で難を逃れ、しかし、身動きができなくなって、帽子だけが下流に運ばれた。

昨夜から何度も思い描いたそのシナリオは、自分にとって都合のよいものなのは承知している。それが一縷の望みにすぎないことも、十分にわかっている。しかし、そのシナリオに賭けてみようと、いまの智志は決めていた。

4

朝露に濡れる森に智志が踏み入ってから、一時間あまりが経過していた。東の空にはとっくに太陽が昇っていた。しかし、まだ水滴を蒸発させてしまうほどの高度にはなく、おかげで両手に嵌めた軍手をはじめ、ジーンズも上着も、じっとりと濡れそぼっている。

それでも、消えかけている登山道とはいえ、踏み分け道を歩いていられるうちは、ましだった。だが、いくらもしないうちに、畳一畳ほどの陽だまりが開けたところで登山道は行き止まりになり、そこから先は本格的な藪漕ぎをしなければならなくなった。

新緑の季節をとっくにすぎ、緑が勢いを増しているこの季節の藪漕ぎは手ごわい。いくら山歩きに慣れていても、できれば避けて通りたい。鉈で藪を薙ぎ払いながらの行軍は、極端に体力を消耗する。最初のうちこそ、鉈の切れ味を楽しむ余裕があっても、手のひらにマメができつつあるのに気づいたときには、腕そのものが鉛みたいに重くなっている。

懸命に鉈を振るいながらも、智志は不安を覚え始めていた。進むにつれて藪がどんどん深くなってくる。どこかでルートを間違えた可能性が、なくもない。

ともあれ、背丈以上あるような笹藪に入っていたので、まずはここから脱出して、もう少し見晴らしのよい場所に出る必要がある。

そうしてしばらく藪と格闘していた智志は、鉈から伝わる手応えが急に薄くなって、眉をひそめた。

鉈を腰の鞘に戻し、呼吸を整えてから目の前の藪を左右に掻き分けてみると、その先に空が見えた。

笹藪と雑木に覆われた山肌が、あるべき場所から消えていた。

智志がたどろうとしていたルートが地滑りを起こして崩落し、赤茶けた地肌が剝き出しになった崖に変わっていたのである。

おそらく、と智志は思った。

鹿の湯を押し流した土石流の原因となった、最も上流部分の崩落現場に違いなかった。

念のため、手近な樹の幹にロープを結わえ付けてから、もう一方の先端を腰に回して命綱のかわりにし、崩落して崖になっているぎりぎりのところまで進んだ。

右手でロープを握り、半身の姿勢になって崖下を覗き込んでみる。沢が流れていたはずの崖の底までは、だいたい五十メートルくらいだろうか。

自由の利かない姿勢なので、崩落現場の全容は捉え切れなかった。だが、とりあえず見える範囲に、人の姿はない。

次いで視線を上に持っていき、崖崩れの場所を越えられそうかどうか検討してみる。

もちろん、真っ直ぐ向こう側へ横切ることはできない。絶壁というほどには切り立っておらず、気をつければ横断できないこともないように見えるのだが、それは足下がしっかりしていれば、の話である。崩落したばかりの崖なのだから、靴底を載せたとたん足場ごと崩れて谷底へまっしぐら、となりかねない。

沢まで下りて崩落箇所を横切るのが、時間的には最も短くてすみそうだが、それだと地滑りを起こした山肌が自分の頭上にそびえていることになる。真下にいるとき強い余震でも来たら、再度崖崩れが起きるかもしれない。そしたら、即死は免れないだろう。それに、たとえ余震が来なくても、山肌から剝がれた岩が転がってきて直撃される、ということも有り得る。事実、こうして見ているあいだにも、あちこちで小石が剝がれ、谷底目がけて転がっている。

やはり、崩落した崖の上まで登って迂回するのが最も安全な方法のように思われた。

そうしよう、と決めた智志は、命綱を繋いでいたブナの木のところまで戻り、解いたロープを束ね直してデイパックに詰め込み、上へと向かって、藪に覆われた斜面を登り始めた。

自分がどの辺まで登っているのか、ときおり止まって確かめながら、じりじりと高度を上げていく。そうして五十メートルほど登ったあたりで、足下の傾斜が緩くなり、それとともに、背の高い木々が増えて、下生えも若干ではあるが疎らになった。

崩落した崖を迂回するため、崖の縁から二十メートル程度の間隔を保って、移動している最中だった。

ふと視線をやった先に、人工物が見えた。

カエデの枝に引っ掛かっているように見えるそれが、自然のものではなくて人工物だとすぐにわかったのは、水色をしていたからだ。この距離からだと、いったいなになのかは判別できなかったものの、明らかにプラスチックかビニールのような色合いである。

方向は、いま智志のいる位置から、崖に向かって十四、五メートルほど下りたあたり。

つまり崖の縁から五メートルほど手前になる。

足下の具合を確かめながら、見つけた人工物に向かって、ゆっくり進んでいく。

少しずつ距離が縮まり、その物体の正体がわかったとたん、強めの余震が来た。

ざわざわと森が揺れ、崖から剝がれた石や岩が、パラパラ、ゴロゴロと転がり落ちる音が届いてくる。

いつでも走れるように腰を落とし気味にして、揺れが去るのを待った。

幸いにも、それほど大きな揺れではなかった。

再び静かになった森の気配を窺う。

瓦礫が崖を転がり落ちる音はしなくなっていた。聞こえてくるのは、早朝から飛び回り始めたヘリコプターのローターが発する音だけだ。

気を取り直した智志は、再び人工物に向かって歩を進め始めた。崖の縁に近いので明らかに危険地帯だと思う。それでも智志が接近を試みているのは、いまの余震の直前に人工物の正体がわかったからだ。

水色の人工物は水筒だった。小学生が遠足に行く際に、肩にたすきにかけて携行するタイプのものだ。しかも、その水筒は自分のものかもしれなかった。小学生のころに使っていた、ディズニーのキャラクター入りの水筒なのだが、智志が使わなくなってからは、耕一が使っていたはずだ。実際、野良仕事や山歩きに出かけるときに、耕一がぶら下げているのを見た覚えがある。

　カエデの木にたどり着いて確かめてみると、果たして予想通りで、薄れて消えかけてはいるものの、サインペンで水筒に書かれた、オオトモサトシ、という名前が読めた。キャップを外して確かめてみると、水筒には半分以上水が残っていた。

　間違いなく祖父はここにいた。

　ただし、自分の予測が的中したことは嬉しかったものの、耕一が発見できたわけではない。

「祖父ちゃん！」

　ときおり呼びかけながら、水筒を見つけた位置からあまり離れないようにして、周囲を捜し始める。しかし、水筒の発見場所から半径十メートル以内にはなんの痕跡も見つからなかった。

　元の位置に戻って、もう一度、状況を分析してみる。

　水筒は、智志の顔の高さほどの枝に、ストラップを引っ掛けるようにしてぶら下がっていた。

　上から転がってきて、偶然枝に引っ掛かったわけではないだろう。引っ掛かっていた位置や枝の形から推測すると、なにかの理由があって、耕一が自分で水筒を枝に掛けたとしか考えられない。そして、このあたりで休憩していたときに、地震に襲われたのではないか。

もし耕一が無事だったとしたら、最初の揺れをやりすごしたあと、なにを置いても、家に戻ろうとするはずだ。そのとき、水筒を置き去りにしたのかもしれない。しかし、耕一ほどの山歩きのベテランが、水の残っている水筒をほったらかしにして動き始めるとは、どうしても思えなかった。

だとしたら、水筒を手にできない事情があったのは確かで、理由として考えられる最悪のケースは、智志がいまいる位置から五メートルほど先から始まっている地滑りとともに、谷底へ……。

考えたくはないことなのだが、その光景を思い描いてしまった智志は、軽い目眩を覚えた。なぜか、周囲の景色がすうっと流れていくような目眩がする。

いや、目眩ではなかった。足下から伝わるゴゴゴゴっという音と振動で、本当に景色が流れているのだとわかった。

自分の立っている場所が、密生している木々もろとも大地から引き剝がされて、重力に引っ張られるままに崩れ落ちていく。

そう気づいた刹那、崖とは反対側の方角へ身を投げ出すようにして駆け出そうとしたものの、足場ごと崩れて、すとんと身体が落下し始めた。

地中を這っていた木々の根がブチブチと音を立てて千切れ、土石と一緒に雪崩れ落ちていく。

自分も土石流に吞まれかけながら、そのときの智志の頭にとっさに浮かんだのは、無断で避難所から抜け出してこんな目に遭って、親父にこっぴどく叱られてしまうだろうな、という後悔だった。

　奇妙なことに、絶体絶命の危機的な状況にありながらも、自分が死ぬとは考えていなかったのである。おそらくそれは、このときの智志に限ったことではなく、土砂崩れでも雪崩でも、あるいは津波でも、突然やってくる災害で瞬時に命が奪われる場合、誰もが最後の瞬間まで自分が死ぬとは考えていないのだろう。

　このときの智志にとって幸運だったのは、自分が落下していくちょうど真下に、岩棚のようになった出っ張りがあったことだった。

　ザーッ、と音を立てて周囲の土砂が消えたあと、気づくと智志は、その岩棚の上に尻餅をついた恰好で取り残されていた。岩棚といっても、事務机の半分程度しかない大きさの出っ張りだったのだが、それで命拾いした。死神が耳元を掠めていったような際どさだった。

　崖崩れの音が止み、間一髪で自分が助かった、と理解できたとたん、ぶるぶると身体が震え始めた。が、下手に身じろぎをすると岩棚から落ちてしまいそうで、歯を食いしばって震えが収まるのを待つしかなかった。

　そのまましばらく呼吸を整えることだけに専念し、ようやく震えが収まったところで、幸いにも命が助かったものの、自分がかなりまずい状況にあるのがわかった。

　智志がいる岩棚の周辺の斜度は、ざっと見たところ、平均して四十五度前後。数字だけ聞くとたいしたことはないように思えるかもしれないが、上から見下ろすと、ほとんど絶壁に見えてしまうような急斜面である。

しかも、文字通り根こそぎ山肌が崩落しているので、手がかりや足がかりになりそうなものはなく、斜面をトラバースしてここから逃れるのは無理だ。しかも、履いているのは底の平らなスニーカーだし、たぶん、数メートルもいかないうちに足を滑らせ、そのまま谷底まで滑落してしまうだろう。

どう考えても、ここでじっとして助けを待つしかなさそうだった。ただし、この岩棚がどこまで持ちこたえてくれるかは、はなはだ疑問だ。

親父や金本さんからどんなにきつく叱責（しっせき）されることになろうと、とにかく救助要請をするのが先決だった。

避難所のやませみハウスの周辺で携帯電話が通じるようになったのだから、もしかしたら、ここでも使えるかもしれない。

そう考えてジーンズのヒップポケットから携帯電話を取り出したのだが、ディスプレイを開いたとたん、智志は顔をしかめた。

ディスプレイの液晶が壊れてぐしゃぐしゃになり、電源も切れていた。

試しに何度か、電源スイッチを入れたり切ったりしてみたが生き返ることはなかった。

この岩棚に尻餅をつく体勢で落ちたとき、自分の尻で破壊してしまったに違いなかった。

役に立たなくなった携帯電話をポケットに戻し、どうしようかと途方に暮れていると、

「智志！」

自分の名前を呼ぶ声が山肌に反響するのを聞いて、危うく岩棚からずり落ちてしまいそうになるくらいびっくりした。

「智志、こっちだ！」

再び聞こえた声を頼りに首をねじると、右手側、二十メートルほど先の崖の縁で、笹藪の隙間から顔を覗かせている耕太の姿が、目に飛び込んできた。少し前、智志が藪漕ぎの手を休めて崖を覗き込んでみたのとちょうど同じ場所に、耕太はいた。

「親父っ、なんでここに？」

あまりに驚いて素っ頓狂な声を上げると、その質問を無視して、

「智志、お前の乗っかっている場所、しばらくは大丈夫そうか？」と耕太が訊いてきた。

「でかい余震が来なければ、たぶん」

そう答えると、

「よし！　そんじゃあ、真上からロープを垂らしてやっから、それを頼りに登って来い。いいな！」と指示した耕太は、智志が返事をする前に藪の奥へと姿を消した。

それからほどなく、「どうだ？」と尋ねる声とともに、ロープの先端が頭上から下りてきた。

伸ばした手でロープを手繰り寄せ、

「届いた！」と声を飛ばすと、

「よっしゃ。そしたら、ちゃっちゃと登って来ぉ！」と返ってきた。

まずは自分の腰にロープを回して命綱にする。そのあとで幾度かロープを引いて手応えを確かめ、覚悟を決めて崖を登り始めた。

土が剝き出しで滑りやすくなっていて、どうしても足下がおぼつかない。が、途中から、上にいる耕太がロープを手繰り寄せて加勢してくれたため、思ったよりも苦労せずに崩落箇所から脱出することができた。

「親父――」

智志が話しかけようとすると、

「まずは崖の真上から離れるぞ。話はそのあとだ」そう言いながらブナの幹に回していたロープを解いた耕太が、先に立って斜面をトラバースしはじめた。

数十メートル進んだところで、

「この辺までくれば大丈夫だな」と言って、耕太が立ち止まった。

「親父、なんでここに」

あらためて智志が訊くと、

「お前を追っかけて来たに決まってっぺな。勝手に単独行動なんかしやがって、この馬鹿たれが」という答えとともに、脳天にきつい拳骨を食らった。

「っ痛ぅ～」

あまりの痛さで涙目になって頭を抱えたものの、むしろ感謝したくなる拳骨だった。

にいっ、と息子に向かって笑いかけた耕太が、

「いいが、自分の親父を舐めんなよ。お前の考えそうなことなんぞ、すっかりお見通しなのだ。まあ、最初は便所にでも行ったと思ったんだけど、すぐに車の音が聞こえてきたものな。それでピンと来たのだ。そしたら、案の定、あの登山道の脇にお前の車があるっちゃね。あとは、お前がつけた藪漕ぎ跡をたどればすむ話だものな。まあ、ここまでピンチになってるとは、さすがに予想してなかったけどよ」と言ったあとで、

「それで、なにか手がかりは見つかったのか？」と尋ねてきた。

水筒を発見した経緯を手短に説明したあとで、

「親父、ほんとにゴメン。でも、助かった」あらためて謝ると、
ふむ、とうなずいた耕太が、

「どれ、そしたら、ふたりして祖父ちゃんを捜してみっか」と口にした。

「え？」

予想外の親父の言葉にぽかんとしていると、

「せっかくここまで来たんだから、あたりをもう少し捜してみっぺし」

「お、親父、俺を連れ戻しにきたんじゃ……」

智志が眉根を寄せると、

「昼までには必ず戻るからって、やませみを出る前、金本さんに了解をもらってきた。それに、衛星携帯電話を一台、借りてきたからな。連絡はいつでもつく」とうなずいた

耕太が、

「そんじゃあ、まずは、いまの崩落現場の周辺を捜してみるぞ」と言って、先に立って斜面を下り始めた。

その背中を見やりながら智志は、ふだんは鬱陶しいだけの親父だけれど、いざというときはやっぱり頼りになるんだよなあ、と頼もしさを感じていた。

5

正午までというタイムリミットで、耕一の捜索に取りかかった智志と耕太は、崩落箇所の縁に近い部分を、ゆっくりと谷底へ向かって下りていた。

崩落箇所に注意を払いながらしばらく下りたところで、前を行く耕太の足が止まった。

「智志！」と、声を上げて振り返った耕太が、

「おい、あれ、祖父ちゃんのリュックじゃないか？」と言って、指をさした。

その先に視線を送って目を凝らす。

上から見下ろしたときはよくわからなかったのだが、崩落した崖のちょうど真ん中あたりに、地盤ごと滑り落ちてきたらしい松の木が横たわっていて、そのすぐそばに、くすんだ緑色のリュックサックが、泥に塗れて転がっているのが見えた。色合いも、祖父が持っているものと同じだ。

耕太の隣に立って、

「たぶん間違いないと思う」とうなずく。

「人の姿はねえなあ……」

あちこちに視線を這わした耕太が、

「ちょっと、見てくるわ」と口にする。

「ちょっとって、危ないよ」

「もしかしたら、ここからの死角になっているところで、倒れたり埋まったりしてっかもしれないだろ」

「そりゃそうだけど……」と言いながら周囲を見回し、崩落箇所を上から下まで観察してみる。

崖となって地肌が剝き出しになっている部分の高度、つまり全長は、百メートルくらいだろう。いま智志と耕太がいる位置は、土石が溜まった谷底から二、三十メートルほど上のあたり。その位置での崩落箇所の幅は、学校のプールの倍くらいと見てよいので、ほぼ五十メートル。その真ん中へんに松の木とリュックがある。そこで止まった松の木に遮られ、その向こう側が死角となっていて、どうなっているのか様子がわからない。

そこまで行こうと思えば、行けないことはなさそうだった。というのも、崩落箇所の下端が沢筋になっていて、沢をせき止めるように堆積した土砂によって、上のほうと比べると、傾斜がだいぶ緩くなっているからだ。斜度そのものは、見たところ三十度弱といった感じなので、気をつけてトラバースしていけばたどり着けそうだ。ただし問題なのは、目標が崩落現場のど真ん中だということ。リュックサックの近くにいるときに新たな崖崩れが起きたらひとたまりもない。

しかし、上から転がってきたかもしれないリュックサックがあそこで止まっているということは、耕太の言うように、その周辺で耕一が見つかる可能性もある。

もしかしたら、と思い、

「祖父ちゃーん！　耕一祖父ちゃーん！」と名前を呼んでみる。

しかし、何度か繰り返したものの、返事らしき声はまったくしない。

「俺、見てくるよ」

そう言って足を踏み出そうとしたら、親父に背中のデイパックをつかまれ、後ろへと引き戻された。

「お前はここにいろ。俺が見てくる」

「でも、危ないって」

「だから俺が行くんだろ！」と言った耕太が、

「自分の子どもをわざわざ危険な目に遭わせようとする親はいないっての」と付け加えた。

「じゃあ、俺も一緒に行く」

「いや、お前はここで待ってろ。ふたり一緒に土砂崩れに巻き込まれたら、救助も頼めなくなる」

「親父……」

「心配すんな」

にっ、と笑った耕太は、自分のデイパックから衛星携帯電話を取り出すと、智志に押し付けてきた。

「万一のことがあったら、それで救助要請してくれ」

まったく頑固親父め、と内心で肩をすくめながらも、わかった、とうなずき、耕太の目を見ながら念を押した。

「崖が崩れる気配がないか見ていてやるから、俺が戻れと言ったら、とにかく戻ってよね。いい？」

「わかった、任せとけ」

うなずいた耕太の手が伸びてきて、息子の頭を、くしゃっ、とひと撫でると、次の瞬間には踵を返して、崖へと長靴を踏み出していた。

斜面の上のほうと耕太に、交互に視線を送りながら、息を殺して見守り続ける。

斜度が緩くなっているとはいえ、崩落からさほど時間が経っていない崖のことゆえ、やはり足場はしっかりしていない。

踏み出された長靴の底が地面に潜り、引き抜く際に、土と一緒に小石がころころ崖下に転がっていく。

それでも少しずつ距離を詰め、残り三分の一ほどのところまで耕太が進んだとき、崖の上のほうから、小指の頭大の小さな土くれがぱらぱら落ちてきているのに気づいた。

「親父っ、止まって！」

ぎくりとした様子で耕太が歩を止め、一度振り返ったあとで、智志と同様、崖の上の方へと視線を向けた。

「そこで、じっとしてて！」

智志と耕太のちょうど真ん中くらいの斜面を、土くれが埃を立てて、ぱらぱらぱらぱら、転がり落ちてきた。それが引き金になったように、周辺の斜面にへばりついていた柔らかい土が剝がれ、砂時計の砂が流れるように、崖にできた溝を伝って、さらさら滑り落ちていく。

もっと大きな石ころや岩が落ちてこないかと、息を殺して崖を見上げ続けたが、危惧した状況にはならず、ほどなく、土くれの流れも止まった。

それを確認した耕太が、智志に向かって軽くうなずいてみせたあとで再び背を向け、ゆっくりと進み始めた。

あと少し、もうちょっと……。

自分が父の隣を歩いているような錯覚を覚えながら見つめているうちに、ついに耕太は横たわっている松の枝を一本潜り抜け、リュックサックの位置にたどり着いた。

腰を屈めた耕太が、リュックサックを拾い上げてファスナーを開け、手を突っ込んで中身を確認し始める。

しばらくして智志のほうに身体を向けた耕太の手には、根曲がり竹が一束、握られていた。それを頭上に掲げ、

「やっぱり祖父ちゃんだな。間違いない！」と声を上げる。

「ほかには？　その辺には、ほかになにもない？」

そう呼びかけると、

「調べてみっから、ちょっと待ってろ！」

返事をした耕太が、枝先を下に向けて倒れている松の幹を乗り越え、その向こうへと姿を消した。

じりじりとして待ち続けていた智志の耳に、ふいに、「親父！」という声が突き刺さった。

耕太の声だった。自分の父を「親父」と呼ぶ声だと智志が気づくまでに、一瞬、間があった。

「親父！」

今度の「親父」は智志が声にした「親父」である。

「親父ーっ、祖父ちゃんがいたのっ？」

声を張り上げるが、返事がない。

どうなってんだよ、なにがあったんだよっ。

じれったくなり、自分も駆けつけようかとしたところで、松の枝が揺れ、耕太が枝の隙間から顔を覗かせた。

「見つけたぞ！　祖父ちゃんだ！」

耕太の声に、

「無事なのっ？」と、問いかける。

「返事はしねえけど、生きてると思う。この松と地面との隙間に挟まってっから、これから引っ張り出してみる」

「俺も手伝う！」

「ひとりで大丈夫だ」と答えた耕太が、

「それより、やませみに電話しろ。引っ張り出しても、運んでいくのが大変だ。応援を頼んだほうがいい」

「わかった。気をつけて」

うなずいた耕太の顔が松の向こうに消えると同時に、衛星携帯電話を手にし、やませみハウスで基地局として使っている電話の呼び出しボタンをプッシュする。

ところが、ツーツー、という話し中の音。

「ちっくしょう、なんでこんなときに！」

声を荒らげ、一度電話を切ったあとで、すぐに再ダイヤルする。

「なんで、キャッチがついてねえんだよ！」

電話に向かって罵りながら、十回ほど同じ操作を繰り返したところで、ようやく呼び出し音が聞こえてきた。

「もしもし、こちらやませみハウス、金本です」

「俺です、智志です！」

息せき切って答えると、

「智志くん？　お父さんと一緒？」と金本さんが訊く。

「はい、あの、勝手に出かけてしまってすいません」なぜか本題とは関係のない言葉が口をついて出てしまう。

自分で自分に舌打ちしてから、

「祖父ちゃんが見つかりましたっ」と教えると、

「どこで？　無事なの？　生きてんの？」金本さんが畳み掛けるように尋ねた。

「あの、えーと……」周辺の地図を思い描きながら、おおよその場所を伝える。

「──という感じで、そこだけ土砂崩れを起こして崖になっているので、場所はすぐにわかると思います。それで、いま、親父が祖父ちゃんを助け出しているところですが、生きてはいるみたいですけど、呼びかけても返事をしないそうなんです。怪我の程度も、まだわかりません。でも、いずれにしても早く救助隊に来てもらわないと……」

「ちょっと、そのまま待ってて」と金本さんが答え、しばらく誰かとやり取りしている様子がしたあとで、

「智志くん。その場所にヘリコプターは降りられそう？」と訊いてきた。

「いや、無理です。でも――」と答えて崩落現場に目をやり、次いで、その上空を振り仰ぎながら、

「ホバリングして吊り上げることはできると思います。崖崩れのせいで邪魔な木は消えていますから」

「わかった。救助方法が決まったらすぐに電話するから、安心して待っていて。気をつけるんだよ」

そう金本さんが残して、通話が切れた直後だった。

ズンっ、と山鳴りがして足下が揺れた。

一度身震いしただけで収まるかに思えた。

実際、その後の数秒間はなにごともなかった。が、揺れに備えて身構えていた身体から力を抜いた瞬間、ゴゴゴゴっという地鳴りとともに、森がざわめき、山が震えた。

揺れが続いたのは十秒程度だろうか。余震としては、それほど大きなものではなかった。

しかし、脆くなっていた崩落箇所に新たな亀裂を入れるには十分だった。

さきほどと同じように、ぱらぱらさらと、土と砂が山肌のあちこちで流れ始めた。

ぞっとしながら凝視しているうちにも、川が氾濫し始めているように流れが速くなり、土石の量も増えていく。

「親父！　崩れるっ、気をつけて！」

智志が叫んだ刹那、見上げていた崖の斜面が、スローモーションのようにゆっくりした動きで、ずずずずっと、地盤から引き剝がされ、地響きを立てながら崩落を開始した。

第八章 発 案

1

共英地区へ酪農が導入された翌年の秋のことである。

平地ではそろそろ稲刈りの準備が始まろうとしている季節のとある朝、耕一は、開拓農協に集まってきた仲間たちと一緒に、組合で共同購入したトランジスターラジオを囲んでいた。

一同が真剣に聞き入っているのは、NHKの天気予報であった。

ふだんの生活においては、いちいち天気予報を気にするような耕一たちではない。東の空と西の空を交互に見やり、最後に栗駒山の上空に目を向けて雲のかかり具合を確認すれば、明日(あした)の天気は百発百中で当たる。まあ、百発百中というのは言いすぎであるが、大きく外すことはめったにない。

その耕一たちがこうして珍しくラジオの天気予報に耳を傾けているのは、日本列島に台風が接近しつつあるからだった。

といっても、頭上の空は秋の早朝にふさわしく青く輝いており、嵐の気配はかけらもない。それもそのはずで、昨日の朝、奄美大島を通過した台風十八号は、現在四国の南海上にあり、まだ日本列島には上陸していない。ただし、非常に強い勢力を保ったまま、じきに四国の室戸岬付近に上陸するのは確実で、その後、列島を縦断する可能性が大であるから厳重な警戒をするようにと、アナウンサーは呼びかけていた。

台風と聞いて耕一が真っ先に思い浮かべるのは、長男の耕太の誕生である。あのときの台風は、台風としては並のもので、共英地区にもそれほど大きな被害はもたらさなかった。確かに丸太橋が一本流されたが、それは大雨が降れば毎度のことである。しかし、あの風雨のなか、難産に苦しむ妻と初めての子どもの命を救うべく、産婆を連れて孕み坂の泥濘を這い登ったときの記憶は、いまだに鮮明に脳裏に焼きついている。

耕一の個人的な思いは別にしても、まだ足腰がしっかりしていない開拓村にとって、台風は難敵のひとつである。

思えば、共英地区の開拓は大きな台風とともにスタートしたようなものだ。耕一が入植したのは、昭和二十四年の年明けだったが、先遣隊が初めて入植した昭和二十二年、さらに、正式に入植許可が下り、本格的に鹿の湯での共同生活が始まった昭和二十三年と、二年連続で後世に名前を残すような大きな台風に襲われている。

カスリーン台風とアイオン台風である。

どちらの台風のときも北上川やその支流が氾濫し、共英地区への入植者が多い登米地域も洪水被害を受けた。

最近では、二年前に伊勢湾台風が猛威をふるい、愛知県や三重県を中心に甚大な被害が出て、死者と行方不明者を合わせると、全国で五千名余の人命が失われている。

度重なる台風にも開拓途中の共英地区が持ちこたえ、生き延びてきたのは、ブナの原生林に覆われた栗駒山の中腹という、不便なようでいて、こうした災害時には決定的な打撃を受けずにすむ立地条件に、集落が作られたことが大きい。麓に近いとか水が引きやすいとか、あるいは見晴らしがよいとか、利便性のみを考え、河川の氾濫や土砂崩れ、あるいは鉄砲水にやられ易いような場所を開拓地に選んでいたら、すでに共英地区はこの世から消えていたかもしれない。

ようするに、地盤が比較的安定しているからこそ、ブナの原生林が発達したのである。また、保水力の強いブナの根が地中に張り巡らされることで、さらに土壌がしっかりしたものになる。したがって、入植した当時の本人たちが意識していなかったとしても、不便さと引き換えに災害への強さを受け取ってきた、という見方ができなくもないのである。

とはいえ、人間が油断して甘く見ていると、予想もしなかったしっぺ返しを企てるのが自然というものだ。

厳しく苦しい生活を潜り抜けてきて、それは十分知り尽くしているはずの耕一であったが、警戒を呼びかけるラジオの天気予報と今朝の青空は、どうしても結びつかなかった。

2

この日の耕一に油断がなかった、とは言い切れない。いくばくかの油断があったのだとすれば、今回の台風十八号は、記憶に新しい二年前の伊勢湾台風とは異なる種類のものだったことによる。

規模そのものは、猛威をふるった伊勢湾台風と遜色（そんしょく）のない勢力を持った超弩級（ちょうどきゅう）の台風だった。実際、室戸岬に上陸した際の最大風速は、毎秒六六・七メートル、最大瞬間風速は、毎秒八四・五メートル以上に達している。最大瞬間風速が、確定した数字になっていないのは、風速計が振り切れて計測不能であったからなのだが、それほどまでに猛烈な台風だった。

だが、多くの人々にとって幸運だったのは、風は強烈だったものの雨はさほどではなかったことだ。つまり、のちに「第二室戸台風」と名前がつけられることになる今回の台風は、典型的な風台風だったのである。

それが耕一を油断させた。夕方、十八時ごろ能登（のと）半島の東部で日本海側に抜け、日本海沿岸に沿って北上し始めた時点でも、台風を思わせるような雨は降っておらず、風もたいして強くなかった。せいぜい、森をざわざわいわせる程度のもので、台風はこのまま勢力を弱めて自然に消えてしまうのだろうと、耕一に思わせた。

ということで、たいして心配もせずに、いつものように家族五人で夕食を食べたあと、小一時間ほどでランプを消して寝床に入った。

森が大きく身震いを始め、雨戸がガタガタいう音で耕一が目を覚ましたのは、布団に入ってから数時間しか経っていない夜半のことだった。

実は、このころ、速度を上げた台風が秋田県沖に差し掛かっていて、猛烈な吹き返しの風が、北陸から東北地方にかけて吹き荒れていたのである。

結果、奥羽山脈にある栗駒山は、西寄りの暴風をまともに受け止めるはめになった。そしてもちろん、その風からは、耕一の家がある万坊の集落も逃れられなかった。

「あんだ。大丈夫だべかね」

布団の上で身を起こした耕一の耳に、すでに目覚めていたらしい女房の克子の声が、暗闇のなかから届いてきた。

こんなとき、いつもだったら、女房を安心させようとして、「なんも、大丈夫だあ」という返事が条件反射的に口から飛び出す耕一なのだが、そうはいかなかった。口を開きかけたとたん、ふいに突風が吹きすさび、ごごうっ、という音とともに、家自体が震えたのである。

返事のかわりに、う〜む、と声を漏らした耕一は、

「少っこ、待ってろ」と言って、手探りでマッチを探り当て、ランプを灯した。

このころには、いくら山奥の開拓村といっても、一家に一本は懐中電灯が必需品とし

て普及するようになっており、耕一の家にも一本だけだが、ナショナルの懐中電灯がある。しかし、電池を無駄に減らさないようにと、よほどのことがない限り、懐中電灯を手にすることはない。

ここで、耕一がいつものようにランプに手を伸ばしたのは、若干の不安を覚えたとはいえ、本当に切迫している状態ではないと思っていた証拠である。

ランプの明かりのもとで座敷を見回すと、克子だけでなく三人の子どもらもすでに起きだして、不安げな面持ちで顔を見合わせていた。

しばし考えを巡らした耕一は、

「お前達はここで待ってろ。雨戸と窓さ釘を打って来っから」と言って、枕元に手を伸ばして衣服を身につけ始めた。

「手伝うすか？」

そう訊いてきた克子に、

「なに、雨はたいして降ってねえみてえだっけ、俺ひとりで大丈夫だ」と答えて、玄関のほうへ足を踏み出した瞬間だった。

ばふうっ、と巨大な獣が吠えるような音がしたと思ったら、さきほど以上に大きく家が身震いし、バキバキっ、という音が部屋中に轟いた。

なにが起きたかわからずに立ち竦んでいた耕一の身体が、縁側の障子のほうまで吹き飛ばされて、ぶつけた背中で障子の桟がベキベキ折れた。

誰かが耳もとで叫んでいるような騒音のなか、吊ってあるランプが時計の振り子のように大きく揺れ、ちらつく明かりのなかで、壁際の箪笥が風に翻弄されて倒れるのが見えた。

あっ、と思わず目をつぶった耕一だったが、幸運なことに、座敷の隅で身を寄せ合っていた女房と子どもたちは、下敷きにならずにすんだ。

が、ほっとしたのもつかの間、今度は台所のほうから、鍋やバケツが跳ね回る音や食器の割れる音が届いてきた。

それでもかろうじてもちこたえているランプの明かりで、寝室に使っている座敷の西側の窓が窓枠ごと吹き飛ばされ、そこから猛烈な風が吹き込んできて、部屋中を掻き回しているのがわかった。

「こん畜生めっ」

思わず罵りの声が漏れる。

一昨年の伊勢湾台風よりも凄いことはないだろうと、勝手に判断したのが間違いだった。雨戸は二ヵ所釘で留めて済ませただけで、窓のほうはなにも対策を施していなかった。

しかし、いまごろになって後悔しても始まらない。

気を取り直した耕一は、まずは室内に侵入してくる風をなんとかしなくてはと考え、自分が寝ていた布団から掛け布団を引っぺがして、窓枠にあてがおうとした。

ところが、風の勢いがあまりに強すぎて布団が暴れまわり、窓枠に当てることもできない。

「父ちゃん、これっ」

背中から女房の声が聞こえて振り向くと、亭主が布団を手に悪戦苦闘しているあいだに、風呂場まで行って戻ってきたらしく、克子は風呂桶の蓋を携えていた。

こんな事態にあっても機転が利くものだと、自分の女房ながら感心する。

「よしっ」

風呂桶の蓋を受け取った耕一は、克子とふたりがかりで窓枠が嵌まっていた壁に押し付けた。

ただし、四角い穴に丸い風呂桶の蓋である。四隅に隙間が空いて、そこから風が吹き込んでくる。しかし、寸前よりはだいぶましになった。と安堵したのもつかの間で、ふたりで押さえているというのに、突風が吹き荒れるたびに蓋ごと身体が飛ばされそうになる。

やはり、外側から板を打ち付けて風の侵入を防ぐしかなかった。しかし、そうしたくてもこの状態では不可能である。

どうしようかと思案しているうちに、若干であるが、風の勢いが弱まった。あわせて風向きも変わったのか、押さえていた蓋への圧力が消えた。

作業をするならいまのうちだ。

「外していがすど」

そう言った耕一は、

「表から板を打ちつけてくっからよ。童子らと一緒に、窓から離れたところで布団ば被ってろ」重ねて克子に指示を出してから、居間に行って懐中電灯を手にした。

「父ちゃん、俺も手伝う」

長男の耕太が、そう言いながら玄関まで追いかけてきた。

「危ねえからダメだ」

首を横に振ったものの、満九歳になった耕太は、

「したって、父ちゃん。自分で懐中電灯を持ってたら、釘は打てねえっちゃ?」と言って食い下がってきた。

確かに、言われてみればもっともな話である。

さっきよりは風も弱まったし、耕太を連れて外に出ても大丈夫だろう、と考えた耕一が、

「よし、手伝え」

そう言ってうなずき、懐中電灯を手渡すと、嬉しそうに受け取った耕太が、親父に倣って長靴に足を突っ込んだ。

「いいが。飛ばされそうになったら、どこでもいいから父ちゃんさしがみつけよ」

耕太に言い聞かせ、家の奥の克子に、

「安子と耕介ば頼んだぞ！」声を飛ばして表へ出た。

とたんに横殴りの風に見舞われる。だが、身体が弄ばれるほどの強さはなく、この程度であれば耕太も飛ばされることはなさそうだ。風には若干の雨も混じっていたが、すぐにずぶ濡れになるほどではないので助かる。

懐中電灯をしっかり握っている息子を伴い、まずは、母屋の隣の納屋に向かう。

金槌と釘、そして、ちょうどよさそうな長さと幅の板切れをひと抱えばかり選び出し、納屋から出た。

再び風が強まりだしており、それに伴って庭の奥あたりから、バリン、ガラン、という金属的な音が聞こえてきた。

「耕太、彼方のほうを照らしてみれ」

親父に言われた耕太が、懐中電灯の明かりを音のする方角に向ける。

光は十分には届かず、はっきりとは見えなかったものの、牛舎のトタン屋根がめくれ上がって風に煽られているのが見て取れた。

「桃子と花子、大丈夫だべか……」

牝牛の親子の名前を口にして、心配そうに耕太が言う。

確かにこの風に二頭の牛も怯えているだろうが、牛舎のほうは後回しにするしかない。

「まずは家のほうだ」

そう言って息子をうながし、母屋の裏手、西側に回りこんでみる。

やはり、こちらのほうが、風がきつい。それだけでなく、折れた木の枝や千切れた葉っぱが、ひっきりなしに飛んでくる。

「耕太、大丈夫か？」

「うん、これくらい平気だっちゃ」

強がりで言っているようでもなかったが、ふいの突風を受けても飛ばされないように、片手で自分のズボンのベルトにしがみつかせ、

「手元だけ照らしてればいいがすからな」と指示を与えて作業を始めた。

窓枠に板をあてがい、一本ずつ釘を打ち込んでいく。強い風のなかでの作業なので楽ではないが、懐中電灯の光で手元を照らしてもらえるだけでずいぶん違う。

しばらく黙々と作業を続け、窓枠ごと吹き飛んでしまった箇所を塞ぎ終えた耕一は、ぐるりと家の周りを一周して、窓や雨戸を補強して回った。ただし、いったん弱まっていた風が勢いを取り戻してきていたので、必要最小限の補強にとどめて、家のなかに戻ることにした。

「父ちゃん、牛小屋は？」

耕太に言われたものの、この風で牛舎の屋根に登るのはあまりにも危険なので、断念せざるを得なかった。

実際、どうしようかと迷っているあいだにも、千切れ飛んできたブナの枝が母屋の雨戸にぶつかって、派手な音を立てて飛び散った。

ああいうのに直撃されでもしたら、ただじゃすまないのは必至である。

「なあに、心配すんな。人間より動物は逞（たくま）しいすからな。桃子も花子も、これくらいの台風ではどうってことねえのだ」

なんの根拠もなかったが、耕太にそう言い聞かせ、玄関に逃げ込むようにして屋内に戻った。

いつの間にかランプが消え、真っ暗闇になっていた。耕太から受け取った懐中電灯で照らしてみると、風を避け、東側の居間のほうにふたりの子どもらと一緒に身を寄せていたらしい克子が、

「ご苦労さんでした」と声をかけてきた。

母親にぴったりと寄り添っている安子と耕介にも怪我はなさそうだ。

長靴を脱いだ耕一は、居間を横切って座敷まで進み、塞いだばかりの窓枠を懐中電灯で照らしてみた。

若干隙間風は入ってくるものの、大きな問題はなさそうなのでほっとする。

とりあえず今夜は居間でひと晩すごすことにして、あらためてランプを灯（とも）した。どうせこの風ではすぐに眠れそうにないし、なにかあったときに備えて明かりは点（つ）けておいたほうがいい。

「お茶でも淹（い）れっぺがね」

明かりの下に一家全員がそろったことでひと息つけたのか、いつものんびりした口

調に戻って克子が言った。

「んだすな」

ところが、すぐにお茶を淹れるどころの騒ぎではなくなった。勢力を盛り返してきていた風がいっそう強まり、窓枠が吹き飛んだときと同等か、それ以上に家が震えだしたのである。

震えるというよりは、家全体が軋んで、ミシミシと嫌な音を立てている。それだけでなく、ときおり凄まじい音と風の圧力を感じ、家が浮き上がるような錯覚を覚えた。いや、錯覚などではなく、本当に家が飛ばされかけていたのかもしれない。

ここ栗駒山中では、周囲に生い茂るブナの原生林が、平地の田圃農家の「いぐね」と呼ばれる防風林のように各家を守ってくれているはずなのに、なぜここまで強烈な風が……という疑念がよぎる。

風の音のあまりの凄まじさに、一番年下の耕介が怯えて泣きだした。それにつられたのか、この春小学校に入学した安子も、泣き声こそ上げないものの、目に涙をいっぱいに溜めている。

「大丈夫だっけ。兄ちゃんがついてっから、心配すんな」

耕一が口を開く前に、弟と妹を落ち着かせようとして、耕太がふたりを慰め始めた。優しく声をかけながら、安子と耕介の手をしっかり握ってやっている耕太の様子を見て、耕一は大きな驚きを覚えた。

少々引っ込み思案な長男に比べて、なにごとにも物怖じしない長女、という取り合わせに、耕太と安子が逆だったらよかったのになあ、などと思うこともときおりあるのだが、それは自分の間違いだった、と見せつけられた気がした。なんだかんだ言って、耕太は逞しく成長してくれていることが、いまの光景を見てよくわかった。親として、これほど嬉しいことはない。

「なあ、克子。耕太も長男らしくなってきたすなあ」

息子に聞こえないように小声で耳打ちすると、

「あんだ、いまごろ分がったの？」と、呆れた声が返ってきた。

「いまごろ分がったっては？」

女房の言葉の意味をはかりかねてオウム返しに訊き返すと、

「耕太は、三人のなかで一番芯がしっかりしてるって語ってんの。ふだんは大人しいように見えるけど、いざというときに最も頼りになんのは、耕太だっちゃね」

当然でしょ？　という口調で答えが返ってきた。

はあ、なるほど……と、今夜の息子の行動を思い返して、あらためて感心する。それとともに、世の母親がみな同じかどうかはわからないが、母親というものは、子どものことを実によく見て理解しているものだと、いまさらながらに感嘆する。

いまだ戸外では風が荒れ狂い、家が軋み続けているものの、この台風が来てくれたおかげで、自分の家族をあらためて見つめ直せた気がする。

と同時に、台風だろうとなんだろうと、どんな災害に見舞われようと、たとえ、再び戦争の災禍に巻き込まれようと、どんなことがあっても俺はこの家族を守っていくのだと、耕一は強く心に誓っていた。

3

危うく家が吹き飛ばされそうになった台風が去った翌日は、台風一過の言葉通り、すがすがしい陽射しの朝を迎えた。

しかし、澄み渡った山の空気とは裏腹に、地上の光景は惨憺たるものだった。折れたり千切れたりして飛んできた枝があたり一面に散乱し、波打ち際に打ち上げられた海藻のように、所かまわずへばりついていた。案の定、牛舎の屋根は吹き飛ばされ、道を隔てた畑の真ん中で残骸となっていた。

それにしても、なぜあれほどまでに風の直撃を受けることになったのか不思議でならなかったのだが、周辺を歩いてみて理由がわかった。

耕一の家の西側の林に、風の道ができていた。

まるで重機でなぎ倒されたように、幹が根本から折れたブナが折り重なって、林の真ん中に風の通り道ができていた。

あるいは、なんとか倒れずに持ちこたえた木々にしても、葉が吹き飛ばされるわ、枝が折れるわで、見るも無残な姿になっていた。

鋸で一本一本伐り倒したり、鉈で枝を払ったりするのにどれだけの時間と労力を要するかわかっているだけに、今回の台風の凄まじさを嫌というほど思い知った。

いったいどこまで続いているのだと、倒木を乗り越えながら風の道を辿ってみた耕一は、そこで目にした光景に唖然とした。

耕一の家の西隣には康和の家がある。隣家といっても、近くて数十メートル、遠ければ百メートル以上も離れているのが普通なのだが、その康和の土地の西の外れに、樹齢何百年になるのか、相当な大きさの山桜がそびえ立っている。西風に対する防護壁のようになっていたその山桜が倒れ、そこから吹き込んだ暴風が風の道を作ったらしかった。

被害を受けたのは耕一の家だけでは、もちろんなかった。この日の朝から数日間は、集落中のあちこちで、家や納屋の修復、残骸の後片付けや倒木の運搬に黙々と励む入植者たちの姿が見られた。

その台風の後始末が一段落し、いつもの日常が戻って数日ほどがすぎた午後のことだった。ナメコの原木の見回りを終えた耕一が、家に戻って一休みしていたところへ、友喜が訪ねてきた。

やあやあ、と挨拶を交わしたあとで、

「身体のほうは如何だい？」と、尋ねてみると、

「最近は、まあまあだすな」と友喜が苦笑した。

組合事業として全戸でのナメコ栽培を実現させた年に、無理がたたったのか、友喜は一度、病に倒れていた。十二指腸潰瘍を患って二週間ほど築館の病院に入院したのだが、それ以来持病のようになり、いまでもときおり痛むらしい。

そういえば、友喜が入院したとき、大酒飲みではないのになんでだ？　と首を傾げたものだが、胃潰瘍とか十二指腸潰瘍とかいう病気は、神経が細やかな人間にありがちなのだと聞かされて、妙に納得した覚えがある。

それもあり、入院した翌年に開拓農協の組合長を辞任した友喜であったが、以前と同様、共英地区のアイディアマンとして頼りにされ、理事のひとりとして頑張っている。まあ、言い方を変えれば、頼りにされる、ということは重宝されている、ということでもある。面倒くさそうな案件が持ち上がると、いつの間にか友喜が引き受けざるを得ない状況になることも多い。

たとえば、開拓農協の組合長を退いたあとも行政区長の職には就いたままだし、去年、組合と鹿の湯の二ヵ所にようやく農村公衆電話が引かれ、行政とのやり取りが大変楽になったのだが、その際も、陳情のためにあちこち走り回ったのは友喜だった。

そんな具合なので、同じ万坊集落に暮らし、友喜とはすっかり気心が知れた仲となっている耕一としては、少々心配である。

克子は日用品の買い出しに麓へ下りていたので、自分でお茶を淹れてから来訪の用件を尋ねると、

「実はよ、ちょっと考えていることがあるんだが、果たしてどうだか、あんだの意見を聞いてみようと思ってな」と、前置きをした友喜が、携えてきた茶封筒から週刊誌と大学ノートを取り出した。

　週刊誌は「週刊朝日」だった。毎週欠かさず週刊誌を購読しているのは、耕一が知る限り、共英地区では友喜ひとりである。

「去年、ナメコが極端に値を下げたすべ？」

　週刊誌のページをめくりながらそう言った友喜に、

「確かに、あれはがっかりだったすな」とうなずく。

　炭焼きに代わる安定的な換金作物として栽培が始まった原木ナメコだったが、昨年、極端に値を下げた。

　一昨年（おととし）は、全戸での生産量が十六トンに対して三百二十六万七千円の収入があった。ところが去年は、生産量が二十四トン強と、前年の一・五倍の生産量だったにもかかわらず、収入は三百十七万八千円也（なり）と、横ばいどころか減ってしまっていた。

「今年も、このまま行けば去年以上に悪くなりそうだすぺ？」

　友喜に重ねて訊かれ、耕一は、

「まったぐ困ったもんだ」と顔をしかめた。

　耕一と康和で始めたナメコ栽培も、試験栽培から七年目を迎えて完全に軌道に乗っていた。生産量自体は増産につぐ増産で、毎年順調に伸びている。

だがしかし、ナメコの場合、国が手厚く保護をしている稲作とは違って、市場経済のなかでまともに勝負をしなければならない。このところ、全国的にナメコ栽培が増加の一途を辿っていたのだが、ついにそのあおりを受け、昨年、ナメコの値段が一気に下落したのだった。

「やっぱり共英が生き残っていくためには、常に新しい挑戦をしていかねばならねえと思うんだ。まあ、まだしばらくはナメコで食えるとしても、永遠に続くとは期待できねえすからな。ナメコがダメになる前に、なにか新しいものを始めておく必要があるすべ」

その友喜の言葉には全面的に賛成だった。実際、共英地区であれだけ盛んだった炭焼きも、いまではすっかり斜陽産業となっており、ナメコがなかったらどうなっていたかと思うと、目眩がする。

友喜が言うように、この先、ナメコ一本でやっていくのはあまりに危険だ。県の指導で半ば強制的に始まった酪農はというと、決して未来が明るいとは言えなかった。耕一の家では仔牛が産まれ、桃子が乳を出しているが、種付けが上手くいかない牛のほうがむしろ多く、導入したばかりの乳牛をすでに売り飛ばしてしまった家もある。

それに、これは前々からの懸案だったのだが、このまま冬を迎えると、搾った牛乳を麓に搬出するのは無理そうだった。とりあえず開拓道路が完成してトラックも通れるようになったとはいえ、冬場、全線を除雪して、通年通行可能になる目処は未だに立っていない。せっかく乳牛を導入しても、半年間も出荷できないのでは、赤字が膨らむだけである。

したがって、今後の基幹産業となりそうなものを、少なくとももうひとつ、なんとかして導入するのが急務だと誰もがわかっているものの、具体的な案がなにも出ないまま、時間だけが経過しているのが現状だった。

わざわざ日中に訪ねてきて、しかも、こんな話をし始めるとは、もしや？　と思い、訊いてみた。

「もしかすて、なにが、いいアイディアが浮かんだのすか？」

耕一の期待を裏切らず、「んだす」と悪戯っぽい目をしてうなずいた友喜が、開いた週刊誌をくるりと回し、

「そこ、読んでみれ」と言って手渡してきた。

どれどれ、と視線を落としてみると、お隣の山形県で最近始まり、業績を上げつつあるイチゴ栽培が、記事となって載っていた。

それによれば、アメリカ産のダナーという品種が、食味が良好である上に輸送性に優れるという特徴があり、山形県で栽培したイチゴが東京圏まで出荷され、好評を博しているらしい。

「イチゴすかぁ」

記事を読み終えると同時に声を漏らした耕一だったが、いまひとつピンと来なかった。

ブナの原生林の真っ只中でのイチゴ栽培という、なんとなくお花畑を思わせるメルヘンチックな光景が頭に浮かび、ちょいとばかりちぐはぐな感じがしたのである。

「乗り気になれねえすか？」

友喜に訊かれ、いやいやそんなわけでは、と首を横に振る。

うーむ、と真面目に考えてから、

「ここでも栽培できるもんだかなあ。平地よりかなり気温が低いものな、うまく育つんだかどうだか」と、浮かんだ疑問を口にすると、

「気候的には、丁寧に世話してやれば育たないことはないはずだ」と友喜。

「しても、麓で育てるようにはいかねえすべ。麓よか、かなり寒冷だすからな」

なにげなく耕一が言うと、

「そこ、そこなのだ、大事なのは」と友喜が意味ありげにうなずいた。

「そこって、どこ？」

「通常、イチゴの収穫時期は春、四月から五月にかけてなわけよ。しかし、ここではたぶん、一ヵ月から二ヵ月くらい、収穫が遅れるんでねえべかね」

「あっ」

「分がったすか？」

うんうん、と耕一は大きくうなずいた。炭焼きにしてもナメコ栽培にしても、需要と供給のバランスで値が決まるという経済の大原則を、入植以来、身をもって体験してき

た耕一である。頭の血の巡りが友喜に比べてだいぶ劣るとはいえ、全部を説明されなくても、意味がわかった。

俄然乗り気になってきた耕一は、

「イチゴは傷みが早いすからなあ。ここからどのあたりまで出荷できるもんだべかね」

と、次に浮かんだ疑問をぶつけてみた。

「山形では、サクランボ用の輸送車に便乗させてもらって東京まで出荷してるつう話だ。山形からでも大丈夫なら、共英からの出荷も可能だと思うぞ。まあ、最初は仙台を目標として、それがうまく行ったらば、お次は東京進出を狙えばいいっちゃね」

「おおっ、そいづは素晴らしい」

いや、実際、夢のような話になってきた。細々と炭焼きを始めた入植直後は、麓の勝又商店が唯一の出荷先だったというのに、あれから干支がひと回りするかしないかのうちに、東京進出を語れるようになるとは、まったくもって感無量である。

すでに頭のなかでは小金持ちになったように浮かれ始めた耕一だったが、待て待て、と自分を戒めた。ついつい調子に乗って、後先考えずに突っ走ってしまうのが、自分の悪い癖だった。はやる気持ちを抑え、おほん、とひとつ咳払いしてから、

「なるほど、友喜。ぬっしゃあが言うように、イチゴが有望そうなのは分がった。しかしだな、本当に採算が合うかどうか、ぎっちり吟味してみねえことには、なんとも言えねえど。ほれ、なにごとも、対費用効果、ちゅうものを事前に明確にしておくのが大事

だすからな」最近覚えたばかりの単語を混ぜて言うと、

「こいづを見てけろ。一応、計算してみたんだ」即答した友喜が、週刊誌と一緒に携えてきた大学ノートを開いて、耕一に押し付けてきた。

どれどれ、と覗き込んでみたものの、見開き二ページにわたって数字と表とグラフが躍っていて、なにがなにやらチンプンカンプンである。

むーん、と唸りながら目を泳がせること一分あまり、頭がくらくらしてきて、虚勢を張るのは止めにした。

「ダメだ、数字は苦手だ。とりあえず要点ば教ぇでけろ」

付き返されたノートを笑いながら受け取った友喜が説明するには、一反あたりの収穫量やトラックによる運送費、イチゴの苗の単価や最近の市場での価格動向等々、考えられるだけの要素を勘案して計算してみた結果、初年度から採算が取れるようにするためには、最低七反歩の栽培面積が必要だとのことだった。つまり、反当たり四千本の苗を植えるとして、約三万本の苗を導入すればよいという。

「ようするに、七反歩の作付け希望者が集まれば実現可能だ、というわけだすな?」と確認してみると、

「そういうことだ」と友喜。

「したら訳ねえな。ひとり一反として七人くれえなら、すぐにも集まんべ」

「乗り気になったすか?」

「何事も試してみねば始まらねえすからな。やってみる価値は十分にあるど思うぞ」

「よしっ。そしたら、この件もナメコのときと同じように、組合事業としてやれるように、近いうちに、段取りば組合長と相談してみるっちゃね」友喜が力強くうなずいた。

4

友喜が発案したイチゴの栽培は、作付け希望者を募って、翌年からさっそく組合事業として導入された。

苗は宮城県内の亘理(わたり)町から組合でまとめて購入し、梅雨明け前の七月中旬に植えつけられた。実際に収穫できるのは翌年になってからなのは、ナメコの栽培が始まったときと一緒である。しかし、あのときの試験栽培が耕一と康和でなんとなく始まったのを思えば、最初から組合事業としてスタートを切ったのだから、意気込みとしては雲泥の差である。

それだけイチゴ栽培への期待が大きかったわけであるが、皮肉なことに、この年は、昨年底値を打ったナメコが上向きに転じ、これまでで最も収益のよい年となった。ここ数年、価格の低迷が続いていたせいで各地のナメコの栽培者が植菌数を減らしたため、今度は逆に品薄となったのが理由のひとつなのだが、ここに来て、日本全体の景気がよくなってきたのも大きな要因だった。

共英地区で暮らしているとさほど感じないのだが、たまに所用があって仙台の街まで出かけたときには、行くたびに風景が変わっていて、景気のよさが実感できた。なにせ、ここ数年で道を行く自動車の数がぐんと増え、庶民もが、いわゆるマイカーのハンドルを握り始めている。二年後の昭和三十九年には、東京オリンピックが開催される運びになったことも、経済の成長にいっそうの拍車をかけているようだった。

山奥に閉ざされた集落とはいえ、共英地区もその影響を確実に受けていた。しかし、それが本当によいことなのかどうかは、若干微妙ではある。

ナメコの値上がりやイチゴ栽培のスタートという明るい出来事も、確かに多い。万坊の集落では立地的に難しいので行われていないが、ほかの集落では、いよいよ水田の開墾を始めた者も出ている。相変わらず貧しいとはいえ、たいした額ではないにせよ、常に手元に現金があるというのは、一昔前の共英地区では考えられなかった暮らしである。反面、日本全体の景気がよくなるにつれ、冬場、出稼ぎで家を離れる者も多くなってきた。

深い雪に閉ざされる栗駒山中にあっては、冬場の収入源が絶たれてしまう。それはいまに始まったことではなく、入植当初から同じだったのだが、以前との大きな違いは、冬場の稼ぎ口が都会にできたことである。誰しも家族と一緒に暮らしたいのは山々なのだが、背に腹はかえられないということで、年を追うごとに出稼ぎ者が増え、なかには、ほとんど通年出稼ぎで留守にして畑は女房に任せきり、という家も、ちらほら出てきていた。

村の将来を考えると、それは決してよいことではなかった。確かに、手っ取り早く現金収入が得られる出稼ぎは重宝する。しかし、それに頼りすぎると、肝心の共英での開拓が滞り気味になって、山仕事や野良仕事で得られる収入が減り、それを挽回するために、いっそう出稼ぎ期間が長くなり、するとまた開拓が疎かになり、といった具合に、悪いほうへ悪いほうへと転がって止められなくなってしまうのだ。

さらによくないのは、その人間の気性や性格に左右される部分が大きいものの、出稼ぎをしたがために都会の華やかさを知り、それに溺れてしまう者が出てくることだった。たとえば東京の建設現場で働いていると、その気になれば、いくらでも遊び場があるらしい。懐に現金があれば、全てを仕送りに回さずに、ちょっとくらいは遊ぶ金に充てたくなるのが人情である。そして、そこでの意志の強さが運命の分かれ目となる。共英地区に開拓に入ってこれまで頑張って来た者たちであるから、おしなべて忍耐強く、生真面目な人間がほとんどなのだが、誘惑に負けてしまう者も皆無ではない。実際、久しぶりに顔を合わせて、「あれ？　こいつ、こんな奴だったっけか？」と、首を傾げてしまうことも、ときおりあった。

そんな折、この年の暮れになって、出稼ぎという労働がもたらす闇の部分を象徴するような出来事が起きた。

横浜の建設現場に働きに出ていた貞夫が、出稼ぎ先で死んだという訃報がもたらされたのである。

それを聞いたとき、建設現場で事故に遭って命を落としてしまったのだな、と耕一は思った。いや、耕一だけでなく、ほとんどの者がそう思ったはずだ。

ところが、しばらくしてから、どうも事故ではないらしい、という話が伝わってきた。遠い土地での出来事ゆえ、正確な情報が伝わるまでだいぶ時間がかかり、概要がわかったころには、すでに年を越していた。

出稼ぎ先で、貞夫は風邪をこじらせたらしかった。それでも無理をして現場に出ていたようなのだが、二、三日連続して仕事を休んでいるのに気づいた仲間が不審に思って探したところ、飯場の寝床のなかで息を引き取っていた貞夫が発見された、ということだった。

情報が錯綜して、なかなか事実が伝わらなかったのは、不審死扱いとなり、警察の捜査が入ったせいなのだが、結局、急性肺炎による病死、という死因で決着がついた、とのことだった。

耕一が入植した当時、連絡員として麓の連絡所に寝泊まりしていた貞夫は、自分で連絡員の仕事を買って出ただけあって、腰が軽い、世話好きの男だった。

一番強く記憶に残っているのは、あの製材用のエンジンを、トラックに載せて運び上げた日のことだ。連絡所に到着したトラックを皆で囲み、木炭エンジンの馬鹿でかさに呆れている前で、あの日貞夫は、まるで自分で設計したエンジンのように、「いがすか。

これが木炭ガスの発生炉で、これがガス冷却器、そしてこれがガスの濾過器で――」などと、得意げに説明していた。そういえばあのときは、連絡所に戻ろうとした貞夫を無理やり荷運びに加えたのだが、文句も言わずに鹿の湯までエンジンを運び上げたあと、夜道を再び連絡所までひとりで戻って行ったはずだ。

その貞夫が、共英から何百キロも離れた建設現場で、誰に看取られることもなく、たったひとりでひっそり死んでいったと思うと、潰れそうになるほど胸が痛んだ。仲のよかった武治が、倒木の下敷きになって死んだときも辛かったが、そのときとも違った辛さと悲しみがあった。

耕一も、これまで何度か、出稼ぎに出ようかと考えたことがある。しかしその都度、自分で思い留まったり、なんとなく気乗りがしなかったり、あるいは、タイミングというものが合わなかったりして、一度も共英を離れることなく、ここまで来ていた。

もしかしたら、おまえはここを離れちゃいけないと、ご先祖様や神様が、それとなく自分をこの地に押し留めているのかもしれないと、貞夫のことを思いながら、耕一は考えていた。

5

「走れ！　何すてっけな。これっ、耕太！　追っつげって語ってっぺな。ほれえっ、追っ越せ、このぉ！　ぬっしゃあ、負げだら、飯ば食せねどぉ！」

　握った拳を頭上で振り回し、顔を真っ赤にして叫んでいる耕一の周囲で、笑いの渦が湧き起こる。

「父ちゃん、もっと落ち着けってば。あんまり叫んだら、見苦せえべな。座って応援しろでば」

　亭主の上着の裾をつかみながら、恥ずかしそうに言う克子の手を振り解き、

「煩せっ、この。これが落ぢ着いてられっかよ。お前は黙ってろっつの！」そう言い捨てて振り返った先で、前走者を抜いた耕太が先頭に立ち、僅差でゴールテープを切った。

「うぉっしゃあ！」

　雄叫びを上げた耕一が、茣蓙や筵が敷かれた応援席に向き直り、

「バンザーイ、ほれ、バンザーイ、あ、ほりゃ、バンザーイ！」と両手を挙げると、ある者は苦笑しながら、ある者は大真面目に、ある者はやれやれという顔つきで、それでも律儀に万歳三唱に加わった。

「あ、いや、どーも、どーも」と、拍手に応えながら手刀を切って茣蓙の上に腰を下ろすと、まったくもう、という顔つきで克子が耕一の脇腹を肘で小突いてきた。

　大友家の隣に陣取って観戦していた繁好から、

「いやいや、お前家の家督童子、たいしたもんだなっす。あそこから追っ越すどは、いい根性してるっけ」そう長男を誉められた耕一が、

「なあぬ、なにせ俺の息子だすからな。蛙の子は蛙って言うべや？」と胸を反らすと、

「いんや、鳶(とんび)が鷹(たか)を産んだんだべよ」と誰かが横やりを入れて、周囲から笑いが起こる。

そこに、一等の景品のノートを手にした耕太が、息を切らせながら、しかし、満面の笑みで戻ってきた。

「よすっ、でかした、耕太。ほれっ、食(け)ぇっ、お前の好ぎなお稲荷(いなり)さん、なんぼでもあるっけ、好ぎなだげ食え！」

息子の手柄を称(たた)えて稲荷寿司(ずし)が詰まった重箱を差し出すと、

「すぐに玉入れが始まっから、食べでる暇なんかねえってば」と首を横に振った耕太は、獲得した景品を克子に手渡したあと、水筒から麦茶を飲んだだけで、立ち上がった。

耕太が赤色の鉢巻を締め直すと同時に、

「えー、次は皆さんお待ちかねの玉入れでーす。選手は、赤組、白組に分かれて入場門の前に整列してくださーい」拡声器を通して教頭先生の声が響いた。

「よしっ、行(あ)べえ、安子」

そう言った耕太が、三つ年下の妹の手を引き、入場門のほうへと駆けていった。

「よーす、赤勝でえ！　白組なんぞ木っ端微塵(みじん)に負がしてやれよぉ！」

半袖短(はんそで)パンに地下足袋(じかたび)姿の息子と娘の後ろ姿に大声で声援を飛ばすと、隣で克子が、

「まだ始まってねえっての。いまからそしたに叫んでいたんでは、始まるころには声が嗄(か)れでしまうすど」と呆れたように言う。

澄み切った栗駒山の秋空の下、耕一は、朝からずっとこの調子であったが、まあしかし、小学生を子どもに持つ家の父親らは、誰もが似たり寄ったりの大声を張り上げていた。

それも無理はない、というより当然のことだ。この日は、年に一度で唯一の共英地区の全住民が参加する祭り、小学校と中学校合同の大運動会なのである。

歴史の一歩を刻み始めたばかりの開拓村には、残念ながら、先祖代々伝統的に引き継がれてきた祭りというものがない。

とりわけ共英地区の場合、入植者のほとんどが成人直後の若者だったという事情に加え、宮城県南と県北の、違った地域からの入植であったことも、特定の祭りを持たない要因となっている。つまり、祭りという一種の精神文化も、ここにあっては自分たちの手で、一から作っていかなければならないのである。その第一歩が、日々逞しく成長しつつある、共英の子どもたちを求心力とする運動会であるのは、必然であった。

黙々と、そして淡々と移ろう時間の流れに楔を打ち、その日ばかりは喧騒に身を委ねることが許される、特別なハレの日が祭りであるとすれば、かまびすしい喧騒の担い手に最も相応しいのは子どもらである。祭りには、必要不可欠な存在であるとも言える。祭りに興じる大人も、その日だけは子どもに還り、喧騒の渦に身を任せる。共英地区の、最初の祭りらしい祭りが運動会となったのは、だからきわめて自然な流れである。

しかし、こうした祭りの日を迎えられずに消えていった開拓村が、子どもたちの声が響き渡ることなく早々に幕を閉じた開拓村が、この当時は全国に星の数ほどあった。それと比べれば、入植者たちの努力の賜物とはいえ、共英地区は確かに幸運であった。

小学校が共英分校として開校した昭和二十六年、児童数は一学級十七名だった。そのときの共英地区内の全戸数は七十八戸である。

それからしばらくは、児童数は漸進的な増加で推移したのだが、一気に増えだしたのは、ナメコの共同出荷が始まった昭和三十二年ごろからだった。所帯を持った各家々で生まれた子どもたちが、そのころから、いよいよ就学年齢に達し始めたのである。全世帯数も、最盛期では九十戸ほどまで増えた。

それに伴い、教員住宅が新築されたり、校舎が改築されたりして、ついに二年前、昭和三十六年の十月に、それまでは分校だったものが独立校へと昇格し、それぞれ、栗駒町立共英小学校、栗駒町立共英中学校と改称された。

それを受けて、昨年、昭和三十七年三月、記念すべき第一回の卒業生を小学校から六名、中学校から二名送り出し、四月には第一回の入学式が行われた。そして、この年度の児童・生徒の在籍数は小学校で八十に達し、中学でも十八と、過去最高になっていた。

これだけの数の子どもたちがいれば、運動会も大変華やかで活気付いたものになるのは当然で、耕一など、昨夜は子どもみたいに興奮して、なかなか寝付けなかったくらいである。

ただし、少しだけ残念なのは、盛大な運動会ではあるが、新たな入学生を迎えているにもかかわらず、去年と比べて、小学校で五名、中学校で三名の、合計八名の子どもがいなくなったことだ。理由は、まとまった離農者が出たためである。

　入植直後こそ多かった離農者だが、山での暮らしが成り立ってくるとともに次第に減少していき、昭和二十八年以降はほとんどいなくなって、ここ数年、共英地区から離農者は出ていなかった。それが今年、まとまった数の離農者が出て、八十戸を超えていた世帯数が、一気に六十四戸に減ってしまったのだ。

　これは、過剰入植対策事業なるものが、全国的な規模で実施されたからだった。開拓村それぞれによって事情は異なるものの、終戦直後の入植期から十五年ほどが経ち、淘汰されずにここまで生き残ってきたのは、どこもそれなりに頑張ってきた集落である。その一方、耕作可能面積に対しての入植者が多く、一戸あたりの耕地が不足するケースも目立ってきた。経営規模の拡大が物理的に不可能で、このままでは共倒れになる危惧が生じてきたのだ。それを回避する措置として実施されたのが過剰入植対策事業で、離農希望者に補助金を渡して離農させ、その跡地を残留した農家に引き取らせて、経営規模の拡大と安定を図るのが目的だった。

　これに共英地区からも三十世帯近くの住民が応募し、村を離れていったのである。ただし、共英地区の場合、耕作地が不足している、というわけでもなかった。もとより、最大百戸の入植を目指して開拓が始まった場所である。広げるのが可能な土地はまだ十分にある。

離農した者たちと膝を突きあわせて議論したわけではないので、真実はわからない。だが、離農者の多くが、ほとんど通年、出稼ぎに出ているような者たちだったのは確かだ。本人がそう望んだのか、行政側がそう仕向けたのかは定かでないが、離農に際して交付される補助金でそれまでの債務を清算し、身軽な状態になって新たな人生を歩むことにした、というのが本当のところなのだろう。

このように、行政がらみとはいえ、いっときに大量に離農者が出たり、年の始めには貞夫の訃報があったりと、決して手放しでは喜べない年ではあったが、昭和三十八年は、おおむね順調に推移した、と言えるかもしれない。

なにより大きいのは、昨年栽培を始めてみたイチゴが思ったより良好で、共英産第一号のイチゴとして、仙台市場への出荷に漕ぎつけたことである。

もちろん、東京の市場とは比較にならない値段ではあったが、心配していた輸送性に自信を持てたのが最大の収穫だった。実際、今年から集団栽培もスタートし、来年には神田市場に殴りこみをかけよう、などと言うと大げさすぎるが、発案者の友喜をはじめ、全員が意気軒昂である。

それを後押ししてくれているのが、去年上昇に転じたナメコの価格が、今年も引き続き好調、というより、昨年以上の収入になったことだ。

実際、ナメコでこんなに儲かっていいのかいなと、ちょっと心配になるくらいの現金が懐に入った。まあ、もともと倹しい生活をしていた者の感想であるから、それほど大きな額ではないのだが、これなら人に見られても恥ずかしくないという預金残高が、初めて預金通帳に記載され、しばらくは通帳を眺めながらのニヤニヤ笑いが止められなくて、子どもたちからは薄気味悪がられたくらいだ。

そんな好調ぶりに歩調を合わせるようにして、この年には、耕一たちの生活を変えるような大きな事業が実施された。飲用水道が敷設されたのである。

住民総出での敷設作業は真夏の真っ只中に行われたため、かなりの重労働ではあったのだが、実際に水道の蛇口から水が出てみると、よくまあいままで当たり前のように沢や井戸から水を汲んでいたものだと、我ながら感心するくらい便利になった。

最もその恩恵にあずかったのは、言うまでもなく、水汲みを重要な日課としていた女や子どもたちである。耕一の家も、沢から水を引いてくる水道もどきの蛇口があったとはいえ、配管が詰まるのが日常茶飯事だったので、女房や子どもらは大喜びだ。

また、家庭用の蛇口とは別に、灌水用のバルブを必要箇所に設置すれば、ナメコの栽培やイチゴ畑にも、水道は大きな力を発揮する。

東京オリンピックを翌年に控えているという時代に、水道がこんなにも便利なものだと感心していてよいのだろうか、とは思うものの、共英地区にとっての最初の生活革命であったのは事実である。

6

秋も深まって数日前に初霜が降り、来週あたり、そろそろ雪囲いが必要になりそうな気配のとある朝、耕一はひとりでむっつりと考え込んでいた。

場所は自分の牛舎内である。

腕組みをして考え込んでいる耕一の目の前には、三頭の牝牛がいて、もぐもぐと干草を反芻していた。

年の順に上から並べると、桃子と花子と梅子の、三頭のホルスタインである。

花子と梅子は、どちらも桃子の子どもで、梅子のほうは今年の春に産まれた育成中の仔牛だった。そうして三頭も牛が並ぶといかにも酪農家になったような気分になるが、少々、いや、かなり困った事態になっていた。

耕一の家に最初にやってきた桃子は二度の種付けに成功し、乳牛としては順調に乳を出しているのだが、花子が順調にいっていない。つまり、種付けが上手くいっていれば桃子とそろって乳を出しているはずなのだが、残念ながら失敗していて、いまは無駄に草を食うだけの牝牛となっている。

耕一が黙然としているのは、桃子以外の二頭の牛を処分しようかどうしようか、迷っていたのである。

やはり共英地区で酪農を成功させるのは無理な話であった。いくら牛が乳を出してくれても、雪に埋もれる半年のあいだ牛乳を出荷できないのでは、どう工夫しても採算が取れない。大赤字になることはないにしても、絶対に儲けは出ない。

桃子はいい牛だ。性格も穏やかだし、二度とも最初の種付けで仔牛を宿したし、乳の量も豊富だ。いやあいい牛だねえ、と周りから羨ましがられて最初のうちこそ得意になっていたが、本当にいいことなのかどうか、最近ではかなり微妙になってきた。

三年前、一度に四十頭も共英地区に導入された乳牛はあっという間に数を減らし、まだ牛を飼い続けている家は、耕一の家を含めてわずか数軒にまで減っている。

まずは、種付けが上手くいかなかった牛が、さっさと売却された。種付けに成功した牛も、その大半が次の種付け前に手放された。

たとえば友喜も今年になって牛を手放した口で、売却代金でナメコの原木を購入したはずだ。現在最盛期を迎えているナメコ栽培だが、自前の原木がついに枯渇してきて、規模を拡大するためには、外から原木を購入する必要が出てきているのだ。

また、畑仕事が忙しくなればなるほど、生き物である牛の世話をするのが大変になる。それなのに自分の家には、三頭も牛がいて、そのうち二頭は乳を出さないときている。この三頭を抱えてこの冬を乗り切るのは楽ではない。結論としては、少なくとも桃子以外の二頭は手放したほうがよい、というところに落ち着くのだが、迷いに迷って困り果てている。

そういえば、去年のいまごろだったか、正男の家で牛鍋をご馳走になったことがあったな、と思い出す。鍋に入っていた肉は、もちろん正男の家で飼っていた牛だ。といっても最初から食うために殺めたわけではなく、放牧場から戻す際、崖から転落して脚を折ってしまったために、やむなく食うことにしたのである。いや、味そのものはこの上なく美味ではあったが、生前の顔と名前を知っているだけに、複雑な気分で箸を運んだものだった。

あのとき正男は、半分は冗談なのだろうが、どうせ誰かに食われるのなら自分たちで食ってやったほうがよっぽど供養になる、というようなことを言っていたが……と、思い出しながら、花子と梅子を交互に見やった耕一は、冗談じゃない、とぷるぷる横に首を振った。

一瞬、いっそのこと自分たちで食ってやろうか、と考えたのであるが、こんな愛くるしい目をした花子や梅子を自分の手で殺めるなんて、絶対に無理な話だ。毎日丹精込めて世話をしている牛たちは、家畜というよりはペット、いや、家族のような存在になっている。とてもじゃないが自分では食えない。

やっぱり、どう考えても売却するしかないのである。いや実は、その段取りは整っていた。すでに業者には連絡をしてあり、あとはトラックに乗せて麓に向かえばよいだけになっていた。そして今日、組合のトラックを借りる手筈までつけてあったのだが、いざとなって再び迷いが生じて、牛舎のなかで悶々としていたのだ。

土壇場で耕一を迷わせているのは、娘の安子だった。三年前に初めて桃子がやってきたときからそうだったのだが、安子はまるで自分の妹のように牛たちを可愛がり、自ら進んで世話をしている。その牛が、突然二頭もいなくなってしまったらどんなに悲しむかと思うと、躊躇せざるを得ない。

いやいやいかん、と耕一は、自分の頬っぺたを両手で挟むようにして叩き、牛たちに背を向けた。ここでぐずぐず先延ばしにしているうちに雪が降ったら、牛を麓に下ろせなくなる。そしたらいやでも、三頭の牛を手元に置いたまま一冬越さなければならなくなり、経済的な負担が増すのはもちろん、いっそう別れが辛くなってしまう。

やはりこれからすぐ、安子が学校から帰ってくる前に二頭の牛を連れて行こう、と決意した耕一は、牛舎を出た足で開拓農協まで出向き、トラックを借りてきた。

牛舎の出入り口にトラックを横付けにした耕一は、克子に手伝ってもらい、花子と梅子を荷台に乗せようとしたのだが、容易なことではなかった。

どう考えても、二頭の牝牛は、自分が売り飛ばされることを、さらには、その先に待っている運命を察知したのだとしか思えなかった。同じ経験をしている仲間からも聞いてはいたが、梃子でも動かないとはこのことで、結局最後には、康和に応援を頼んで、なんとか二頭をトラックに積み終えたのだった。

そこまでは、牛を荷台に乗せるのに必死だったのでまだよかった、とも言える。やがて麓で待っていた業者のもとへ到着し、引き取られていく二頭の後ろ姿を見たとたん、不覚にも涙がこぼれてきた。大の男がみっともない、と思いながらも、二頭を待っている運命を思い描くと涙が止まらず、どうか堪忍してくれと、牛の背中に向かって手を合わせるしかなかった。

共英への帰り道、耕一は暗い気分でトラックのハンドルを握っていた。牛との別れが大人の自分でさえこれほど辛いのだから、子どもたち、とりわけ安子がどれだけ悲嘆にくれるかと思うと、家に帰るのが怖くなる。いったい安子にはどう説明したものか、考えれば考えるほどわからなくなる。

結局、なにもいい知恵が浮かばないまま共英に帰り着き、組合にトラックを返却してから家に戻ったときには、そろそろ安子と耕太が学校から帰ってくる時刻になっていた。

牛の説明は女房に任せて、今夜は友喜か康和の家にでも逃げ込もうか、とも考えたものの、克子に思い切り恨まれそうだったし、父親として情けなさすぎると思い直して、子どもたちの帰りを待つことにした。

どう切り出そうかと思案しながら待つことしばし、庭のほうでバタバタと足音がしたと思ったら、血相を変えた安子が、ランドセルを背負ったまま、家のなかに駆け込んできた。

「お父ちゃん！　花子と梅子がいないよっ。どこかさ逃げてしまった！　早ぐ！　早ぐ捜しに行くべし！」

そう言った安子が、茶の間にいた耕一の袖をぐいぐい引っ張り始めた。

迂闊であった。牛たちが牛舎にいるときは、いつも安子は、学校から帰ってくると、まずは牛舎に立ち寄り、それから母屋へ上がるのだった。それをすっかり失念していて、茶の間で帰りを待っていた。

「安子、待で。花子も梅子も、逃げたのではねえ」

耕一が言うと、

「え?」と声を漏らした安子が、意味がわからない、という顔をした。

「安子、いいがら、ランドセルば下ろして畳さ座れ」

そう言った耕一は、玄関に突っ立ったままでいる耕太に向かって、

「耕太、お前もだ」と、手招きをした。

少し考えてから、台所にいた克子に声をかけ、五歳になった耕介も、兄と姉の隣に一緒に座らせた。

「あのな、いがすか。これから父ちゃんがしゃべることをよく聞がいよ」

あらたまった父親の声色に、なにか大事な話があるのだと敏感に察知した子どもたちは、正座をし直して、耕一の目を真っ直ぐに見上げてきた。

いい加減な嘘で誤魔化すのはやめにしよう、と覚悟を決めて、耕一は自分も正座して子どもたちに向き合った。

この件で一番心配なのは安子だが、幼いながらも、理屈のわかるしっかりした娘である。包み隠さず本当のことを話すのが最もよいと、土壇場になって腹を括った。

開拓村で生活していくのは決して楽しいばかりじゃないことを、自分の子どもらも、そろそろ知ってもいいころあいではないかと、真剣な眼差し(まなざし)をしている三人を前に、耕一は考えていた。

第九章　世代を超えて

1

腹の底に響く振動と音は、まるで地球が身悶(みもだ)えしているようだった。

すでに崩落していた崖の一部に余震によって亀裂(きれつ)が入り、新たな崩落を招いたことは、頭ではわかっていた。けれど、あっ、と息を呑(の)む以外、智志はなにもできなかった。気づいたときには、土砂崩れが引き起こした土煙が周囲に立ち込め、目の前を土の川が流れていた。その川の上を、軽自動車ほどもある巨大な岩が、まるでピンポン球のように飛び跳ねながら、谷底へと落ちていく。

ここに到着する前、祖父が持っていた水筒を発見した場所で土砂崩れに巻き込まれ、危うく谷底へ吸い込まれそうになったときも恐ろしかったが、いま目にしている光景は、恐ろしさに加えて、妙に気持ちの悪い光景だった。

なぜこれほどまで簡単に大地が壊れ、形を失ってしまうのか。現実を目にしていても、受け入れるのが難しい。地に足をつけて生きていこう、などと言うけれど、磐石(ばんじゃく)だと思っていた足下が、実は危ういバランスの上に成り立っているのが、この世界の真実なのかもしれない。

智志自身、筋道立てて考えたわけではなかったものの、そんなことを、身悶えする地球に突きつけられているような気がしてならなかった。

響きわたっていた轟音がふいに途絶えるとともに、身体に伝わる震動も消えた。上がっていた土煙も薄まり、ついいましがた大きな崖崩れがあったばかりだと教えてくれるのは、ぱらぱらと落下していく小さな土くれと、斜面の崩落で攪拌された土の匂いだけになった。

静けさが戻った森のなかで、智志は、自分が手近にあった若いブナの幹にしがみついているのに気づいた。

そうした記憶はまったくなかった。無意識に取った行動に違いない。

ブナの木から手を離すと膝が震えた。もっと前から震えていたのかもしれないが、足だけで立ったことで、膝の震えに気がついた。かくかくぷるぷると小刻みに、意思とは無関係に笑う膝頭は、自分の身体の一部ではないみたいだった。

前屈みになって両膝に手をやり、呼吸を整えていると震えは次第に収まっていき、そこでようやく動き出すことができた。
二、三歩、崖のほうへと歩を進めた智志は、耕太がいたあたりに視線を注いだ。
目に映った光景に、ほとんど生まれて初めて、神様に感謝した。

親父が祖父ちゃんを発見したと教えてくれた場所にあった松の倒木が、そのままの形で残っていた。よく見ると、少し動いたようにも思えるが、ともかく同じ松の木が斜面にしっかりへばりついている。父と祖父を道連れに、崩落に呑み込まれて跡形もなく消えているに違いないと想像していただけに、信じられない思いがした。

「親父ーっ！　無事なのかっ？　無事だったら返事して！」

両手でメガホンを作り、大声で呼びかけて耳を澄ます。

聞こえてこない返事に焦りながら、もう一度、呼びかけようとしたとき、

「あー、大丈夫だ」という、やけにのんびりした口調で答える声がした。

「親父っ！」

「大丈夫だから、心配すんな。いやいや、しかし、危ねえところだった」

しっかりした声が返ってくるものの、なぜか松の枝の陰から耕太は姿を現さない。

「親父！　ほんとに大丈夫なのかよっ」

重ねて尋ねた智志に、

「そんなに煩くすんなっての」と答えたあとで、少し間を置いてから、

「あー、まあ、少し大丈夫でねえかもな」と返ってくる。

「大丈夫じゃないって、なにがどうなってんの？」

会話はできるものの、姿がまったく見えないので状況がつかめず、ひどくもどかしい。

「いまの崖崩れでこの松が少し動いたんだな。根っことのあいだに足が挟まって、さっきから抜こうとしてるんだけどよぉ、こん畜生め、さっぱり抜けねえ」

耕太の説明にその状況を思い描きながら、

「足は折れたりしてないのっ」と尋ねると、

「この痛みだったら、たぶん、折れてはいないだろ」という答え。

少し安堵した智志には、もうひとつ確認すべきことがあった。

「祖父ちゃんは？」

「大丈夫だ、生きてる。足を骨折してるっけ、それで動かれなくなってたみたいだ。年寄りのことだからなあ、かなり弱ってるけど、意識は取り戻した。水も飲めたし、返事もできるぞ」

その答えに、心底安堵した。だが、父も祖父も無事だったのはよいとして、状況は決してよくない。また余震が来たら、あるいは余震がなくても、いまふたりがいる斜面は、さほど時間が経たないうちに、確実に崩落するのではないかと思う。それほど危ういバランスの上に均衡が保たれているように、智志には見えた。

さっきの崖崩れは、最初の崩落のこちら側半分、智志から見てあの松の木の手前側の斜面が、ずるりと滑り落ちたものだった。その結果、氷河が通りすぎたあとのU字谷みたいに、崩落跡が深い溝になっていた。智志が立っている位置から二、三メートル先に溜まっていた土砂が消え失せ、かわりに、深さが五メートル以上ある谷が新たに出現している。その谷の、向こう側の崖っぷちに松の倒木がなんとかへばりついている、という状況だ。

身動きができないでいるふたりを、一刻も早く救出する必要があった。そのためには、早くレスキュー隊のヘリを――と思ったところで、智志の背筋がざわりとした。

ヘリコプターのローターが巻き起こす風や振動が、次の崖崩れの引き金になるのではないか、と思い当たったのだ。雪山において、大きな音とかで雪崩が誘発されるみたいに……。

どうしよう、とうろたえているうちにも、下のクアホテルの方角からヘリコプターのローター音が聞こえてきた。

もしかして、ヘリで救出する手配がついてこちらに向かってる？

眉根(まゆね)を寄せて耳を澄ましていると、確かにこちらに向かっているらしく、ヘリの爆音が着実に大きくなってきた。

ダメだ、やっぱりヘリをここに近づけちゃまずい……。

なぜか、強く訴えてくるものがあった。人から問われたら「直感」としか答えようがないけれど、それに従えと、自分のなかで誰かが叫んでいるような気がしてならない。

衛星携帯電話を手にし、やませみハウスを呼び出そうとしたところで、まだボタンをプッシュしていないにもかかわらず、ピリピリピリっ、という電子音が鳴り出して、電話を取り落としそうになる。

慌てて持ち直し、通話ボタンを押して耳に当てると、

「智志くんか？　金本です――」と前置きした金本さんが、

「消防のヘリはすぐに手配がつかなかったんで、自衛隊のヘリを飛ばしてもらうことになってね。いま出発したばかりだからすぐにも――」

「ダメです！　ヘリはダメです！」

途中で遮り、大声で言うと、

「ダメ？　なにがダメだって？」金本さんが、よくわからん、という口調で尋ねてきた。

「いま崖が崩れたばかりなんです。ヘリの音でまた崩れたらやばいです。とにかく、ヘリを戻してください！」

状況をうまく説明できなくて、自分で自分がもどかしいが、金本さんは意味をわかってくれたみたいだった。

「とりあえず、いったん切るよ！」

そう聞こえたあとで、回線が切れた。

その間にもヘリコプターの音が大きくなっていた。木々の隙間から空を覗き見た智志の目に、自衛隊のヘリの機影が映った。いったん高度を上げた迷彩色のヘリが、上空から智志たちがいる崩落地点を確認したらしく、半回転して機首をこちら側に向け、ゆっくりと近づいてくる。

なす術なく見つめているうちにも、ヘリは崩落現場の上空に到着してホバリングを始めた。まだかなり高度があるので影響はなさそうだが、このまま降下してきたらどうなってしまうことかと、目をつぶりたくなった。

ヘリが動きだした。少しずつ高度を下げ始める。が、数メートル降下したところで心持ち前のめりの姿勢になり、トンボが空中を滑っていくようにスーッと動いて、智志の視界から消えた。

再び衛星携帯電話が呼び出し音を鳴らし始める。

電話に出た智志に、金本さんが、

「ヘリには一応、状況を伝えたよ。少し高度を上げて、上空から現場の状態を再確認してみるそうだ。その結果、直接救助するのは危険という結論が出たら、地上から救出に向かうことになると思うけど——」そう説明したあとで、

「実際、そっちはどんな様子なの？　お父さんと耕一さんは無事なの？」と訊いてきた。

崩落現場の状況を詳しく説明してから、父と祖父が、無事ではあるけれど自力で動けないことを付け加える。

「うーん、そうかあ——」

参ったなあ、といった感じで答えた金本さんが、

「ちょっと、そのままで待ってて——」と言って、しばらく電話がなにも言わなくなったあとで、

「上から分析した結果、智志くんの言うように、ヘリでの救出は見送ることになった。で、急いで地上からの救助隊を送ってくれるそうだけど、智志くん、観光道路の脇の、あの登山道から入ったんだね？」と確認してきた。

金本さんが言った通り、確かにヘリの音が遠ざかっていく。

ほっと胸を撫で下ろした智志は、

「そうです——」と質問に答えてから、

「新湯沢に出てから裏沢のほうへ向かえば、必ずここの崖崩れにぶつかりますから、迷いはしないと思います」と補足した。

「よし、わかった。とりあえず、一度切るけど、なにかあったらすぐに電話して」

「わかりました、よろしくお願いします」

そう答えて衛星携帯電話をデイパックに戻した智志は、姿の見えない耕太に向かって状況を伝えてやった。親父は、松の木に挟まった足を引き抜こうと悪戦苦闘し続けているみたいだが、やっぱり難しいようだ。

ヘリを帰したのが正しいことだったのかどうか、本当にどうなのかはわからない。すべては結果論になってしまうけれど、近づけたらまずいんじゃないかという、さっきの直感を智志は信じることにした。

2

智志は、崩落した山肌の最上部まで登って迂回し、再び谷へと下っていた。

救助隊の到着をじっとして待っているのは落ち着かない、というのが正直なところだった。それに、待っているあいだに事態が急変した場合、できるだけ親父たちの近くにいたほうがなにかの役に立つかもしれないとも思った。

しかも、よく考えてみたら、同じところでじっとしていたら、耕太と耕一が首尾よく救助されたとして、そのとき、自分だけが崩落した崖の反対側に取り残されることになる。それって、かなり間抜けな話だ。

いまのところ、新たな崩落は発生していない。やっぱりヘリで直接救助してもらったほうがよかったのじゃないか、という思いがよぎったが、それを封じ込めて足を速める。

ほどなく、ふたりがいるあたりまでたどり着いた智志は、一歩ずつ足下を確かめながら、慎重に崩落箇所へと接近した。

灰褐色のブナの幹のあいだから黄土色の斜面が覗き見え、さらに近づくと、ふいに視界が開けた。さっきまでいた向こう側とは違い、こちら側の斜面は抉られてはいない。

少し行き過ぎていた。目印になる松の倒木の一部が、十メートルほど上のほうに見えた。ただし、角度のせいで、耕太や耕一の姿は見えない。

露出している土の上に降りても大丈夫そうに思えた。崖の斜度も登れないほどにはきつくない。しかし智志は、ショートカットはやめて、一度、ブナ林のなかへ引っ込んで登り直すことにした。

目標の距離を登り、再度、崩落した崖を前にした智志は、まずは耕一の姿を発見した。思ったより手前、自分の位置から十メートルちょっとくらいの、比較的平たくなった場所に身を横たえている。たぶん、寝かせやすいところまで親父が運んだのだろう。

「祖父ちゃん！　大丈夫？」

智志の呼びかけに、弱々しくはあったが、耕一は手を挙げて答えてくれた。

「もう少しで救助隊が来るから頑張って！」

そう励ましたあとで、

「親父！　足はまだ挟まったまま？」と声を飛ばすと、

「邪魔な根っこを一本、鋸で切れば抜けるんだけどなあ。手が届かねえ」耕太が答えた。

ひっくり返って倒れている松の木は半分くらい見えるのだが、手前の岩が邪魔になって耕太の姿が確認できない。

「鋸は持ってきてるわけ？」と訊いてみると、

「ああ、リュックに入れてな。ところがよ、そのリュックが、伸ばした手から一メートル先にあるときたもんだ」忌々しげな声が聞こえた。

どうしようか、と智志は考え込んだ。

祖父ちゃんは手の届きそうなところにいるし、鋸を使えば親父も脱出できる。その一方、救助隊の到着までには、いくら急いでも一時間近くかかるだろう。こういう場合、二重遭難を防ぐために救助隊の到着を待つべきなのだろうが、すぐにも助けられそうなふたりを目の前にしてじっとしているのは、さすがに……。

少しでも崩落の気配があったらすぐに引き返そう。

自分に言い聞かせた智志は、覚悟を決めて土の上に足を踏み出した。

一歩めと二歩めは問題なかった。三歩めを踏み出した右足が、足首近くまでずぶっと沈んでバランスを崩しそうになった。

ぱらぱらと斜面を落ちていく土くれを横目に、しばらくじっとして体勢を立て直す。露出している土の斜面は、見た目以上に脆そうだった。崩落後の岩盤が露出しているのではなく、上から地滑りを起こしてきた土砂が谷底へ落ちずに堆積したものだった。これでは、ちょっとしたきっかけで表層雪崩みたいになってもおかしくない。

一瞬引き返そうかとも考えたが、もう少し進んでみることにする。

一歩ずつ、そっと足を踏み出して、足場を固めながら進んでいく。慎重に歩いていけば大丈夫そうだ。

ほとんど息を詰めるようにして進んでいるうちに、なんとか耕一が横たわっている場所まで到達できた。

傍らに屈み込み、

「向こうまで負ぶっていってやるから、俺の首に手を回して」そう言うと、

「すまんな、智志」掠れた声で耕一が答えた。

親父が言っていたように、辛そうだが意識はしっかりしているみたいなので、少し安堵する。もっと違う場面で会ったのなら、思い切り再会を喜べるのだろうけど、さすがにその余裕はない。とにかく、この場から早く離れるのが先だ。

「親父！　祖父ちゃんを向こうに移動させてからまた戻るから、もう少し待ってて」

　そう声をかけると、

「あれや、智志。おまえ、祖父ちゃんのとこまで来てんのか」びっくりした声が返ってきた。

「なんとか、負ぶって行けると思う」

「気ぃつけろよ」

「わかってる」

　答えた智志は、耕一の身体を起こしてやったあと、自分の首に腕を回させてから、「いい？　立ち上がるよ。せ～の――」と掛け声をかけて、少しずつ膝を伸ばした。

　思いのほか、祖父の身体は重くなかった。というより、軽くてびっくりした、と言ったほうが正しい。小柄で余分な肉のついていない祖父ではあるけれど、まさか、こんなに軽いとは思わなかった。この身体で、若いころには何十キロもの荷物を背負い、あの孕み坂を毎日のように上り下りしていたなんて信じられない。

　すげえよ、祖父ちゃん……。

　あらためて祖父の凄さを実感していると、

「あー、まったくなあ……」

　智志の背中で、耕一が呟くように声を漏らした。

「なに？　どうしたの」

慎重に歩を進めながら智志が訊くと、

「赤ん坊のときにさんざん負ぶってやった孫に、この歳になってから負ぶってもらうことになるとは、考えでもみながったっけ。まあ、んでも、智志もずいぶん力っこついたもんだなあ」感心したように耕一が言った。

「こんなときになに言ってんだよ、祖父ちゃん」

「こんなときだから、だべえ。いい孫を持てて、俺は、まんず、ほんとに幸せ者だっちやね」

その言葉に、ほとんど泣きそうになる。

俺、絶対、祖父ちゃんを助けるからね。

胸中で背中の耕一に誓って、いっそう慎重に足を踏み出した。

さきほど自分がつけた足跡の上に靴底を載せ、あらためて踏み固めてから、ゆっくりと体重を移していく。

ずぶっ、と沈みかけた足が、くるぶしまで潜る直前で止まる。

よし、次っ。

同じようにして、もう一歩、さらにもう一歩と進むにつれ、次第に緑が近づいてきて、ついに足下がしっかりしている雑木林へとたどり着いた。

ここなら絶対大丈夫だろう、というところまで奥に進み、下生えが生い茂る林床に、祖父をそっと横たえてやる。

ふう、と大きく息を吐き、額の汗を拭った智志は、

「親父を助けにいくから、ここで待ってて」耕一に言い残して崩落箇所に戻った。

さきほどの踏み跡を再びたどり、さらにその先、松の木のほうへと向かうと、右足を倒木に挟まれた恰好になっている耕太が、

「おう、やっと来たか」と頰をゆるめた。

「親父だけ見捨てるのも、どうかと思ってさ」

そばに置いてあったリュックサックから鋸を取り出しながら言うと、

「なんだあ？　減らず口叩きやがって」と耕太は眉を顰めてみせたが、目は笑っていた。

この根っこだ、と耕太が指さしたかなり太い木の根を切断するのに、十分近くを要してしまったが、なんとか自由にしてやれた。

こうなったらもうぐずぐずしないほうがいい、とうなずきあった耕太と智志は、ほとんど駆けるような速さで崩落現場を横切り、緑の森のなかへと飛び込んだ。

案の定というか、間一髪というか、背後の土の斜面が、ずずずずっ、と音を立てて滑り始めた。ただし、先ほどのような大きな崩落にはならずに、途中で止まった。あの松の木も、まだ斜面にへばりついて頑張っている。とはいえ、いずれ近いうちに、この崖は崩れるだけ崩れてしまうだろう。

「どれ、やませみに連絡するか。電話を寄こせ」

手を伸ばしてきた耕太に、借りていた衛星携帯電話を手渡してやる。

落ち着いた口調で金本さんに状況説明をする親父の声を聞いているうちに、智志の胸には、祖父を発見できた安堵と嬉しさが、ようやく実感を伴って湧き起こってきた。

3

自衛隊の救助を待たずに崩落した崖から祖父を救出できたとはいえ、自力でやませみハウスまで下ろしてヘリに乗せるのには、少々無理があった。

松の倒木に足を挟まれた耕太は、やはり無傷というわけにはいかず、本人は打撲しただけだと強がっているものの、自分が歩くので精一杯なのは明らかだった。そうなると、親父の足を気にかけながら、智志がひとりで祖父を背負うことになる。整備された登山道ならまだしも、ときに藪漕ぎが必要になるようなルートでは、不可能ではないにしても、かなりの困難を強いられるだろう。祖父をおぶったままで転んだりしたら、元も子もない。

親父と話し合った結果、ここはおとなしく救助を待とう、ということになり、智志と耕太は、耕一の様子を見守りながら救助隊の到着を待ち始めた。

まだしばらくは時間がかかるだろうと思っていたのだが、さすがは自衛隊である。待ち始めてから十分と経たないうちに、林の奥から「おーい!」と呼ぶ声が聞こえてきた。

「こっちです!」

何度か呼びかけると、方角が特定できたらしく、

「了解です。位置はわかりましたので、そのまま待っていてください」というきびきびした声が響き、ほどなく藪が割れて、総勢五名の迷彩服を着た自衛隊員が姿を現した。

智志が祖父の状況を説明すると、わかりました、と答えた隊員が、耕一の傍らに跪き、脈拍や怪我の状態を確かめたあと、本格的に救出作業に取り掛かった。

そこから先も、さすがとしか言いようがない。祖父を担架に括りつけたと思うや、自衛隊員たちはほとんど走るような速さで森を駆け抜けて、あっという間に林道へとたどり着き、停めてあったトラックに、耕一だけでなく智志や耕太も乗せて、搬送用のヘリコプターが待機しているクアハウスまで走った。

臨時のヘリポートになっている駐車場では、すでにエンジンが始動して、ゆっくりとローターが回転している自衛隊のヘリコプターが待機していた。

そのヘリに祖父の担架と一緒に乗り込もうとしたときだった。いきなり後ろから肩をつかまれたと思ったら、かなり乱暴に地面に引き戻された。

突然のことにむっとして振り返ると、智志の肩をつかんだのは耕太で、ダメだ、と目配せしながら横に首を振っている。

「なんだよ、親父。なにがダメなの」

抗議の声を上げながら眉根を寄せると、

「いいから、こっちさ来っ」

耕太に引きずられるようにして、ヘリコプターから引き剝(は)がされた。と思いきや、智志のかわりに、どこにいたのか、典子がひょいとヘリに飛び乗った。

「おふくろっ、いつのまに――」

呆気(あっけ)にとられている智志に向かって典子がニコニコ顔で手を振ったかと思うと、直後にドアが閉じられ、自衛隊のヘリコプターは、あっという間に麓(ふもと)を目指して飛び去って行った。

「なにこれ？　どういうこと？　せっかく祖父(じい)ちゃんに付き添おうとしてたのに」

訳がわからず親父に文句を垂れると、

「おまえが行っても、たいして役に立たねえべや？」

口許(くちもと)を弛(ゆる)めながら言った耕太が、真面目な顔つきになり、

「それになあ、おまえがいま下りたら、完全にマスコミの餌食(えじき)になっちまうど――」わかっているだろ？　という目をしてから、

「実は、下りてくる途中で、電話で金本さんから聞いたんだけどな。俺らが山に入っているあいだに、鹿の湯で孝(たかし)さんが見つかったっていう話だ」と口にした。

孝さんというのは、行方不明になって捜索が続けられていた鹿の湯の長男である。

「生きてたの？」

一縷(いちる)の望みにすがるようにして智志が訊(き)くと、耕太は沈痛な表情で、

「いや――」と首を横に振ったあと、

「でな、孝さんの訃報があった直後にうちの祖父ちゃんが無事で救出されたとなれば、マスコミが寄ってたかって取材に殺到してくるのは目に見えているわけよ。しかもだぞ、単独で、その上、無断で——」と、無断で、という部分を強調してから、「——山に入った孫が自分の祖父を発見して救出したとなったら、智志おまえ、ニュースだけならまだしも、ワイドショーの絶好の標的になってしまうでな。だからな、そういう面倒を回避するために、祖父ちゃんと一緒には麓に下ろさないことにしたわけだ」と、話を締めくくった。

山から下りてくる途中、親父がひっきりなしに衛星携帯電話で誰かと、おそらくは金本さんとボソボソしゃべっていたのはそういうことだったのかと、ようやく合点がいった。

それはよいのだが、それにしてもあの止めかたは乱暴すぎると思い、

「だったらそうと、もっと早く言ってくれればいいのに」と口を尖らすと、

「早くもなにも、勝手にヘリに乗り込もうとしたのはおまえだろうが」

「勝手にって、祖父ちゃんに付き添おうとしただけでしょ」

「それだから、いつまで経っても考えが浅はかだって語ってんの」

まったくこの親父はっ、と思いつつ、言い返す言葉を探していると、「おーい！」と呼びかける声がして、親子喧嘩になりかけていたところを中断された。

声のほうを見やると、孝雄さんが、やませみハウスから続いている近道を、こちらに

向かって駆け上ってきた。

「どうした？」

耕太に訊かれた孝雄さんが、

「やませみに集合がかかってる。行政側からなにか説明があるみたいだ」と答えた。

「内容は？」

「まだわからん――」と首をひねってみせた孝雄さんが、

「でも、現場での対応の話だと思う。昨日、俺の顔見知りの職員に、上での体制を早く整えてくれと頼んでおいたんだ。救援に来てくれている人らの対応を俺らがいつまでもやってたんでは、さすがに参ってしまうから、市のほうでなんとかしてけろってな。だからたぶん、その話じゃないかと思う」とうなずいてみせてから、

「とにかく、ぼちぼちみんな集まってるっけ、ちゃっちゃと行べえや」とうながして、耕太と一緒にやませみハウスへ向かう小道を下り始めた。

いったいなんの説明だろ？

胸中で首をひねりながら、智志は、孝雄さんと耕太の背中を追ってやませみハウスへと向かった。

4

地震発生当日から数えて三日目、いまも共英地区に留まっている住民に対する説明会のために、栗原市の三名の職員がヘリコプターに搭乗して山に登ってきた。

時刻は午後の一時半を回っていた。市の職員の到着を待つあいだ、やませみハウスに集まっていた面々には、ようやく行政側が本格的に動き出してくれたという安堵と期待があった。その安堵と期待というのは、これまでの不満の裏返しでもあった。

昨日までの二日間、消防のレスキュー隊や自衛隊には誰もが感謝の気持ちで一杯だった。その一方、災害対策本部が設置されている市の対応には不満があった。とりわけ、区長の金本さんや、共英地区の振興協議会の会長をしている孝雄さんが、どうしてこう動きが遅いのだと、折りにつけ、ぶつぶつ文句を漏らしていた。

金本さんが言うには、こうした事態は、いわゆる平成の大合併による弊害のひとつらしい。つまり、以前とは違って、地域のことをよく知らない職員が支所に回されてくるために、住民との意思の疎通そのものが上手く行かなくなる。

とはいえ、今回の地震は、山がひとつ消滅してしまうくらいの大災害である。行政側の対応が後手に回るのも、ある意味、仕方がない。しかし、ようやく行政のほうでも共英地区への支援の具体策が整って、それを伝えに来たのだと、住民のたぶん誰もが思っていた。

だがしかし……。

やませみハウスの広間に集まった住民を前に説明を始めた職員の口から出てきたのは、

誰も予想もしていなかった、耳を疑うような言葉だった。

結論から言うと、全員すぐに山から下りてくれ、という話だったのである。

職員の説明によれば、これから一週間以内に震度六強程度の余震が起こる確率が七十パーセントとのことで、それを受け、これまでの避難勧告が避難指示に変わる見通しになったという。その前に、できれば今日中に、全員麓へ避難してほしいということだった。

文字通り、寝耳に水、の話である。行政側からの説明がひと通り終わったところで、しばらく沈黙が落ちた。

住民同士が互いに顔を見合わせ、しだいにざわめきが大きくなったところで、孝雄さんが挙手をした。どうぞ、と促されて立ち上がり、

「一度麓に避難したとして、一週間後には避難指示が解除されてここに戻れる、ということですか」と質問する。

それに対しての回答は、

「安全が確認された上での避難指示の解除ですから、いつまでということは、いまの時点ではわかりません」

その事務的な口調に少しむっとした様子の孝雄さんだったが、気を静めるようにひとつ咳払い(せきばら)いをしてから、

「あんだ方の立場上、そう言うしかないのはわかるけど、実際のところ、こうなるんじ

ゃないかなっていう感触というか、見通しはあるんだすぺ？　たとえば、実際には二、三日くらいで解除になりそうだとか、逆に、少なくとも十日後くらいになりそうだとか。その辺を、できればざっくばらんにしゃべってもらえないですかね」と尋ねた。

しかし、担当者は、

「そうおっしゃられても、いまの時点ではわからないとしか、この場ではお答えできません」と、あっさり退けた。

それで、もともと短気な孝雄さんが切れた。

「あのなあ、あんだ——」と声を荒らげ、

「こっちの事情っていうものが、全然わかってねえだろ。これから、ここではいよいよイチゴの収穫が始まるのだ。それをほったらかしにして、山から下りられるわけがねえべや。こっちはそれで食っているんだっけ、畑をそのままにして避難してしまったら、収入はゼロになるっちゃね。我々にとっては死活問題なわけですよ。それをあんだら、わかってて言ってんのかい？」と詰め寄った。

それでも孝雄さんにしては穏やかな口調ではあったのだが、この発言をきっかけに、住民が口々に意見を述べ始めた。意見の発表というよりは、これまで溜め込んでいた不満が一気に噴き出した、と言ったほうが正しいのだが、ざっと拾い上げてみると、こんな感じ。

「どうしても避難しろって言うなら仕方ないけど、せめて、何日間と期限を切ってもらわないと、今後の見通しが立たなくて困りますよ」

「寝泊まりは安全な麓で、というのは、わからないでもないですが、一時帰宅の形でもなんでもいいので、日中の畑仕事は続けさせてもらわないと」

「とりあえず昨日までの二日間、私らはここに残るために色々と頑張ってきたわけで、いきなり下りろと一方的に言われても、はいそうですか、とはならないでしょう」

「そもそも、どの程度までこの地区のいまの状況を、市では把握しているのでしょうかね。孤立状態になったとはいえ、地区内はほぼ問題なく車で行き来できるし、畑もほとんど無傷なんですよ。そういう状況を市ではまったく把握していない、というか、こちらに訊こうともしないじゃないですか」

と、ここら辺まではまだそこそこ冷静であったのだが、

「だいたい、あんたら、なんで夜になる前に帰ってしまうわけ？　交替でもいいから、上で寝泊まりすべきでねえのかい」と誰かが言ったあとは、ほとんど言いたい放題の状況になった。

「そうだそうだ。被災者が救助隊の世話をしてるなんて、そんな馬鹿な話は聞いたことがねえ」

「消防らの人は仕方ねえにしても、なんでマスコミにまで飯食せねばなんねえんだって話なわけよ。それもこれも、行政の対応がなってねえからでねえの？」

「それにしてもさあ、カップ麵はいいとして、なして生の米を送ってくるのだ？　こっ

ちはまあ、幸いにも炊事ができる状態だったから、なんとかご飯を炊けたけどよぉ。普通だったら、あっためるだけのご飯とか、そういうものを送ってくるんでねえの？　なに考えてるんだかさっぱりわからん。ほんと、馬鹿でねえの」

「そもそも地元のことをわかってない人間が責任者になっているのが悪いんだって。あんだら、行者の滝と窓滝の区別がついてっか？　ついてねえだろ。そんなだから、すぐにも道路が通るなんて勘違いするんだべえ。あっぺとっぺばかり語ってるんでねえっての」

「あんたらみたいな下っ端では話になんねえ。物事をお願いするんだったら、それなりの立場の人間が来いっちゅうの」

　こうなると、もはや言いがかりのようなものであるが、親父たち開拓二世の気持ちは、智志にもよくわかった。とにもかくにも、収穫直前のイチゴを放棄するなどということは、論外なのである。

　議論は平行線でにっちもさっちも行かなくなり、結局、行政側が今日中に出直してくることで、いったん説明会は終了した。

　またしても要領を得ない人間がやって来たら絶対に話し合いには応じないぞ、と鼻息も荒く息巻いていた住民側であったが、しばらく間を置いてヘリでやってきたのは、市の収入役と、いまは市議会議員をしている旧栗駒町の町長だった。

　説明の内容は、一回目と基本的には同じだったが、顔をよく知っていてそれなりの地位にある相手から、なんとかお願いします、と頭を下げられるとむげにはできない。

しばらく待ってもらい、住民だけで話し合った結果、最終的には説得に応じることになった。ただし、無条件に、というわけにはもちろんいかないので、ふたつ条件をつけた。麓に下りているあいだの生活支援を市のほうできちんとやってもらうことと、一週間が経過した時点で一時帰宅できるように手配する、という条件である。

その条件を呑んでくれたことで、急に地区内は慌しくなった。ついさっきまでは地区に留まるのを前提としていたので、下山の準備がまったくできていない。最低限の着替えは必要だし、滅茶苦茶に家具がひっくり返った家のなかから、貴重品を持ち出す必要もある。しかも、あれこれすったもんだ揉めたせいで、夕方が迫っていた。

限られた時間内に十分に下山準備を整えるのはとても無理だ、ということになり、金本さんと孝雄さんが再度交渉に当たり、必要なものの回収のために、明日、もう一度へリで山に戻れるようにする、という条件を出し、それも認めてもらった。

それから三十分ほどが経過し、時刻は午後五時に差し掛かっていた。

その間に智志ができたのは、いわかがみ平の近くに乗り捨ててあった自分の車を回収して、やませみハウスの駐車場に移動しただけで、自宅に戻っている時間はなかった。

まあでも、明日、もう一度山に戻れる予定なので焦らなくてよいか、と思ったところで、避難のために山から下りなければならないという事実が、実感を伴って智志の胸に迫ってきた。

一応、行政側との約束で、一週間経過した時点で一時帰宅ができることになっているとはいえ、あくまでも一時帰宅である。避難指示がその後も解除されなければ、場合によっては何ヵ月も避難生活が続くことになる。麓に冬の家がある世帯はよいが、智志の家は山の上にしかない。となると、祖母がいるみちのく伝承館で、しばらくのあいだは避難生活をしなければならない。たとえ不便でも山のほうがいいなあと、正直思う。

それ以上に、今後の生活はどうなるんだろうという不安が膨れ上がってきた。会社の工場が再稼動できない場合、従業員は解雇になるだろう。というより、あの惨状を見る限り、それは間違いないと思う。しばらくは失業保険で食い繋げても、その後の見通しはまったくない。

地震発生からの三日間、一種のサバイバル生活みたいな状況に放り込まれ、余計なことを考えている暇がなかったけれど、山から下りたら、様々なことが現実問題として、目の前に突きつけられるに違いなかった。

なんか、このまま山に残って永遠にサバイバル生活していたいなあ……。

亡くなってしまった人たちには申し訳なかったけれど、クアホテルの駐車場でヘリコプターへの搭乗を待ちながら、そんな思いに駆られる智志だった。

第十章　光芒(こうぼう)

1

昭和三十九年六月の初旬、耕一は友喜と一緒に、東京のど真ん中にいた。

いよいよ今年から、共英地区で栽培したイチゴを東京に出荷する。

ふたりは、神田の青果市場の下見と、荷受会社との打ち合わせのために上京していた。明日の早朝、青果類の競りが始まる前の市場に行って、各産地から送られてくるイチゴの選別や梱包(こんぽう)がどうなっているのか見て歩き、さらに荷受会社の担当者と最終的な打ち合わせをする手筈(てはず)になっている。

友喜は、ここまでの段取りをつけるために、去年の秋と今年の春、すでに二度、神田市場に足を運んでいたので、今回が三度目の上京である。汽車から電車への乗り換えも手馴(てな)れたもので、耕一ひとりだったら路頭に迷っていたかもしれない。

というのも、神田市場といっても、山手線の神田駅ではなく、もうひとつ上野側の秋葉原(あきはばら)駅の近くにあるからだ。

気になることがあれば、なんだろうと徹底的に調べる癖のある友喜の話によると、もともとは神田須田町という場所にあったものが、関東大震災で使えなくなり、外神田の秋葉原駅の北側に移され、いまに至っているという話だ。

もちろんそんなことを耕一は知らない。知っていても迷ったに決まっている。東京への出稼ぎ経験があれば少しは違うだろうが、まったく初めての上京である。右も左もわからない完璧なまでのお上りさんである。

右も左もわからない、というのは、あながち比喩でなかった。友喜のあとにぴったり張り付いて東北本線から山手線に乗り換え、まずは宿泊予定の宿に向かうために駅舎から表へ出たとたん、方角を失った。曇り空なこともあって、東西南北がさっぱりわからなくなった。

これでは、栗駒山の原生林のほうがまだましだ。というより、どんなに深い森にいても、方角自体がわからなくなるということはない。たとえ太陽が出ていなくても、共英地区周辺の地形はすべて頭に入っているし、木々の枝振りを見れば、どっちが北でどっちが南かの判別はすぐにつく。

ところが、この東京の街ときたら、どこを見ても同じに見えて方向感覚がおかしくなる。こんなところでなぜ人間が生きていけるのかわからない。

「友喜。少っこ、待ってけろ」

旅行鞄を提げて大通りをすたすた歩き始めた友喜を呼び止め、

「北はこっちが？」と道路の右手側を指差してみせた。

「反対だ」友喜が首を横に振る。

「ちょべっと、待で」

もう一度言った耕一は、持参してきた道路地図をガサガサ広げて訊いてみた。

「したら、この目の前の道路が、国道四号線でいいのすか」

「んだすよ」

「つうことは、この道路を真っ直ぐあっつの――」と北の方角を指さして「――

「ほうさ走ればいいのだすな」と確認すると、再び、

「んだすよ――」とうなずいた友喜が、

「仙台まで一本道だから迷子にはなんねえべ」と、こともなげに言う。

一本道だといっても正真正銘の一本道であるはずはないのだが、まあしかし、この東京の中心部から脱出してしまいさえすれば、なんとかなるだろう。というより、問題なのは、北のほうからやってきて、青果市場にちゃんとたどり着けるかどうかである。それには、ここだという目印をはっきり覚えておく必要がある。

「ちゃっちゃど行べえ」

そう言って歩き出した友喜のあとを、地図を片手にあちこちきょろきょろしながらついていく。

耕一がそれほどまで方角や目印に神経質になっているのは、今月の下旬からイチゴの出荷が始まり、今度は汽車ではなく、イチゴを積んだトラックを運転してはるばる東京

までやってこなければならないからだった。東京へのイチゴの出荷方法が、運送業者に委託するのではなく、開拓農協のトラックによる直送方式になったのである。耕一が自ら運転手を買って出たのは、出荷に漕ぎつけるまでの友喜の苦労を間近で見ており、それになんとか報いてやりたいと思ったことが大きい。

ひと口に東京への出荷といっても、簡単にいくものではない。去年、仙台の青果市場への出荷がまあまあうまくいき、「来年はいよいよ東京進出だあっ」などと気勢を上げた共英地区の面々といえども、それを実現するためには周到な計画と準備が必要で、誰かがそれを引き受ける必要がある。慈善事業をしようというわけではないのだから、やってはみたが大赤字、では話にならない。当然、言いだしっぺの友喜がやってくれるものだと全員が思っていたし、友喜自身もそのつもりでいたのは間違いない。

で、その友喜であるが、思慮深いようでいて、案外、無鉄砲というか、度胸があるというか、物怖じしないところがあって、去年の十一月のある日、「ちょっと市場さ行ってくるわ」と言って、ひとりで出かけた。その場に居合わせた耕一たちは、仙台の青果市場に出かけたのだとばかり思い込んでいたのだが、単身で上京して神田市場を訪ねたのであった。しかも、市場に行ってどこをどう回り、誰と会うといった段取りもせずに、である。あとで本人が語ったところによれば、そもそも知っている人間はひとりもいないのだから段取りもなにもあったものではなく、行けばなんとかなるだろうと考えた、というのだから恐れ入る。

しかし、ナメコのときもそうだったが、物事が前へ進むときには、必ず決まって誰かが助けてくれるものである。

神田市場に出向いた友喜は、とりあえずここで訊いてみるか、と当たりをつけた仲買店で、六月末から七月にかけての都内でのイチゴの需要や用途をあれこれ尋ねてみたのだという。

そうしたら、話を聞いていた仲買人は、すぐさま友喜を荷受会社の事務所に連れて行き、「おい、この人の産地のイチゴを絶対によその荷受に取られないように、よーく話し合ってくれよ」と担当者に言い含め、事が上手く運ぶように段取りをつけてくれたのだという。

やはり、ほかの産地からの供給が途絶えた時期を狙っての出荷、という友喜の発案は大正解だったのである。ショートケーキ用のイチゴとして常に需要があるので、その時期に出荷できるのであれば、間違いなく高値がつくはずだと、仲買人も荷受会社の担当者も口をそろえて言ったという。

こうして首尾よく段取りをつけ、首都東京から栗駒山の只中まで帰ってきた友喜であったが、ここでひとつ、問題が出てきた。神田市場で具体的に聞いてきた話をもとにコスト計算をし直してみたところ、どうしても採算が合わないのである。

障害となったのは運送費だった。傷み難く運送性がよいダナー種のイチゴといっても、大根やジャガイモのような野菜類とは違って、はるかにデリケートである。収穫から箱詰め、そして出荷と、可能な限り急ぐ必要がある。

具体的には、朝に収穫したものを午前中のうちに箱詰めをしてトラックに積載、昼に出発して翌朝の神田市場での競りに間に合わせる、というスケジュールになる。

それを六月下旬から七月いっぱいまでのひと月ちょっと、市場が休みの日以外は毎日行わなければならないのであるが、見込める収穫量がいまのままでは、儲けがすべて運送費に消え、悪くすれば赤字になる、という結論に至った。お隣の山形では、さくらんぼのトラックに便乗させることで採算が取れているようなので、最初は同じ方法を考えていたのだが、そのような都合のよいトラックが、県内では見つからなかったのだ。もっと収穫量が多いのであれば、運送会社に頼んでも採算は取れるのだが、それはしばらく先のことになる。

困り果てていた友喜と額を突きあわせていたときに、ふと閃いた。自分で運べばいいではないか。組合の二トントラックにイチゴを積んで運べば、かかる経費は燃料代だけですむ。

それを友喜に言うと、すでにそれは自分でも考えた結果、却下したのだと答えが返ってきた。

なして？　と訊くと、いったい誰が運転するのだ？　と訊き返された。一瞬言葉に詰まったものの、俺が運転する、と耕一は自分の胸を指差した。頭の血の巡りがよいとは決して言えない耕一であるが、体力だけは自信がある。

するとと友喜は、あのなあ、と言って子どもを諭すように説明した。

栗駒山中から神田までは、ほぼ四百キロメートルの道のりである。国道四号線に出れば舗装道路になるとはいえ、休憩を含めれば平均時速二十五キロメートルで走れたらいいほうで、それでも片道に十六時間もかかる。なんとか、翌朝の競りに間に合ったとしても、その日の昼までに共英まで戻ってくるのは不可能である。どうしても一日置きの出荷になってしまうので、それでは困るのだ、というわけだった。

そこでまたしても言葉に詰まった耕一であるが、いつもと違って、今度はもう一度、閃いた。前の年、機械好きの繁好が、借金をして仕事用の小型トラックを購入していた。ピカピカのダットサンのトラックは、繁好の自慢の種である。組合のトラックとダットサンの二台で交互に運べば、毎日出荷できるじゃないか、というわけだ。

で、さっそく繁好を説得して、というよりは半ば強引にねじ伏せて、ダットサンも使うことになり、それでなんとか輸送コストの問題が解決できたのだった。

ここを曲がると青果市場だと友喜が教えてくれた交差点周辺の風景を記憶に焼き付け、建物やビルの名前を地図にメモする。

「覚えだが？」

友喜に訊かれた耕一は、

「大丈夫だ」と答えて地図をたたみ、あらためて東京の街並みを眺めやった。

実際に来る前までは、いくら東京と言ったって仙台が少し賑やかになった程度だろう、と高をくっていたのだが、そんなものじゃなかった。

　これじゃあ、コンクリートでできた原生林のようなものである。そのビルディングの谷間を、田舎ではたまにしか見かけない自動車、しかも、バスやトラックやオート三輪、あるいはハイヤーでもない、個人所有の自家用車が、我が物顔でバンバン走っている。そしてなにより人が多い。多すぎる。そのうえ、いったいなにをそんなに急いでいるのかと首をかしげるくらい、人の歩く速度が速い。

　これが都会の暮らしというものかと、感心することしきりである。戦争で焼け野原となった東京がここまで復興、というより発展するとは、誰が思っていただろう。あと四ヵ月もすれば東京オリンピックが開催される東京は、まさに花の都であった。それと比べれば、共英地区の暮らしは、いまだに原始生活のようなものである。

　しかし、こげな息苦すいところさは、とてもでねえけんど、俺ぁ住めねえな……。

　都会のきらびやかな喧噪に圧倒されつつも、それが耕一の偽らざる感想であった。

2

　その夜、耕一は、青果市場の近くにある旅館の一室で、友喜と酒を酌み交わしていた。飲んでいる酒は、めったに口にすることのない一級酒である。

　晩飯を食ったあと、部屋に戻ってから、やっぱり酒でも飲もうか、という話になった。

である。

それが東京では、酒といえば一級酒というのが当たり前なのかと、呆れることしきりで

いうのがせいぜいだ。一級酒など、よほどの祝い事でもない限り飲めるものではない。

耕一たちが飲んでいるのは自家製のドブロクか合成酒がふつうで、奮発して二級酒、と

で、酒をくれ、と言ったら、当たり前のように一級酒の酒瓶を差し出された。田舎で

旅館のそばに酒屋があったのを覚えていたので、俺が買ってくる、と言って宿を出た。

とはいえ、二級酒に替えてくれ、というのも癪に障るというか、恥ずかしいのでそのまま買って部屋に戻ったのであるが、さすがに一級酒は美味い。酒の肴がなくても、くいくい飲める。

そういえば、こうして友喜と差しで飲むのも久しぶりだなあ、と思いながら一級酒を満たした湯呑みを傾けているうちに、愚痴りたくなってきた。友喜のような人格者と違い、耕一のような平凡な人間の場合、酔えばどうしても愚痴をこぼしたくなるのが人情というものである。

「全ぐごしゃっ腹焼げるっちゃなあ、啓次郎の野郎っこめが――」

耕一が腹を立てている相手は、友喜が辞任したあとのいまの組合長だった。開拓農協の初代組合長で、その後、後進に道を譲ったものの、みなに推挙されて再び組合長の任に就いているという、なかなかの人物であるのだが、

「俺になんの相談もなしでよぉ、種牛ば売っ払うっつうんだものな。なあ、友喜、あん

まりだべぇ」

「そらそうだが、なんぼでも経費は節約せねばなんねえからなあ」

「お前も経費経費って、喧すっ。人の命と金銭と、どっつが大事だと思ってるのだ？」

「人の命でなくて、牛の命だべえ」

「うんにゃ、人も牛っこも一緒だ。桃子はもはや家族と一緒だ。容易に手放せるもんではねえ」

桃子というのは、もちろん耕一の家で飼っているホルスタインの牝牛のことである。

今年になって、共英地区で牛を飼っているのは、耕一の家と正男の家の二軒だけになってしまった。その正男もついに牛を手放すことにしたらしく、それを受けて、これまで開拓農協で管理していた種牛を遅くとも来年には売却するという結論に至った。というより、決定事項として、先週、組合長の啓次郎より言い渡されたのである。

種牛がいなくなっては、これまで細々とではあるが続けてきた搾乳ができなくなる。どうしても続けたかったら、麓まで桃子を連れていき、種付け料を払って仔を取らなければならなくなる。当然、一回で上手く行かなければ、二度三度と種付けが必要になり、それだけ手間もかかれば金銭もかかる。そこまでしていたら、どう考えても完璧に赤字になる。正確には、いまの赤字の額がさらに膨らんでしまう。

結論としては桃子を売却するしかないと十分に理解できているのだが、去年の花子と梅子に続き、桃子まで売り払ったとなると、娘の安子に完全にそっぽを向かれてしまいそうだった。

結局、娘に嫌われたくないというのが、容易には桃子を手放せない最大の理由なのだが、回りまわって、とりあえず組合長の啓次郎の悪口になっているのであった。

と思いきや、酔っ払いの特徴ではあるのだが、怒りの矛先が、突然、県の行政に向けられる。

「そもそも、県の馬鹿たれが悪いのだあ。酪農、酪農って、馬鹿のひとつ覚えみてえに語りやがってよ。結局、大失敗だべや」

「まあ、それはそうだけんど、補助金欲しさに受け入れた俺らにも、責任がないわけではないすからな。コスト計算をしてダメなのは最初からわかっていたことだ。導入前に県ば説得して、イチゴに補助金をつけてもらうべきだったと、いまは俺も後悔しているっけ」

「んだ、そいづだ。なしてイチゴには補助金がつかねえのだ？」

「県が奨励する作物に入っていないからだっちゃね」

「んだから、なして奨励しねえのだ？」

「上手くいくと思ってねえんだな」

「なして？」

「それは俺にも分がんねえ」

「友喜、お前にも分がんねものがあるのすか」

「当たり前だべな」

「むう～」

湯呑みの酒を呷った耕一が、

「見ておれ、イチゴでがっぱり儲けて、県の野郎こらの鼻ば明かすてやっからな」

そう息巻くと、

「それは容易でねえな」と友喜が、勢いを削ぐようなことを言う。

「容易でねえって、なんでや？」

首をかしげた耕一に、嚙んで含めるような口調で友喜が言うには、今年はとりあえず、市場開拓を目的に自前のトラックで神田の青果市場に出荷することになったが、何度計算してもプラスマイナスとんとんで、大きな収益を上げるのは難しいだろう、という話だった。

やはりネックになるのは輸送コストで、組合の二トントラックと繁好のダットサンで一度に運べるイチゴの量では、友喜の計算だと、収穫量一キロ当たり百円の運送コストがかかるらしい。結局、イチゴ栽培を共英地区の今後の基幹産業とするためには、植え付け面積を増やして収量を増やすだけではダメで、きちんとした輸送手段の確保が絶対に必要だと、友喜は力説した。

かなり酔ってはいたが、なんとか友喜の話にはついていけた。といっても、問題を解決する妙案はさっぱり思い浮かばない。

「友喜、あんだになにか、いい知恵こがあるのすか？」

「ない」

「はあ？」

「ないから、今年は組合のトラックを使うことで妥協したんだべ。んでも、このままはダメだすからな。来年にはなんとかするから大丈夫だ」

「おっ、自信たっぷりだすな」

友喜ならいずれはいい知恵を出してくれるだろうと期待を寄せながら、

「それにしても、友喜。お前（めえ）、原価計算だのコスト計算だのって、やけに詳すいけど、いったい何処（どご）で勉強したのっしゃ？　実はよぉ、前から不思議でなんねかったのだ」と尋ねてみた。

すると、しばらく押し黙っていた友喜が、自分の湯呑みの酒をちびりと舐（な）めてから、

「陸軍の工科学校を出はってから、兵站（へいたん）部隊さ居たすからな……」ぼそぼそと呟（つぶや）くような口調で言った。

それを聞いた耕一は、なるほど、と納得するとともに、日ごろは忘れているシベリアの記憶がふいに甦（よみがえ）り、胸の奥がやるせない気分で一杯になった。

そして、これもふだんは意識に上ることはないのだが、友喜も自分と同じようにソ連軍の捕虜になり、シベリア抑留を経て日本に帰ってきた人間であるのを思い出した。

適当な言葉が見つからず、

「ま、飲むべ」そう言って酒瓶を持ち上げ、友喜の湯呑みに酒を注いだ。

あらためて振り返ってみると、友喜のみならず、共英地区の入植者どうしで戦争の話をすることはほとんどない。敢えて避けてきた、と言ったほうがよいだろう。仲間どうしだけでなく、家のなかで口にすることもない。だから子どもらは、自分の親父がシベリアに抑留された経験のあることを知らないはずだ。

わざわざ知る必要のないことだと、正直思う。戦後の平和な時代に生まれた子どもらは、戦争を知らずに育ったほうがいい。

それが正しいことなのかどうかはわからなかったが、なぜかそんな気がしてならない。

「ところでよぉ、友喜。明日の段取りだけんどよぉ――」

半ば無理やりではあったが、耕一は、甦りかけた戦争の記憶に蓋を被せることにした。

それを歓迎しているように、友喜もほっとした表情になる。

ひとつだけ確実なのは、イチゴの運送コストで真剣に議論ができるくらい、いまの日本は平和である、ということだった。

3

「う～む」

「むむぅ～」

「むむむむ……」

共英地区のほぼ中央に位置する開拓農協の一室のあちこちで、まるで便秘をしていきんでいるような声があがった。

その一室というのは、もちろん便所ではない。ただの事務室である。事務室と言ってもさほど広くはない。その事務室にぎゅうぎゅう詰めになった男たちが、一斉に、むむう、と唸(うな)っているのだから、少々薄気味悪い光景である。

入植者たちの視線が向けられているのは、農村公衆電話を前にして腕組みをしている友喜であった。正確には、友喜が手にしていた黒い受話器である。

掛け時計の針は、八時をちょっと回ったあたりを指している。外は明るい。なので朝の話だ。この時刻にこれだけの人数がここに集まることは、普通はない。たいていの家では早朝の野良仕事が一段落して、のんびり朝飯を食っている時間帯である。にもかかわらずこうして集まっているのは、ちょうど、東京の神田市場で果物類の競りが終わった時刻に当たるからだ。

その日についた競り値を毎日、友喜が電話で受け、その数字を事務室の黒板に記入している。

もっとも、競り値が知りたいだけだったら、なにかのついでに開拓農協に立ち寄ればすむ話だ。わざわざ朝食時にやって来る必要はない。ないのであるが、やはりみんな気になって仕方がないのだ。

それほど気になるのは、結論から言うと、東京市場での競り値が予想外に安く、期待していた値段にまったく届いていないからであった。東京への出荷が始まってからすでに一週間が経過しているのだが、友喜が言う損益分岐点なるものに一度も届いていないという由々しき事態に陥っていた。

それがゆえに、市場からの電話を受けている友喜を囲み、息を呑んで耳をそばだてる、というよりは、詰め寄るように身を乗り出す。そして、受話器を手にした友喜が、渋い顔をして競り値を口にした直後、むむう、という呻き声が一斉に漏れる、という光景が、このところ毎朝続いていた。

が、どうしようもないことである。市場価値というものは、すべて需要と供給のバランスで決まる。栗駒山中でいくら地団太を踏んだり頭を掻きむしったりしても、なんの効果もない。その点に関してはナメコの取り引きで十分に承知している共英地区の面々であるが、ナメコよりもはるかに気が揉めて仕方がない。東京という、四百キロも先の遠い土地での出来事のせいかもしれなかった。なにかこう、可愛い子どもを旅に出したような気に、誰もがなっていた。

とりわけ耕一は、神田市場へ一日置きに組合のトラックで積荷を運ぶ役割を担っているだけに、よけいイチゴが可愛い。

十数時間もハンドルを握り続け、市場に到着するや、イチゴが詰まった木箱を次々に降ろす。その木箱には、産地と銘柄を表すレッテルが、誇らしげに貼られている。青空を背景に真っ白な雪を戴いた栗駒山が描かれていて、その下で赤いイチゴがみずみずしそうに輝いている。そこに「高冷地イチゴ」と銘打ってある、なかなか洒落たデザインのレッテルである。東京の市場で見てもまったく見劣りしないこのレッテルは、共英小学校の先生にデザインしてもらい、一関市の印刷所で制作したものだ。そのレッテルが貼られた木箱が競り場へと運ばれていくのを見ていると、娘を嫁に出しているような気分になる。

そんな耕一であるから、競り値でよい値がつかないと、手塩にかけて育てた娘が嫁ぎ先で邪険に扱われているような心持ちになってしまう。

六月の初め、友喜と一緒に神田の青果市場へ打ち合わせに行った際は、荷受会社の加藤さんという担当者にとても世話になり、素直にいい人だなあと思っていた。東京の中央卸売市場のことだから、生き馬の目も抜くような連中が跋扈しているものとばかり思って身構えていたのだが、加藤さんに会ってみて、そんな偏見はあっさり吹き飛んだ。下町育ちの生粋の江戸っ子です、と加藤さんは自分のことを言っていたが、情に厚くて気っ風のよい江戸っ子気質が気に入りかけていた。

それなのにこれでは、やっぱり奴らはこちらの足下を見ていたんではないか、と疑りたくなってしまう。まあ、それこそ耕一の勝手な偏見に違いないのだが、それほどまでにイチゴに賭ける思いは強かった。

一同から上がった、うむう、という呻き声が、やれやれという落胆のため息に変わったあたりで、友喜が腰を上げて本日の競り値をチョークで黒板に書きつける。それを見届けてから、集まった面々は三々五々散っていく。朝食がまだの者はいったん自宅に戻り、早めにすませていた者は直接イチゴ畑へと向かい、いずれにしても、昼前にはもう一度、今度は集荷場のほうへと集まって、今日のぶんの出荷の準備を行うことになる。

だが今朝は、仏頂面をした啓次郎が残ったままで、腕組みをしてじいっと黒板を睨んでいる。先日、組合で管理している種牛の売却を決定した奴ではあるが、個人的な恨みはない。

「如何したっけな」

家に戻りかけていた耕一が尋ねると、啓次郎は仏頂面を崩さずに、

「ダメだべえ、これじゃあ」黒板のほうへ向かって顎をしゃくってみせた。

なにを言いたいのかは、おおよそのことはわかった。啓次郎の仏頂面を見て、なにをしようとしているのかも察しがついた。なので耕一は、

「いいがら、行べえ」と言って啓次郎の肘のあたりをつかみ、表へうながそうとしたのだが、つかんだ手を振り解かれてしまった。

そのまま啓次郎は、黒板の前で思案している友喜のほうへと歩み寄り、

「なあ、友ちゃん」と声をかけると、振り向いた友喜に、

「東京は止めでよぉ、明日っから、仙台さ切り替えだほうが良ぐねえか」と言った。

耕一が予想していたのと、まったく同じ内容だった。この競り値では、神田市場へ出

荷を続ければ赤字が膨らむ一方である。競り値が安くても確実に利益が見込める仙台の青果市場のほうへ、すぐにも出荷先を変更したほうがよいのではないか、と迫っているのだ。

それは、昨日あたりから、皆が考え始めていたことではあった。イチゴを出荷できる期間は、いまのところ、六月下旬からのせいぜい一ヵ月程度である。そのうち最初の一週間を、無駄に費やしてしまったことになる。皆の気持ちのなかに焦りが出始めていた。だが、競り値を知っても、呻き声とため息以外に、誰もなにも言わないでいるのは、第一に、どうしたらよいか、実際に迷っているからだった。もう少し待てば、共英の高冷地イチゴに高値がついて一発大逆転になるかもしれない、という期待がある反面、最悪の事態になる前に東京には見切りをつけたほうがいいのじゃないか、という不安も大きく、その狭間で気持ちが揺れ動いているのだ。

それに加えて、友喜に対する遠慮もあった。なんだかんだ言って、すべての段取りをつけてくれたのは友喜であり、やっかいな仕事をすべて押し付けてしまっている、という負い目のようなものがある。なかなか面と向かっては異を唱えられない状況であったのだが、自分で口火を切るのが組合長としての役割だと、啓次郎は考えたようだった。

出荷先の変更を提案された友喜は、

「そうだすなあ――」と返事をしたあとで、再び黒板のほうに向き直り、記入してある数字の列に視線を注いだ。

しばらくしてから振り返った友喜は、

「いや、もう少し東京への出荷は続ける」きっぱりした口調で言った。

一瞬、友喜と啓次郎のあいだに、火花が散ったような雰囲気が漂った。

それを見て耕一は、あやや、これはまずい、喧嘩になるぞ、と思わず身構えた。

啓次郎には、組合長としての面子がある。それになかなか豪気な性格の持ち主である。一方の友喜はというと、いつもは朗らかなのだが、いったんこうだと決めると梃子でも動かないような頑固さがある。どちらかが引かない限り、意地と意地のぶつかりあいが行き着く先は決まっている。

おしなべて仲のよい共英の入植者たちであるが、喧嘩が皆無ということはない。というか、しょっちゅう喧嘩が起きる。といってもそれは酒の席でのことで、翌朝になれば、なにもなかったようにケロッとしているのがいつものことだ。だが、素面での喧嘩となると互いにしこりが残る。それはまずい。喧嘩になる前にやめさせたほうがいい。

そう思って、睨み合っているふたりのあいだに割って入ろうとした耕一だったが、その寸前に、啓次郎のほうが折れてくれた。

「まあなあ、あんだがそこまで言うなら仕方ねえべ。もう少し様子ば見でみるすか」

そう言った啓次郎は、

「ほんでは――」と挨拶して、部屋から出て行った。

一触即発の危機が去り、やれやれ、とため息をついた耕一は、

「友喜よぉ。実際のところ、勝算はあるのすか？」と尋ねてみた。

友喜のことであるから、実はな〜、とでも前置きをして、あれこれ数字を挙げて説明をしてくれるものと思った。

ところが、

「単なる勘だっちゃ」

それが返ってきた答えなので、ずっこけそうになった。友喜の口から、勘などという非科学的な答えが飛び出すとは思いもよらなかったので、あんぐりと口を開けて友喜の顔を見つめたあとで、

「その勘が外れだら如何（なじょ）するつもりだっけや」と恐る恐る尋ねてみた。

すると友喜は、

「確かにな、最終的に赤字になるのでは元も子もないすからな——」とうなずいたあとで、

「まあ、待つにしても、せいぜい五日が限度だと思ってる。それでもいい値段がつかないようだら、きっぱり撤退するっちゃ。幸い、去年はナメコで儲（もう）がったっけ、少しは懐さ余裕があるすからな。四、五日分の輸送費の赤字は自腹を切るつもりでいる」と、たいして気負った様子もなく口にした。

「友喜、おめえ、そこまで覚悟して——」

イチゴに賭ける友喜の熱意に感銘を受けていると、

「んでもなあ、もうちょっと待てば、値上がりすると思うんだけんどなあ……」

東京のある方角に期待を込めるように目を向けた友喜が、独り言を呟くように言った。

その隣で耕一は、友喜に倣って南のほうに身体を向け、ぱんぱん、と勢いよく拍手を打った。ここまできたら、神頼みでもなんでもかまわない。溺れる者は藁をもつかむ、の心境であった。

4

四日後の早朝、いつものように開拓農協の事務室に集まった面々は、電話の受話器を置いた友喜が、数字を口にするのを待っていた。

東京市場への出荷は、そろそろ限界だと皆が思っていた。

だから、友喜が、いわゆるポーカーフェイスという奴で競り値を口にしたとき、誰もが耳を疑った。

「なにすや」

「ほんとすか」

「またまたあ」

「嘘だべ」

などと失笑が漏れるほどの高値を、友喜が口にしたのである。

た。

一同の顔を見回した友喜が、やおら立ち上がり、黒板にチョークで競り値を書きつけた。

神田市場への出荷を始めてから、昨日までは一キログラム当たり五百円内外の競り値で推移していた。それが突然四倍近くに跳ね上がったのだから、俄かには信じられなくても無理はない。

「この数字、間違いねえのっしゃ」

満面の笑みを浮かべて振り返った友喜を、見つめること数秒あまり。

次の瞬間には、むさ苦しい男たちの大歓声で開拓農協の事務室は沸き返った。

一時は瀬戸際まで追い詰められた共英産高冷地イチゴは、神田の青果市場で、これまでにないほどの高値をつけた。不安が大きかっただけに、喜びもまたひとしおだった。

友喜の勘が当たったのか、耕一の神頼みが効いたのか、どちらなのかはわからない。実際には、勘とか神様の問題ではなく、ほかの産地からのイチゴの供給が途絶えたのが唯一の理由であるのだが、ともあれ、高冷地でイチゴを栽培しようとした当初の目論見通りになったのは確かである。

その翌日も、翌々日も、さらに次の日も、耕一と繁好が交互にトラックを運転して共英地区から神田へと直送する高冷地イチゴは、一キログラム当たり二千円前後の高値を維持した。白米十キログラムの小売価格が千円程度であることを思えば、赤い宝石と言っても過言ではない。このぶんでいけば、最初の十日分の赤字は消えて黒字に転じ、最終的にはそこそこの儲けを手にできるようにも思われた。

しかし、世のなか、それほど甘くはなかった。

東京では高値での取り引きが続いていて、需要は途切れていないというのに、肝心の生産量が減少してきた。すでに収穫のピークをすぎており、出荷したくても十分な量のイチゴが採れなくなってきたのである。

こうなると、再び輸送コストが問題になってくる。いくら高値がついているといっても、イチゴ一個がメロン一個に化けるわけではないので、限度というものがある。結局、これ以上東京に出荷を続けていたら再び赤字に転落するという手前で、出荷先を仙台に切り替えた。この点に関して、友喜の決断は早かった。自分で開拓した東京市場であるにもかかわらず、意地になって固執するようなところはまったくなかった。

そうして仙台への出荷に切り替えて四、五日が経ったころだった。東京の荷受会社の加藤さんが、はるばる共英地区までやってきた。なんとか東京にもイチゴを回してくれないかと直談判(じかだんぱん)にやってきたのだが、残念ながら期待に応(こた)えてやるのは無理だった。

そのとき、仙台への出荷用に準備していたイチゴを見ながら、加藤さんは、「この赤いダイヤを仙台で売るのはもったいない。ああ、もったいない、実にもったいない」と、本当に悔しそうに嘆いていた。

その道のプロから、ダイヤモンドとまで賞賛された共英地区の高冷地イチゴである。今年はもう無理であるが、来年からは本格的に東京へ出荷しようという話になるのは当然であった。そのためには、まずは作付面積を大幅に増やす必要があるのだが、この点についてはなんとかなりそうだった。苗の確保も問題ない。

そうして増産態勢が整うなかで年が暮れ、新しい年がやってきた。やがて春を迎え、いよいよ今年から本格的に東京市場へ攻勢をかけるぞ、と全員が意気込んでイチゴの世話に励んでいたのであるが、未解決の問題がひとつだけ残っていた。

なにかというと、相変わらず輸送コストの問題である。組合のトラックと繁好のダットサンの二台での直送方式では限界があることが、実際にやってみて実証された。どうしても、低運賃大量輸送の手段を確保する必要があった。しかし、共英地区を昼ごろに出発して、翌朝、確実に神田市場へ運んでくれる運送会社はありそうもない。

そこで思いついたのが、築地(つきじ)に行くトラックは使えないだろうかという案だった。塩釜(しおがま)漁港に水揚げされた魚は、競りにかけられたあと、かなりの量が東京築地の魚市場までトラックで運ばれる、という話を耳にしていた。

とりあえず塩釜までは自力で運び、そのトラックに便乗させてもらえば、運送費は安くつくはずだ。

魚介類を運搬するトラックなので、魚のにおいがイチゴにつくのではないか、というのが唯一の心配だったが、工夫すれば解決できるだろうということで、まずは、塩釜の魚市場まで出かけて、市場の関係者から教えてもらった運送会社を訪ね歩いてみた。

ところが思ったようにはいかなかった。こちらとしては、最初に築地で魚を降ろしたあと、その足で神田に向かってもらえば、青果類の競りには十分に間に合う、と見込んでいたのだが、どこの運送会社に行っても、ふたつの市場の掛け持ちをするのは無理だと断られてしまった。

せっかくの赤いダイヤだというのに、東京での成功はやっぱり難しいのか、とあきらめかけたときに、またしても救いの神が現れた。

あちこち訪ね歩いているうちに、今年から東京までの定期運送を始めた会社があるという情報がつかめた。さっそくその運送会社に連絡を取ってみると、間に合う時刻に築館あたりまで運んできてもらえば大丈夫ですよ、とあっさり引き受けてもらえたのである。

それですべてが整い、この年は、イチゴの収穫時期の最後まで、一度も途切れず神田市場へと出荷することができた。もちろん輸送費は大幅に削減され、期待していた利益が上がった。

なにより、共英で栽培したイチゴが、東京の市場関係者に、希少な高冷地イチゴとして認識されたのがうれしい。大げさかもしれないが、条件の劣悪な山奥にある開拓村での農業でも、やりようによっては天下を取ることができるのだ、ということを世間に示せたような気分になれた。それと同時に、頭の固い県の役人の鼻を明かせたことが痛快だった。

そしてまた、この年はナメコも順調だった。さらには、ついに定期バスが運行されるようになって、麓の岩ヶ崎と鹿の湯とが、公共の交通網によって結ばれた。

そんなふうに、イチゴの栽培が始まるのと歩調を合わせるようにしていっそう発展し始めた共英地区であったが、足りないものがひとつだけあった。

電気、である。

東京オリンピックが終わっても、共英地区には電灯の明かりが灯っていなかった。

正確には、電気が点く場所があるにはあったが、ごく一部に限られていた。小型の水力発電設備を取り付けてある鹿の湯と、学校にだけは電気が点いていた。昭和三十八年に風力発電機が三基、導入されていたのだ。

これには少しばかり事情があって、事は複雑である。以前より、電気導入の件は大きな課題になっていたのであるが、広大な土地に住居が点在している共英地区の場合、電力会社から電線を引いて電力を供給するよりも、風力発電のほうがはるかに安上がりだろうということで、試験的に風力発電機が導入されたのだった。

しかし、実際に試してみると、これがどうにも具合が悪い。いくら設置費用が安くすむといっても、玩具みたいな代物なので発電量は限られているし、風がなければ電気も起きない。おまけに故障が多い。故障しても素人が修理できるようなものではない。しかも、寿命自体が五、六年と短すぎる。

結局、風力発電はやめたほうがいいんではないか、ということになったものの、電力会社からの通電工事費用をどうするかという問題が解決できずに、電気の導入計画が頓挫している状態だった。

というわけで、共英地区の一般家庭は、いまだにランプ生活を強いられている。これは、よく考えてみると少々異常なことかもしれない。

どんなに田舎でも、当たり前に電気が点く時代である。麓の一般家庭では、東京オリンピックをテレビで観戦しながら一家団欒が行われていたというのに、耕一たちがオリンピックでの日本選手の活躍を自分の目で見たのは、翌年の春に公開された映画でのことだった。麓では、皇太子さまと美智子さまの御成婚パレードを見るためにテレビが一気に普及したという話であるから、オリンピックの五年も前から日本国民はふつうにテレビを見ていたことになる。

そのころの共英地区といえば、一日遅れではあるもののついに郵便配達が実施されることになった、と喜び合っていたのだから、同じ国とは思えない格差である。

しかしそれも、ようやく解消される見通しになった。啓次郎や友喜が奔走して、なんとか予算や事業計画の目処がつき、ついに共英地区にも電気が通じることになったのだ。

昭和二十二年に先遣隊の入植者たちが初めて栗駒山の原生林に足を踏み入れてから十九年目の昭和四十一年十一月十六日、栗駒山が雪で覆われる寸前に、共英地区の全戸に、とうとう電気の明かりが灯ることになった。

山深い開拓村では、待っているだけでは電気が点かない、そんな時代であった。

5

電灯が灯るその瞬間を、耕一は、家族とともに自分の家で迎えることにした。組合の理事たちと一緒に開拓農協で点灯を祝ってもよかったのだが、記念すべき夜は、やっぱり家族と一緒にすごそうと決めた。

そろそろ初雪が降ろうかという季節なので、夕暮れ時がやってくるのは早い。早々に畑仕事から上がった耕一は、道具を納屋に納めて母屋に向かった。

その耕一の背中を追いかけるように、モオ～、という桃子の声が、牛小屋のほうから聞こえてきた。

足を止めて踵(きびす)を返し、桃子の様子を見に、牛小屋のほうへと歩いていく。

戸を開けて小屋に入り、柵(さく)に寄りかかると、柵に載せた耕一の手が桃子の舌でべちゃりと舐(な)められた。薄闇のなかで耕一を見上げる桃子の白目の部分が、涙に濡(ぬ)れたように光っている。

餌をちょうだい、とでも言うように、再び耕一の手の甲を舐めてきた桃子を、「これっ」とたしなめて、眉間(みけん)を軽く小突いてやる。それが桃子にはかえってうれしかったみたいで、ンモォ、と甘えるような声を出してますます擦り寄ってくる。

はあ、やれやれ……。

軽く首を振った耕一は、桃子の頭を撫でてやってから背を向けた。

耕一は、本格的に雪が降る前に桃子をトラックに乗せ、麓に下ろそうと決めていた。

ついに、桃子を手放すことにしたのである。

桃子は、六年前に共英地区に導入された四十頭の乳牛のうち、最後の一頭となっていた。

開拓農協で管理していた種牛は、結局、去年のうちに売却されていたため、今年の夏で最後の搾乳期間を終えた桃子は、いまはのんびり暮らしている。実際、そろそろ乳牛としての役目を終える年齢になっているので、人間であれば今後は悠々自適に隠居暮らし、となるところだ。だが、ペットでもない家畜の場合、そうはいかない。たとえペットだと考えるにしても、猫や犬とは違ってこの図体である。食わせておくだけで大変だ。

耕一自身、桃子には情が移っていた。桃子と別れたくないのは山々なのだが、やっぱり背に腹は代えられない。桃子を最も可愛がっている娘の安子も、来春には小学六年生になる。桃子の売却に対して、なんとか理解を示し、最後には納得してくれるだろう。

堪忍なあ、桃子……。

口のなかで桃子に謝りつつ、牛小屋をあとにした耕一は、母屋の玄関を開けた。

すでに家族は全員が茶の間に集まって、一家の主が戻るのを待っていた。

一応上座になっている耕一の席の台所側に女房の克子、その左隣に長女の安子、さらに二男の耕介に長男の耕太と時計回りに一周、全員そろって炬燵に当たっていた。

その炬燵の真ん中に、赤っぽい明かりを揺らめかせるランプが載せられていた。つい昨夜まで、いまは電灯が吊られている場所にあった、年季の入ったランプである。

百ワットの白熱電球がソケットに嵌まった電灯は、まだ点けられていない。

すでに共英地区に通電されている時刻になっているのだが、家族全員がそろったところで、通電式、などと言ったら大げさになるが、耕一が電灯の紐を引いて初点灯を祝おう、ということになっていたのだ。

炬燵に潜り込んだ耕一に克子がお茶を差し出したところで、

「父ちゃん、まだ？」小学二年生の末っ子の耕介が、じれったそうに訊いてきた。

「まだだ、お茶っこ飲んで一服してからだ」

一家の主の威厳を保って厳かに首を横に振り、ゆっくり時間をかけてお茶をすする。

耕一が一杯目のお茶を飲み終え、克子が湯呑みにお茶を注ぎ足すと、今度は安子が口を開いた。

「ねえ、もう、いいんじゃない？」

「まだだ、もっと暗ぐなってからだ」

再び却下すると、

「父ちゃん、もう十分暗いっちゃ。本当に真っ暗になったら、電気の紐こが見えねぐなるすど」

来年、中学三年生になる耕太が、長男らしく冷静な口調で指摘した。

「それもそうだすな」

うなずいた耕一は、全員の顔を順繰りに見回した。

いつもは頭上にあるランプが炬燵の上という低い位置にあるため、どの顔も下の角度から照らされていて、かなり不気味な形相である。じっと見ているうちに、不気味なのを通り越して、可笑しくなってきた。

危うく噴き出しそうになった耕一は、おほん、と咳払いをして気持ちを落ち着け、

「んでは、そろそろ、点灯するど」と言い渡して立ち上がった。

電灯の紐に伸ばした耕一の手に、家族の視線が一斉に向けられる。

「これ、耕太。ぼさっとしてるんでねえ。まずはランプば消すのだ。真っ暗なところさ点いでこそ、電気のありがたみが分がるっちゅうもんだべ」

長男とはいえ、やっぱりまだまだであるな、と思いつつ、一度紐から放した手でランプを指差すと、耕太は、

「電気ぐれえで、まったぐ大げさなんだがら……」ぶつぶつ漏らしながら、耕一の準備が整っていないうちにランプを消してしまった。

オレンジ色の明かりがかすかに揺らめいた直後、煤の匂いを残して周囲が漆黒の闇に包まれる。

「馬鹿このっ、いぎなり消すんでねえっての」

文句を垂れながら、電灯の紐はどこかと手探りで探し回る。振り回している手の甲に

ようやく当たった紐をつかみ直し、再び咳払いしてから、

「いがすか？　点けるど」と宣言した耕一は、

「んでは、十、九、八、七……」と、秒読みを開始した。

家族が息を呑んで見守っている気配を感じつつ、さらに秒読みを続けた耕一は、

「……三、二、一、ほれっ、発射！」あろうことか、「点灯！」あるいはせいぜい「点火！」とでも言うべきところ、「発射！」などと口走ってしまった。

ともあれ、紐を引くと同時に、暗闇にカシャリと音が響き、その直後に、
あれ？

なぜか、家のなかは真っ暗なままである。

「あり？　ありり？」

声を出してカシャカシャ紐を引いてみるが、いっかな明かりは灯らない。

「何故ぇ？」

「父ちゃん、如何すた？」

「故障すか？」

子どもらの声が不安げに闇に響く。

「あっ……」

耕一が声を漏らすと、

「あっ、ては？　何が、あっ、なのっしゃ？」

克子の訝(いぶか)しげな声がした。

「悪(わり)ぃ。ブレーカーば入れでねがった」

耕一が言うと、

「あー、もう」

「何(なぬ)やってっけな」

「しっかりすろってばぁ」

非難の声が一斉に上がる。

「悪ぃ、悪ぃ」

謝った耕一が、

「克子、マッチば擦ってけろ」と頼むと、少し間を置いてから、シュッという音がしてマッチの炎が燃え上がり、克子がマッチの軸を差し出してきた。

マッチを受け取った耕一は、炎が消える直前に、玄関の上がり口に設置してある漏電防止用のブレーカーまでたどり着くことができた。

下がった状態になっていたスイッチを押し上げた瞬間、茶の間が昼みたいに明るくなった。紐をカシャカシャやっているうちに、スイッチが入った状態になっていたらしい。

なんてことだ、これでは親父の威厳もなにもあったものじゃ……と、顔をしかめた耕一であったが、

「うわっ、眩(まぶ)すい！」

「うひゃー、目ん玉、ちかちかするぅ！」

「ほんとに昼間みたいだ！」

子どもらが、白熱電球を見上げながら大はしゃぎをして飛び跳ねている。

電気が点いたくらいで、なにもそんなにはしゃがなくてもと呆れかけた耕一だったが、子どもたちと一緒になって「万歳！　万歳！」と手を挙げている克子を見ているうちに、ふいに目頭が熱くなった。

「あれ？　父ちゃん、何処さ行ぐの？」

安子の声を背中に玄関の土間に下りながら、

「少っこ、厠だ」と答えて、しんと空気の冷えた表へと出る。

それと同時に、懸命になって堪えていた涙が止め処なく流れてきた。

「あふっ、ひっく……うえっ……」嗚咽が漏れてきた。涙だけでなく、あられもなく大泣きしている姿を子どもらに見られたら一生の恥とばかりに、慌てて庭を横切った耕一は、家の前に拓けた畑の傍まで駆けた。

もう我慢できなかった。嬉しいんだか悲しいんだか分からない状態で、おいおい泣いた。思い切り声を上げて、わんわん泣いた。

満州で家族を失った悲しみと、栗駒山での開拓の苦労と、そして、素晴らしい家族を持てた喜びとがごちゃまぜになり、胸の奥から奔流となって溢れ出してきた。

しばらくしてようやく嗚咽が止まった耕一は、涙と鼻水でぐちょぐちょになった顔を袖口（そでぐち）で拭（ぬぐ）い、夜空を見上げた。

文字通り、満天の星だった。天にちりばめられた無数の星々が、栗駒の山並みに光を降り注いでいる。

星たちは、耕一が耕した畑にも光を降らせていた。

そういえば……と、入植時のことを思い起こす。

あのころは、どこもかしこもブナの原生林に覆いつくされ、いまと同じように夜空を見上げても、星はほとんど見えなかった。生い茂る木々にさえぎられ、星の光が地表に届かない山だった。それがいまは、光降る丘となっている。

空から視線を戻した耕一は、

「おっ」思わず声を漏らした。

空に瞬く星々と同じように、山肌のところどころで、煌々（こうこう）と光が輝いている。

共英地区に点在する家々の窓から漏れる電灯の明かりだった。空と丘とで、なにかの言葉を囁（ささや）き交わすように、静かに瞬きあっている。

なんとも言えない、心に染み入る光景だった。

その光景を心ゆくまで眺めたあと、

「どれ、もう大丈夫だべ……」

目尻（めじり）に指先をやって涙がすっかり乾いたのを確認した耕一は、夜空と山肌の明かりに一瞥（いちべつ）をくれ、気分を切り替えて母屋へと足を向けた。

ランプの頼りない明かりとは違い、眩しいくらいに窓から漏れる明かりのほうへと歩きながら、さて、最初の電化製品はなにを買おうか、と現実的なことを考え始める。

しばらく前からあれこれ考えていたことではあった。最終的に、テレビか洗濯機のどちらかにしよう、というところまでは決めていた。どちらも、即金では無理でも月賦でなら買えると思う。

テレビを囲んでの家族の団欒は、麓ではもはや当たり前になっている光景だが、ずっと憧れていたものだ。その一方で、長年苦労をかけてきた克子への感謝の印に、洗濯機を買ってやるべきではないかという思いもある。

「どっつがいい？」と克子に訊いても、「どっつでもいがす」という答えが返ってくるのは分かっていた。

そうだ、と思いついた。

ここはひとつ、子どもらの意見を聞いてみよう。戦前とは違い、いまは本物の民主主義の時代である。このような大事なことは、子どもたちの意見も聞いて決めるべきだろう。

ということで、もしかしたら泣いていたのがばれてしまっていたかもしれないものの、なにごともなかったような顔で茶の間に戻った耕一は、子どもらを前にあらたまって尋ねてみた。

「あー、ところでな。こうして電気も点くようになったこったし、何が電化製品を買おうど思っているのっしゃ。ほんでだな、お前達は何が欲すいんだべと思ってな。つうことで、欲すいものがあったら、遠慮なく語ってみろ」

するど、真ん中に安子を挟んで畳の上に一列に並んでいた子どもたちは、互いに目配せを交し合い、そのあとで、お前が言え、とでもいうように、耕太が安子の二の腕を肘で突いた。

どうやら、子どものあいだでは、なにが欲しいかすでに決まっていたようだ。

やっぱりテレビだろうな、と思いつつうながすと、安子が、

「電気」と答えた。

「電気？」

「うん、これと同じ電気」

うなずいた安子が、頭上の電灯を見上げて言った。

「電気だば、すでに点いでっぺ。そんでなくてな、テレビとか、そういうものはどうなのや？　って訊いでおるのだ」

首をかしげながら耕一が言うと、

「んだから——」とじれったそうにした安子が、

「桃子の牛小屋にも電気ば点けて欲しいの」と言った。

「は？」

「桃子の部屋だけ真っ暗で可哀相だもん。ここど同じように電気ば点けでやって。

ね？」と安子がせがみ、両隣の耕太と耕介も、うんうん、とうなずいている。

「あのな、桃子は――」売ることに決めたのだ、と言いかけた耕一は、子どもたちの切羽詰まったような顔を見て、言葉を呑み込んだ。

　あらためて耕一が口を開く前に、

「牛乳は搾れなぐなっても、畑ば耕すのに役立つべし」

「桃子にリヤカーば引っ張らせたら、馬車のかわりになるっちゃ？」

耕太と耕介が、懸命になって安子の加勢を始めた。どうやら子どもらは、桃子が売り飛ばされそうになっていることに、薄々気づいていたらしい。

　まったくもってこいつらは……と思いつつも、自分の子どもたちの心根の優しさに胸が熱くなった。

　どうするべ？　と思って隣に首をねじると、黙って様子を見守っていた克子が、仕方がないでしょ、という顔をして肩をすくめた。克子にうなずき返して、

「分がった。したら、さっそぐ明日、電気工事ば頼むことにする」

耕一が宣言すると、先ほど電灯が灯ったときと同じように、子どもらは歓声を上げた。

最初はたったひとりで入植した開拓地だったが、懸命に働いているうちに、いつの間にか、女房と三人の子どもが加わり五人家族になっていた。少々大食いとはいえ、ここでもうひとりくらい家族が増えても、なあに、どうということはないだろう。

　あれこれ難題が積み重なっても、栗駒山のおおらかな大地のように、最後にはなぜか

楽天的になってしまう耕一だった。

第十一章　新たな始まり

1

自衛隊のヘリコプターへの搭乗を待つ共英地区の住民たちの表情は複雑だった。

栗原市からの要請に従って下山することに同意はしたものの、誰もが渋々承知したのであって、できればこのまま山に留まっていたい、というのが本音である。いつもなら集まれば冗談を飛ばしあう開拓二世の面々も、おしなべて難しい顔で、むすっ、としている。

クアホテルの駐車場の一角で、どことなく居心地の悪さを覚えながら待っていた智志の耳に、

「智志くーん！」自分の名前を呼ぶ声が届いてきた。

そう呼びながら、ニコニコして駐車場に向かってくるのは陽輔だった。

智志のそばまで来た陽輔が、

「みんなで集まってなにしてんの？」と訊いてきた。

「なにって、ヘリに乗るのを待ってるんだけど」

「なんで？」

「なんでって、あれ？」首をひねった智志は、さっきのやませみハウスの説明会で陽輔の姿を見ていなかったのを思い出した。

「もしかして、陽ちゃん、下山することになったの知らなかった？」

「下山？　なんで？」

狐につままれたような顔をしている陽輔から駐車場へと視線を向けた智志は、陽輔の父、隆浩さんが幸夫さんと話し込んでいるのを確認してから、

「下山のこと、親父さんから聞いてなかったの？」と尋ねてみた。

「うちの親父、会合あるからってお昼すぎにやませみに行ったきり帰って来ないからさあ、そのままやませみで晩飯を食べることにしたんだと思ってた」

「じゃあ、陽ちゃん、こっちがどうなっているか知らないままで、ずっと家にいたわけ？」

「うん。母屋と店の片付けをしてた。それから、可能な範囲で養殖場の復旧作業も」

どうやら隆浩さんは、下山のことを息子に知らせるのを、すっかり失念していたみたいだ。

「実はさ、さっきの話し合いで決まったんだけど――」

智志がここまでの経緯を詳しく説明してやると、聞き終えた陽輔が、下山の件を教えてくれなかった親父さんに対する非難の色は微塵も見せずに、

「なーるほど、そういうわけか。いやあ、もうちょっとで、俺だけ置いてかれるところだったなあ。危ない、危ない」と、頭を掻きながらやたらと朗らかに笑った。

いつものことだが、どんなときでもニコニコしていて怒った顔を見たことのない陽輔と一緒にいると、妙に癒やされるというか落ち着くというか、安心できる。

「ところで、イワナのほうはどんな具合？」

智志が尋ねると、

「生簀に崩れ落ちた土砂を取り除いている途中なんだけど、いまのところ沢の水は来ているから、もしかしたら全滅しないですむかもしれない——」とうなずいたものの、「でも、一週間も避難が続くんじゃあ、そのあいだにどうなっちゃうか……」さすがの陽輔も困り顔をした。魚とはいえ、何万匹という命が左右される話である。収穫期に差し掛かったイチゴ以上に深刻な問題に、気の利いた慰めの言葉が出てこない。しかし陽輔は、悩んでいても仕方がないというように、

「家族が全員無事だっただけでもよかったと思わなくちゃあね——」と微笑んだあとで、突然、はっとした顔になって眉根を寄せると、

「智志くんの祖父ちゃんは、その後……」そこで言葉をにごした。

「あ、そのことだけど——」

祖父が無事に救出されたことを教えると、

「よかったあ、ほんとによかったあ」と、陽輔は自分のことのように喜んでくれた。

「でも、鹿の湯ではまだ三人も行方不明のままだからなあ。なんか、心から喜べないっていうか……」

智志が呟くと、「そうだね」と陽輔がうなずき、ふたりのあいだに沈黙が落ちた。

鹿の湯が土石流に呑み込まれてから丸二日以上が経過している。現場はいまだに一面が土砂で埋まっていて、正直なところ、生きている見込みは薄いと思う。それを考えると、耕一が助かったのは奇跡中の奇跡としか言いようがなかった。

人の運命って、いったい何なんだろう……。

智志が、答えの出ない問いを自分に投げかけていたところで、拡声器がハウリングを起こすキーンという音が駐車場に響いたあとで、

「ヘリの準備が整ったそうなので、これから搭乗になります。まずは、イチゴの積み込みからお願いします」という、金本さんの声がした。

すぐに自衛隊の大型輸送ヘリのハッチが開き、イチゴの積み込みが始まった。山に残っていた住民で手分けをして、昨日と今日とで可能な限り収穫したイチゴだった。目の回るような忙しさのなかでの作業だったので、救えたイチゴの量は、ほんのわずかだ。けれど、ヘリに積まれてこれから空を飛ぶイチゴは、明日につながる希望の印のように、智志には思えた。

それに、一週間だけ麓に避難していれば、一時帰宅でまたここに戻って来られる。その後のことはまだはっきりしていないものの、金本さんや孝雄さんの話では、大きな余

だ。

震の危険性さえなくなれば、案外早く避難指示は解除されるのじゃないか、ということ

本格的なイチゴの収穫時期は六月の下旬からで、最盛期は七月一杯になる。幸い、地区のほとんどの畑は、地震の被害を受けていない。ダメにしてしまうイチゴが出るのは避けられないにしても、六月末までに山に戻ることができれば、今年もそこそこの量のイチゴを出荷できるはずだ。実際、勤め先のミネラルウォーターの工場の再開は難しそうだし、ここに戻ってきたら、とりあえず家の仕事を手伝おう。

そう考えながら輸送ヘリに乗り込んだ智志だったが、自分が思い描いた通りにはいきそうにないという事実を、すぐに突きつけられることになった。避難所になっているみちのく伝承館にヘリが到着し、駐車場に降り立ったと思うや、待ち構えていた新聞記者やテレビのレポーターにマイクやICレコーダーを突きつけられ、「これから長い避難生活が始まりますが、いま、どんなお気持ちですか？」と質問されたのだ。

そのとき、無言を貫き、小走りに伝承館の建物に逃げ込めばよかったところ、思わず立ち止まって、

「え？　長い避難生活って、どれくらいになりそうなんですか」と訊き返してしまったおかげで、記者やレポーターにぐるりと取り囲まれ、身動きができなくなってしまった。

ICレコーダーを手にした記者のひとりが、智志の質問に答えた。

「明日、正式に避難指示が出されれば、当面は戻れなくなるはずですよ。大きな余震の

可能性があるのはもちろんですが、新たな崩壊や土石流が発生する危険性がきわめて高いとのことで、百パーセントの安全が確認されるまで今回の避難指示は解除にならない、という話です」

「あの、それで、具体的にはどれくらいの期間……」

「期間はまだよくわかりませんが、少なくとも半年以上、場合によっては一年くらい様子を見る必要があると言っている専門家もいるようです」

そんな……と、登っていた梯子をいきなり外された気分になった。長くても二週間くらい待てば山に戻れると思ったからこそ希望が見えていたのに、戻れるのがいつになるかわからないなんて……。

呆然として言葉を失っていると、レポーターのひとりが、いまマイクを向けているのが、午前中に救出された開拓一世の孫であるのに気づいたらしく、

「大友智志さんですよね。大友耕一さんのお孫さんの智志さんに間違いないですね？」

と声を上げた。

それで記者たちが一斉に色めき立った。

「あ、あの、はい……」

しどろもどろになっている智志に、

「発見のときの状況を聞かせてください」

「お祖父さんを見つけたとき、どんなお気持ちになりましたか」

「正確な発見場所はわかりますか」

矢継ぎ早に質問がぶつけられた。そればかりか、

「あなたの独断で捜索に向かったというのは本当ですか」

「二重遭難の危険は考えなかったのですか」

「なぜ、単独行動をしたんですか」

「無謀だったのではありませんか」

「自衛隊や消防の救出活動に不満があったのでしょうか」

などと、非難めいた質問が浴びせられはじめた。色めき立つのを通り越して、殺気立っている、と言ったほうがいいような剣幕である。

それに対して腹が立てばまだよかったのだろうが、次第に怖くなってきた。犯罪者にでもなったような気分に陥り、頭が混乱してどうしたらよいかわからなくなる。

そのときだった。

「はい、ちょっとごめんなさいよ！」

人垣の向こうから声が聞こえ、

「はい、ちょっと通してくださいよぉ」

「危ないですから、下がってくださいねえ」

「はいはい、そこ、通ります」

その声とともに記者とレポーターの人垣が割れて、麓に残っていた開拓三世、浩司と

誠が出現した。

　なにがなんだかわからず唖然としている智志の手首をつかんだ浩司が、

「逃げるぞ、伝承館まで走れ」

　そう耳打ちしてくると同時に、

「はい、ちょっとどいて！」

　誠が大声で怒鳴るや、記者やレポーターたちを蹴散らして伝承館に向かって走りだした。浩司と一緒に、慌てて誠の背中を追い始める。

　突然の出来事にフリーズしたマスコミ関係者が我に返って追いかけてくる前に、智志たちは伝承館に駆け込むことに成功した。

　玄関のなかで立ち止まった浩司が、

「建物に入っちまえば大丈夫」と智志にうなずきかけ、誠が、

「マスコミは許可がないと避難所に入れないことになっているから」と言って、にやりと笑ってみせた。

「いやあ、助かった。恩に着る」

　息を整えながら智志が礼を言うと、

「おまえのことだからさあ。ぼーっとしたままヘリから降りて、マスコミの餌食になっちまうと思ったんだよねえ。そしたら、案の定だ」

「面白そうだから見物してようかと最初は思ったんだけどさあ。ちょっと可哀相だった

んで、助けてやることにした」

　ふたりは、愉快そうに、しかも恩着せがましく交互に口にしたものの、まったく腹が立たない。というより、こいつらはやっぱりかけがえのない友達だと、あたたかいものが胸の奥から溢(あふ)れてきた。

「とりあえず、今日はゆっくり休めや」

「あとでビールでも買ってきてやっから」

　ふたりにうながされて、避難場所になっている大広間に向かいかけたところで、智志は、さっき浩司と誠が出現したとき以上に驚いて立ち止まった。

「み、瑞穂……」

　大広間の前の廊下に、仙台にいるはずの瑞穂が立っていた。久しぶりに会う瑞穂が、腕組みをしたまま、なぜか怖い顔で智志を睨(にら)んでいる。

「おまえ、なんで、ここに……」

　かろうじて声を漏らすと、瑞穂は、腕組みをしたまま、

「なんでって、出迎えに来たに決まってるじゃない」怖い声で答えた。

「えーと、なんで、麓に下りるのがわかったわけ？」

「昼のニュースで、残っていた住民が今日中に下山する予定だって言ってたの。それを聞いて、急いで駆けつけたのよ」

「会社は？　今日って、休みじゃないよね」

「午後から有給取ったに決まってるでしょ。文句ある？」

「文句はないけどさ。おまえ、なに怒ってるわけ？」

なにをそんなにぷりぷりしているのだろう、と不思議に思って尋ねると、

「はあ？　なにを怒ってるかですってえ？」

腕組みを解いた瑞穂が、つかつかと歩み寄ってくると、

「なんでさっぱり連絡を寄こさないわけ？　昨日の夜、メールの返信を寄こしただけで、それっきりじゃないの。そのあと、今日になってからいくらメールしても返信は来ないし、携帯もさっぱり繋がらないし。下山するのが決まったっていうのに、なんで連絡くれなかったわけ？　信じらんないよ、まったく。いったいなに考えてんの？」と、一気にまくし立てた。

「あ、それは——」

そう言って、ジーンズのポケットからぐしゃぐしゃに壊れた携帯電話を取り出して、

「今朝早く、こんなになっちゃったんで、連絡したくてもできなくてさ。あの、だから、決して瑞穂のことを忘れてたわけじゃ——」

必死になって言い訳をしていると、

「ばかっ」

途中で遮った瑞穂が、

「死ぬほど心配したんだから……」両目にいっぱいに涙を溜めて、唇を震わせていた。

「ごめん。心配かけて悪かった」

そう答えた智志の胸板に、握られた瑞穂の拳がこつんと当てられた。

「ばかっ、智志くんのばかっ。わたし、ほんとに心配したんだから……」

泣きじゃくり始めた瑞穂をそっと引き寄せて、

「ごめん、ほんとにごめん」

なおも謝ると、瑞穂は、

「無事でよかった、ほんとによかった」涙に濡れた頰を智志の胸に強く押し付けてきた。

「大丈夫、もう大丈夫だから」

瑞穂を抱きしめたまま、かすかに聞こえた咳払いに顔を上げてみると、智志の視線の先に、やれやれ、という顔つきで、けれどあたたかい眼差しで目配せしあっている浩司と誠がいた。

2

自衛隊の輸送ヘリで山を下りてから十日が経っていた。その間、智志が山に戻ることができたのは、下山の翌日だけで、その後は一度も共英地区に戻れていない。避難指示の解除はおろか、避難勧告に緩和される見通しもまったくなかった。それどころか、避難生活がかなりの長期に及ぶ気配が、日増しに濃厚になってきていた。

地震の爪痕は、智志たちが思っていた以上に大きかった。宮城、岩手、秋田を結ぶ幹線国道をはじめ、山あいの道路はことごとく寸断され、復旧作業が遅々として進んでいない。

なにより、荒砥沢ダム上流の山塊の崩落は凄まじく、予断を許さない状況が続いている。

加えて、崩落した土砂に堰き止められた土砂ダムがあちこちに出現していて、大雨によって新たな土石流を誘発する危険があった。

それぞれの復旧作業は懸命に続けられているものの、すべてが元に戻るまでには、相当の時間がかかる見込みだという。

そして、鹿の湯で行方不明になっている従業員は、二名がまだ発見されていない。

そうしたなか、麓の岩ヶ崎の一角で、仮設住宅の建設が昨日から始まっていた。智志の家のように、麓に冬の家を持たない世帯用のプレハブ住宅である。それはつまり、かなりの長期間、避難生活をしなければならないことを意味していた。それがどれくらいの期間になるのかは、いまのところまったくわかっていない。下山直後は、すぐには無理でも秋口までには戻れるのではないかという希望的観測が飛び交っていたのだが、それも難しそうな気配である。そうしているうちに雪が降ったら、来春まで戻るのは無理、ということになってしまう。

実際どうなるのかは微妙だったが、智志自身は、たぶん来年になるのだろうと予想している。というか、期待をかけすぎて裏切られるとがっかりするので、来春までは山に戻れないのを前提にあれこれ決めようと考えていた。

となると、今後自分はどこでどうやって暮らしていくか、が問題になる。具体的に言えば、これからも共英地区で生きていく道を選ぶか、そうでないか、ということだ。この数日、それればかり考えて過ごしていたようなものだけれど、ようやく結論が出た。

やっぱりこれから先も、大好きな栗駒山で生きて行きたい。

智志の背中を押してくれたのは瑞穂だった。

智志が共英地区で暮らしたいのなら、いずれは自分もこちらに移り、ふたりで一緒に頑張りたいと言ってくれた。それが大きかった。ささやかなものだけれど、大切な夢ができた。

もちろん、その夢の実現のためには仕事が必要になる。ミネラルウォーターの工場は、結局閉鎖になる見通しで、自分も含めて工場に勤めていた浩司も誠も解雇になるのが本決まりとなっていた。しばらくは失業保険で食いつなげるとしても、その先どうやって食っていくか、真剣に考えなければならない。

実は、仮設住宅への入居説明会があった三日前、四名の開拓三世で集まって、今後のことを話し合った。

いまの段階で、たとえば仙台に仕事を求めてここを離れれば、再び戻ってくるのは無理になるだろうことがわかっていた。智志にしても、高卒で半分物見遊山で仙台へ出たときとは、状況がまるで違う。それがわかっているだけに、ここから離れたいと言う者は、ひとりもいなかった。祖父の代で切り拓き、親父たちの代で根付かせた開拓地を、自分たちの代で終わらせるわけにはいかないと、誰もが考えていた。

確かに意地になっているところがあるし、ちょっと青臭いかもしれない。しかし、それが偽りない気持ちであったし、やっぱり全員、栗駒山での暮らしが最高だと思っているのだった。どんなにお金を積んでも得られないものが絶対にあるのだということを、自分たちは知っている。

そう覚悟できてしまうと、なんとかなるような気がしてくるから不思議なものだ。具体的な見通しはなにもなくても、この仲間がいれば必ずやれるという気がしてくる。栗駒山が、自分たちを生かしてくれると素直に信じられる。十日前の大地震のように、ときに牙を剝いて大暴れするのが自然だけれど、人間側が謙虚な気持ちを持ち続ければ、再び恵みを与えてくれるのが自然なのだと、栗駒山で生まれ育った自分たちは知っていて、それを知っていること自体が誇らしい。

だから俺たちは、絶対に山に帰る。

そう智志たちは、互いに誓い合ったのである。

それが三日前のことだったのだが、その決意を伝えるために、智志は、耕一が入院している病院を訪ねていた。これまで、そういう話をあらたまって祖父としたことはないのだが、自分の決意を鈍らせないためにも、そうすべきだと思った。

　黙って話に耳を傾けていた耕一は、智志が話し終えると、いつもと変わらない口調で、「なんも、自分の好きにしたらいいっちゃね」と、うなずいただけだった。あまりにあっさりした返事に拍子抜けして、

「それだけ？」と智志が訊き返すと、

「いまは、それどころでなくてな。自分のことを考えるので手一杯なのだ」と耕一。

　自分のことって、さすがに今回の怪我がこたえたのだろうかと、耕一が心配になった。骨折した足は単純骨折なので、リハビリさえ順調ならまた歩けるようになると医者は言っているが、なにせ八十歳の声を聞いた年寄りである。本人が弱気になってしまっても無理はない。

「祖父ちゃん、いまは余計なことなんか考えないでさ、ゆっくり休んで治療に専念したほうがいいと思うよ。深刻になっても、なにもいいことはないからさ」

　智志がそう声をかけてやると、

「は？　おめえ、なに語ってんのしゃ？」と耕一が訝しげな顔をした。

「なにって、祖父ちゃんを励まそうと思って……」

　智志の説明に、

「なーんだっけな、そいづは勘違いというものだ」と目尻に皺を寄せた耕一は、ベッドの枕元に伏せてあった本を手にして、手渡してきた。

　首をかしげながら視線を落とすと、耕一が読んでいたのは、園芸関係の専門書だった。

「なにこれ？」

「山さ戻ったら、花の栽培に本格的に取り組んでみっぺど思ってな。ほれ、山の気候は寒暖の差が大っきいすからな。花の発色が平地よりいいわけだ。やりようによっては、そこそこ儲がると思ってよ。ほんで、入院中にぎっちり研究しておくべと思って忙しいわけだっちゃ。したがら、自分のことで手一杯で、若え者をかまってやってる暇はねえって語ってるの」

そう言って、あははは、と笑う耕一を見て、智志は呆気に取られていた。

開拓一世、恐るべし……。

耕一のあまりの楽天ぶりと逞しさに、正直、呆れてしまう。

いつになったら、この祖父ちゃんを超えられるかわからない。いや、絶対に超えるのは無理だろう。けれど、新しい開拓の歴史を、新しい形で、俺たちは栗駒山に築いてみせる。

開拓の歴史の生き証人でありながら、気負った素振りをまったく見せない祖父を前に、智志は固く心に誓っていた。

【謝辞】

作中の開拓村、共英地区は、現宮城県栗原市耕英（こうえい）地区がモデルになっていますが、この物語はフィクションであり、登場人物はすべて架空の人物です。

なお、参考資料として、『風雪とともに　耕英開拓史』（昭和六十年八月十五日　栗駒小学校耕英分校父兄教師会　発行）と題された、二百五十ページに及ぶ手作りの冊子を利用させていただきました。貴重な資料をご提供くださいまして、ありがとうございます。

そしてなにより、執筆に当たって、耕英地区の三世代の皆様には、大変お世話になりました。心より感謝申し上げます。

解　説

東えりか（書評家）

私の手元に一冊の報道写真集がある。『岩手・宮城内陸地震　２００８年６月14日』というそれほど厚くない冊子である。版元は河北新報出版センター。東日本大震災の折、地元の情報を被災者に発信し続けたあの新聞社だ。その経緯は『河北新報のいちばん長い日』（文春文庫）に詳しい。

ノンフィクションの書評を生業にしている私には、この手の写真集は掛け替えのない財産である。被災者でない自分にとってその場の臨場感は写真から想像するしかないが、少しでも感じることができるよう、手元に置いておきたいと思っている。この本も、他の災害写真集と一緒に私の本棚にあった。

東日本大震災の直後、太平洋側の海岸線に近い町が、津波によってすべてが流されていく映像は鮮明に頭の中に残っている。だが、岩手・宮城・秋田の県境付近で起きた直下型の地震は、山を消滅させていた。崩落、土砂崩れ、土石流と、まるで山脈全体が攪拌機にかかったような写真を見て、当時の記憶が蘇ってきた。確か、孤立した地区から住民が全員、ヘリコプターで救助されたのではなかったか。

あまりにも大きな被害だった東日本大震災のたった3年前にあったこの地震のことを私はすっかり忘れていた。日本という国は毎年のように自然災害に見舞われ、多くの死者・行方不明者が出ているのだ、と改めて思い知らされた。

本書『光降る丘』はこの『岩手・宮城内陸地震』の被災地、宮城県栗原市をモデルにして描かれた作品である。この土地は戦後、開拓民の努力の結果作り上げられた郷土である。戦後の混乱の中、したたかに生き延びねばならなかった開拓者の歴史を、時にユーモラスに、時に冷酷に綴っていく。

この歴史的事実と交互に、岩手・宮城内陸地震に見舞われた被災地の人々を描いていく。家を無くし、家族を分断され、仕事を失っても、目の前に起こった障害をどうやって解決していけばいいのか、みんな必死で考え行動を起こす。セピア色の記憶と、フラッシュをたいて浮かび上がったような出来事が交錯し、ダイナミックな物語となった。

野添憲治『大地に挑む東北農民　開拓の歴史を歩く』（社会評論社）という研究書の中には近代以降の開拓行政に翻弄された農民たちの姿が浮き彫りにされている。『光降る丘』の主人公のひとり、大友耕一とともに、戦後、共英地区開拓に入った第一期開拓者たちの姿と重なる。

この本にはこんな記述がある。

―敗戦後の日本にはこのように罹災者がひしめきあい、食糧に苦しんでいるところへ、海外からの引揚者の帰国や旧軍人の復員などがつづいた。敗戦の時点で海外にいた日本人の数はおよそ六六〇万人。（中略）戦災復興事業等々とともに食糧増産が重要課題となり、その一環としての国内開拓が、開拓事業によって帰農者自らの手で食糧を生産してくれれば、それだけでも全体の食糧事情が緩和される―

つまり、農業開拓によって難民を処理し、食糧増産にも結び付ける政策であったのだ。戦前戦後にかかわらず、農家の次男坊、三男坊は自分の身の振り方を自分で探し出さなければならなかった。だからこそ、新天地として用意された海外の開拓地を目指し、一旗揚げようとふるさとを後にしたのだ。満州はもとより、ハワイ、アメリカ本国、中南米にも夢を求めて旅立った。

終戦後、満州からの引揚げの悲惨な経験は多くの記録が残っている。新田次郎の妻、藤原ていの『流れる星は生きている』（偕成社文庫）などは時代を越えて、いまも読み継がれている傑作だ。

その満州の生き残りで、必死で日本にたどり着いた大友耕一は、新しい土地の開拓に妻と共に心血を注いだ。ブナの木が生い茂る土地に放り出され、すべてが手探りの状態での開墾は厳しかった。離農者や、事故や病気で死んだ者も多かっただろう。

だが、成功した者たちの達成感は大きかったはずだ。お金が回らない中、知恵を働かせて補助金をせしめる人々の姿は賞賛されていいと思う。悪代官に刃向う江戸時代の農民のようだ。

試行錯誤の末、何かしらの特産品が売れるようになれば生活は安定する。結婚し、子どもたちが生まれ、集落としての体裁が整っていく人々は輝いている。それは都会の高度成長期とは違う、地方の戦後の姿である。

賃金収入を得るため、冬場には出稼ぎに出るようになる。中学卒業直後、金の卵と呼ばれた働き手は、都会では引く手あまたであった。この土地に戻ってくる者あり、去る者あり。だが開拓地は徐々に人々の故郷として定着していく。

本書の舞台のモデルとなった栗駒山中腹の耕英地区は、戦後の開拓地としては成功した場所であった。ナメコやイチゴなど特産品もあり、最初に入植した人たちの孫もいっしょに暮らせるだけの余裕がある土地になった。

熊谷達也と私は同い年だ。経済企画庁が発表した経済白書の中で「もはや戦後ではない」と記述された2年後の生まれである。当然、戦争を知らない子どもたちだが、周りの大人はみんな戦争体験者だった。

幼いころ、駅や繁華街に行くと傷痍軍人が跪き、物乞いをしていた記憶も残っている。親戚の中には、満州からの引揚者もいたし、私の父親自身も特攻隊の生き残りだと後年知った。子どもたちには何も話してくれなかったが、大人同士の会話を盗み聞き、戦争がどんなものだったかを理解した。多分、熊谷達也も同じような経験をしているのだと思う。

東北に親戚が多かったため、開拓民になった人たちの苦労話も聞いていた。切り株を掘り起こす？　沢から水を引く？　綿花を紡いで布を織る？　それは都会近くに育った私にとっては、まったく現実感のない民話のような世界に思えた。昭和40年代に入る前までは、そういう土地が実際あったのだ。

　高度成長期を経てバブルがはじけ、長い経済の低迷期を過ごした過程を、熊谷も私もずっと見てきた。その歴史の中には大災害も含まれている。

本書のもうひとりの主人公は、大友耕一の孫にあたる27歳の智志(さとし)である。彼は、一度はこの地を出たものの都市の生活が合わず、この地区に戻り、近くにできたミネラルウォーター会社の工場で働いていた。

　そこに大地震が起こった。山間の部落を襲った直下型の地震は、大規模の土砂崩れを起こし、道を寸断してこの土地を孤立化させた。近くの温泉宿は土石流に見舞われ、多くの行方不明者を出す。地震の直後から連絡が取れない智志の祖父、耕一はその土石流に巻き込まれてしまったのか。だが、この山をわが庭のように歩いていた祖父の生存を信じ、智志の探索が始まる。崩落現場の描写は手に汗握る迫力だ。

　著者の熊谷達也は宮城県出身で、現在も仙台(せんだい)に住む地元作家である。大学卒業後、数学の教師として気仙沼(けせんぬま)中学校に勤務していた。その後、作家としてデビューし、2004年『邂逅(かいこう)の森』で第131回直木賞を受賞している。東北地方の自然や風土、人々の営みなどを描く人気作家だ。

　本書は2009年5月から『家の光』で連載を開始したのだが、半分ほど進んだところで東日本大震災が起こった。大震災発生から3週間後、かつて暮らしていた気仙沼を訪ね言葉を失ったという。この時の気持ちを熊谷はエッセイでこう綴っている。

—言葉が無かった。何も言葉が出てこなかった。言葉そのものが存在しなかった。「言葉を失う」とはどういうことか、その本当の意味をこれまで知らなかったことを、この日の私は嫌というほど思い知らされた—(「失くした言葉の先に　3・11前の、日常3・11後の、絶望と希望」「青春と読書」集英社2016・3月号)

作家の筆が止まった。小説に意味があるのか、と思ってしまったそうだ。悩んだ末、焦点を当てる人たちを変更し、喜びを味わう部分を増やして完成にこぎつけたという。

震災から5年が経った2016年3月には、東日本大震災をテーマに据えた『希望の海　仙河海叙景』(集英社)の上梓を果たした。

『光降る丘』も『希望の海』も登場する人たちは皆、ごく普通の人たちだ。天災という人知の及ばない困難に遭い、必死に生きようとする姿は、明日の自分の指針になる。人はけっこう逞しい。自分にもその逞しさは備わっている。そう信じられる小説なのだ。

と、ここまで書いてきて、私の携帯が突然大きな音を鳴らしだした。緊急地震速報だ。熊本県で震度7という巨大地震がまた発生したらしい。いまは茫然としている被災者たちが、ゆっくり立ち上がり、少しでも前に進もうという気力がわいたとき、本書をそっと差し出してあげたいと思う。

本書は、二〇一二年八月に小社より刊行された単行本を、加筆修正し文庫化しました。

光降る丘

熊谷達也

平成28年 5月25日　初版発行
令和6年 12月10日　4版発行

発行者●山下直久

発行●株式会社KADOKAWA
〒102-8177　東京都千代田区富士見2-13-3
電話　0570-002-301(ナビダイヤル)

角川文庫 19759

印刷所●株式会社KADOKAWA
製本所●株式会社KADOKAWA

表紙画●和田三造

ISBN978-4-04-104358-5　C0193

角川文庫発刊に際して

角川源義

第二次世界大戦の敗北は、軍事力の敗北であった以上に、私たちの若い文化力の敗退であった。私たちの文化が戦争に対して如何に無力であり、単なるあだ花に過ぎなかったかを、私たちは身を以て体験し痛感した。西洋近代文化の摂取にとって、明治以後八十年の歳月は決して短かすぎたとは言えない。にもかかわらず、近代文化の伝統を確立し、自由な批判と柔軟な良識に富む文化層として自らを形成することに私たちは失敗して来た。そしてこれは、各層への文化の普及滲透を任務とする出版人の責任でもあった。

一九四五年以来、私たちは再び振出しに戻り、第一歩から踏み出すことを余儀なくされた。これは大きな不幸ではあるが、反面、これまでの混沌・未熟・歪曲の中にあった我が国の文化に秩序と確たる基礎を齎らすためには絶好の機会でもある。角川書店は、このような祖国の文化的危機にあたり、微力をも顧みず再建の礎石たるべき抱負と決意とをもって出発したが、ここに創立以来の念願を果すべく角川文庫を発刊する。これまで刊行されたあらゆる全集叢書文庫類の長所と短所とを検討し、古今東西の不朽の典籍を、良心的編集のもとに、廉価に、そして書架にふさわしい美本として、多くのひとびとに提供しようとする。しかし私たちは徒らに百科全書的な知識のジレッタントを作ることを目的とせず、あくまで祖国の文化に秩序と再建への道を示し、この文庫を角川書店の栄ある事業として、今後永久に継続発展せしめ、学芸と教養との殿堂として大成せんことを期したい。多くの読書子の愛情ある忠言と支持とによって、この希望と抱負とを完遂せしめられんことを願う。

一九四九年五月三日

角川文庫ベストセラー

息の発見
五木寛之
対話者／玄侑宗久

「いのち」は「息の道」。生命活動の根幹にある呼吸に意識を向け、心身に良い息づかいを探る。長生きとは、長息であること——。ブッダの教えや座禅にも込められた体験的呼吸法に、元気に生きるヒントを探る。

きみとあるけば
伊集院静
堂本剛

心にしみいる作家の言葉と、人気アイドルの手によるセンス溢れるイラストレーション。一匹の子犬との出会いを通じて、人の大切さを伝える。人は誰か、何かとともに歩いているものだ——二人の対談も収録。

ツキコの月
伊集院静

タンゴが響き渡る20世紀初頭のブエノスアイレスから、神戸、東京、満州へ。日本人移民としてアルゼンチンに育ち、女優として大輪の花を咲かせたツキコの凄絶な半生をドラマティックに描いた傑作長編！

きみが住む星
池澤夏樹
寫眞／エルンスト・ハース

成層圏の空を見たとき、ぼくはこの星が好きだと思った。ここがきみが住む星だから。他の星にはきみがいない。鮮やかな異国の風景、出逢った愉快な人々、恋人に伝えたい想いを、絵はがきの形で。

星に降る雪
池澤夏樹

男は雪山に暮らし、地下の天文台から星を見ている。死んだ親友の恋人は訊ねる、何を待っているのか、と。岐阜、クレタ。「向こう側」に憑かれた2人の男。生と死のはざま、超越体験を巡る2つの物語。

角川文庫ベストセラー

RDG　レッドデータガール
はじめてのお使い
荻原規子
世界遺産の熊野、玉倉山の神社で泉水子は学校と家の往復だけで育つ。高校は幼なじみの深行と東京の鳳城学園への入学を決められ、修学旅行先の東京で姫神という謎の存在が現れる。現代ファンタジー最高傑作！

鬼談百景
小野不由美
旧校舎の増える階段、開かずの放送室、塀の上の透明猫……日常が非日常に変わる瞬間を描いた99話。恐ろしくも不思議で悲しく優しい。小野不由美が初めて手掛けた百物語。読み終えたとき怪異が発動する——。

さらば、荒野
北方謙三
冬は海からやって来る。静かにそれを見ていたかった。だが、友よ。人生を降りた者にも闘わねばならない時がある。夜、霧雨、酒場。本格ハードボイルド〝ブラディ・ドール〟シリーズ開幕！

ふたたびの、荒野
北方謙三
ケンタッキー・バーボンで喉を灼く。だが、心のひりつきまでは消しはしない。張り裂かれるような想いを胸に、川中良一の最後の闘いが始まる。〝ブラディ・ドール〟シリーズ、ついに完結！

約束の街①
遠く空は晴れても
北方謙三
酒瓶に懺悔する男の哀しみ。街の底に流れる女の優しさ。虚飾の光で彩られたリゾートタウン。果てなき利権抗争。渇いた絆。男は埃だらけの魂に全てを賭けた。孤峰のハードボイルド！

角川文庫ベストセラー

角川文庫ベストセラー

約束の街⑦
ただ風が冷たい日　北方謙三

高岸という若造がこの街に流れてきた。高岸の標的は弁護士・宇野。どうやら、ホテルの買収を巡るいざこざが発端らしい。だが事件の火種は、『ブラディ・ドール』オーナー川中良一までを巻きこむことに。

悪果　黒川博行

大阪府警今里署のマル暴担当刑事・堀内は、相棒の伊達とともに賭博の現場に突入。逮捕者の取調べから明らかになった金の流れをネタに客を強請り始める。かつてなくリアルに描かれる、警察小説の最高傑作！

疫病神　黒川博行

建設コンサルタントの二宮は産業廃棄物処理場をめぐるトラブルに巻き込まれる。巨額の利権が絡んだ局面で共闘することになったのは、桑原というヤクザだった。金に群がる悪党たちとの駆け引きの行方は――。

わくらば日記　朱川湊人

私の姉さまには不思議な力がありました。その力は、ある時は人を救いもしましたが、姉さまの命を縮めてしまったのやもしれません。少女の不思議な力が浮かび上がらせる人間模様を、やるせなく描く昭和事件簿。

さよならの空　朱川湊人

女性科学者テレサが開発した化学物質ウェアジゾンによって、夕焼けの色が世界中から消えてしまう事態に。最後の夕焼けを迎える日本で、テレサと小学生トモル、〝キャラメル・ボーイ〟らはある行動に出る……。